人魚《セイレーン》は愛を謳う
ドラゴンギルド
可愛くもなければ美しいわけがない。
メルヴィネの鱗は鈍色で、ぶよぶよしているのだ。
それなのに、メルヴィネ自身でも忌み嫌うそこに
サロメは口づけ、何度も舐め上げて、頬ずりのよ
うな動きまでする。
「メル……。あぁ……柔らかい。とても――」

人魚《セイレーン》は愛を謳う
～ドラゴンギルド～

鴇 六連

19740

角川ルビー文庫

目次

口絵・本文イラスト／沖　麻実也

昔々、広い海の真ん中に、バイロン島という大きな島がありました。

島を治めるバイロン王は、若くて美しい王でした。しかし王は永遠の若さを欲《ほっ》するあまり、子供を攫《さら》ってはその若い生き血を啜《すす》り臓物を食べていたのです。

悪魔《あくま》にも似た王の行為《こうい》は、竜《りゅう》や魔女《まじょ》が何度忠告しても止まりません。島に子供がいなくなると、バイロン王はほかの土地の子供を攫うようになります。そして九十九人目の子供が死んだとき、激怒《げきど》した竜によってバイロン王は島ごと海底に沈《しず》められました。しかし人肉を食べつづけてきた王は自身の望み通り、海の中でも若いまま生きられる身体《からだ》になっていたのです。

数多《あまた》の人魚を引き連れてバイロン島を沈めた竜は、人魚たちに命じます。「あれはおまえたちの餌《えさ》だ。だが安易に殺してはならぬ。彼の者に九十九の苦痛と絶望を与《あた》えよ」

人魚たちは、王を生かしたまま食べることにしました。耳、唇《くちびる》、手足の指、腱《けん》、眼球、脳髄《のうずい》、心臓――恐怖《きょうふ》と激痛に絶叫《ぜっきょう》するバイロン王を、くすくす笑いながら千切っていきます。王は九十九個の肉塊《にっかい》に分けて食べられ、百個目である魂《たましい》だけがバイロンの魔島《まとう》に残されました。

バイロン王は今も、永遠の若さを諦《あきら》めていません。王の魂はアルカナ・グランデ帝国《ていこく》を彷徨《さまよ》いつづけ、子供たちをバイロンの魔島へ連れ去ろうとしています。

作者不詳《ふしょう》　伝承　バイロンの魔島

1

メルヴィネはその日も〝帰らずの岬《みさき》〟に立ち、母親が来るのを待っていた。

夕凪《ゆうなぎ》の時刻だというのに強い海風が吹《ふ》いている。潮の匂《にお》いと初夏の気配を孕《はら》んだそれが黒髪《くろかみ》を乱し、シャツをはためかせて去っていく。

瑠璃《るり》色《いろ》のペンダントも揺《ゆ》れて、キン……と澄《す》んだ音を奏《かな》でた。

メルヴィネが生まれた日からずっと身につけているそれは、小さなガラス管でできている。中は綺麗《きれい》な紺碧《こんぺき》の水で満たされていて、真珠《しんじゅ》がひとつ入っていた。両端《りょうはし》は黄金でしっかりと封《ふう》じられているから、真珠を取り出したければガラス管を割るしかない。黄金には装飾《そうしょく》豊かな彫刻《ちょうこく》とともに〝MELVINE〟の文字が刻まれている。

青玉《サファイア》のように煌《きら》めくその碧《あお》い水は水竜《オンディーヌ》の涙《なみだ》で、真珠は人魚の涙だとララが教えてくれた。

メルヴィネはペンダントを茜空《あかねぞら》にかざす。

鮮《あざ》やかな朱色《バーミリオン》に透明度《とうめいど》の高い紺碧が重なって、言葉にできない美しさを呈《てい》する。七色の不思議な輝《かがや》きを放つ真珠は、世界中の色彩《しきさい》をそこに閉じ込めたみたいだった。ペンダントの角度を少し変えると真珠がゆっくりと動いて、宇宙《そら》を渡《わた》る月の舟《ふね》のようになる。

「綺麗だな。サロメの涙もララの涙も……魔物《まもの》の涙はみんな宝石みたいだ」

メルヴィネは毎日こうしてペンダントをかざし、会ったことのないサロメの姿を碧い水の向こうに思い描《えが》いていた。

岬を渡る潮風が黒い髪《かみ》を乱暴に撫《な》でていく。

いつもの夕凪が、どうしてか今日は訪《おとず》れない。あの一瞬《いっしゅん》の静寂《せいじゃく》が好きなのに。吹き荒《すさ》ぶ海風は、揺れるメルヴィネの心をあらわすかのようだった。

「ラーラ。今日こそきっと来てくれるよね……」

メルヴィネが一人で暮らす小さな島は、魔海域《まかいいき》に浮《う》かんでいる。この島にラーラが来なくなって五日が過ぎた。今日の夕陽《ゆうひ》が完全に沈んでも姿を見せなかったら、待つことをやめて行動を起こす。そう決めていた。

ラーラに会いたかった。夕陽が沈む前に島に来てほしい。いつものように、少女みたいな笑顔《えがお》で、波間にあってもよく見える白い綺麗な手を振《ふ》ってほしかった。彼女がメルヴィネのために作ってくれた瑠璃色のペンダントを握《にぎ》りしめる。どうかラーラが来ますように。そう強く願いながら、夕陽を呑《の》み込んでいく海原《うなばら》をまばたきもせず見つめる。

でもメルヴィネはわかっていた。ラーラは——人魚である母親は、もうこの島には来ない——。

広大な土地と海洋、そして揺るぎない国力を保持するアルカナ・グランデ帝国には、人間のほかに〝魔物〟が存在する。

海に棲《す》む多種多様の魔物の中で、最も棲息数《せいそくすう》が多いのは人魚だった。雌《めす》だけの一族でありながら、人魚はその美貌《びぼう》と剛力《ごうりき》と強い繁殖力《はんしょくりょく》を礎《いしずえ》にして海底に帝国を築きあげる。海底帝国の付近一帯は魔海域と呼ばれていた。人肉を主食とする人魚が群れを成して泳ぐ魔の海域。そこに入ってしまった船が港に戻《もど》ることは二度とない。

陸上に生きる魔物の数は海洋のそれを上まわる。村には人間に擬《ぎ》態《たい》した吸血鬼《ヴァンパイア》や黒猫《くろねこ》が、森の奥深くには大小さまざまの魔獣《まじゅう》が、夜の闇《やみ》には名もない魔物たちが数多と棲息していた。

そしてそれらの頂点に君臨するのが竜であり、彼らとほぼ同等の地位に、強い魔力《まりょく》と知恵《ちえ》を持つ魔女がいる。魔物たちを統率《とうそつ》し守護する絶対的存在だったしかしこれは遥《はる》か昔の話――人魚と魔海獣《まかいじゅう》以外の魔物を見たことがないメルヴィネにとって、竜や魔女は伝承に近い。現在、魔女は絶滅《ぜつめつ》し、人魚やほかの魔物たちも絶滅寸前に追いやられている。そして、世界最強の魔物である竜は人間を守るために働いているという。

人魚の一族は、その竜の一族と断絶状態にあった――。

すべての元凶《げんきょう》は数十年前、アルカナ・グランデ帝国に興《おこ》った産業革命と時を同じくして開始された〝魔物狩《まものが》り〟にある。それは魔物という人ならざる存在に世界の統治者の座を奪《うば》われることを恐《おそ》れた、人間の身勝手さが生み出した法令だった。

〝人類の進歩を阻《はば》む魔物を殲滅《せんめつ》せよ〟――政府の一方的な宣言のもと、帝国軍は魔物狩りをさかんに行い、強襲《きょうしゅう》された魔物たちや、彼らを守護する竜と魔女は恐るべき速さで生存数を減らしていった。陸にも海にも魔物の死骸《しがい》が累々《るいるい》と横たわるその光景はあまりにも凄惨《せいさん》で、現世にあらわれた地獄《じごく》のようであったという。

しかしその中で唯一《ゆいいつ》、竜だけが魔物狩りを免《まぬか》れることになる。

最後の魔女・ジゼルが命を賭《と》して設立した結社〝ドラゴンギルド〟によって。

『ドラゴンギルドの竜を狩《か》ったとき、アルカナ・グランデ帝国は滅亡《めつぼう》する』――凄《すさ》まじい呪《のろ》いを遺《のこ》してジゼルがみずから命を絶ったことは、もはや魔物のあいだでは伝説となっている。

ドラゴンギルドと所属契約《けいやく》が成立した竜は命を保障され、帝国のために働くこととなった。当時、現存していたすべての竜が集結し、契約書にサインしたという。

ドラゴンギルドは組織形態を結社としたが帝国軍の末端《まったん》に位置づけられ、竜の一族が帝国軍に属することで魔物狩りは収束に向かうと思われた。しかし政府と帝国軍は、竜を狩れなくなった憤懣《ふんまん》の矛先《ほこさき》を竜以外の魔物たちに向けた。結果、ドラゴンギルドという組織の誕生が、魔物への弾圧《だんあつ》を激化させたのである。

『竜ハ、ドラゴンギルドニ守ラレ、世界最強ノ魔物デアル誇リヲ忘レタ。魔物タチヲ守護スル使命ヲ怠リ、人間ドモニ阿《おもね》ッテイル』――海底帝国の統治者であり人魚の一族の長《おさ》であるエンプレス《女帝》はかつてないほど激怒し、竜が魔海域に入ることも、人魚に接触《せっしょく》することも厳しく禁じた。

竜と人魚が断絶して約二十年が経《た》とうとしている。

その間、産業革命において造船技術が進み、人間が乗るものは木造の帆船《はんせん》から鋼鉄の戦艦《せんかん》に変わった。それらが魔海域に侵入《しんにゅう》し、たびたび人魚が捕獲《ほかく》されるようになった今も、エンプレスはドラゴンギルドを――竜の一族に守護されることを頑《かたく》なに拒絶《きょぜつ》している。

メルヴィネはそれがどうしようもなく悲しかった。憤《いきどお》りすら覚えてしまうときがある。なぜ同じ魔物である竜と人魚のあいだに、こんなにも強い確執《かくしつ》が横たわっているのだろう。

『竜ト人魚ハ本当ニ仲ヨシダッタノ。人魚ハ竜ガ大好キダッタノヨ』

昔を思い出して幸せそうに笑うラーラを見るたび、変わり果ててしまった現状にメルヴィネの心は痛んでばかりいた。

幾度《いくど》となく聞かせてもらった昔話を思い出す。かつて竜は大空を自由に飛び、人魚は境界線のない海原を思うままに泳いでいた。火竜《サラマンダー》、水竜《オンディーヌ》、土竜《ゲノムス》、風竜《シルフィード》――よっつある竜種のうちオンディーヌは海辺や湖畔《こはん》に棲むことを好み、中には海底帝国を住処《すみか》にする水竜もいたという。

光り輝く紺碧の海をともに泳ぎ、やがて水竜は汀《みぎわ》に身体を丸めて眠《ねむ》る。人魚たちはその巨体《きょたい》に添《そ》い臥《ふ》し、人魚のものとは異なる、強く美しい水竜の鱗《うろこ》に触《ふ》れて――自分が生まれる前は当然として存在した、その憧《あこが》れてやまない風景を、メルヴィネは夢で見るしかなかった。

魔物狩りさえ起こらなければ魔女の一族は絶滅せずに済んだだろう。竜と人魚が断絶することもなかった。ラーラだって、恋《こい》をしている水竜と今も一緒《いっしょ》にいられたのに――。

「ラーラ。どこでなにしてるの。早く来てよ……」

メルヴィネは躍起《やっき》になって言い放ち、その場に座り込む。半分以上が沈んでしまった赤い夕陽は、爛熟《らんじゅく》して潰《つぶ》れた果実のように見えた。

どれほど願っても、ラーラはもう島には来ない。来ることができない。魔物の直感がびりびりと働いて、メルヴィネにそう言い聞かせてくる。でも信じたくなかった。

母親が数日のあいだ島を訪れないことは、これまでも頻繁《ひんぱん》にあった。長いときは十日ほど姿を見せない。それが普通《ふつう》だった。人魚たちは海底帝国に棲んでいる。何日もかけて広い海を泳ぎ、生きるために船を襲《おそ》い人肉を得て、繁殖のために人間と刹那《せつな》の恋に落ちる。

人魚なのに陸上で暮らしているメルヴィネのほうが特異なのだ。

特異なのはそれだけではない。メルヴィネは異質だらけの、出来損《できそこ》ないの人魚だった。そう言葉にするたび、ラーラは泣いてひどく怒《おこ》っていたけれど、出来損ないであることはこれを見ればすぐにわかる——岬に座ったままのメルヴィネはスラックスの裾《すそ》を捲《まく》り上げて、右《みぎ》脚《あし》の脹脛《ふくらはぎ》に視線を落とす。そこに、鈍《にぶ》く光る魚の鱗があった。

人魚の一族には雌しかいない。人間の脚ではなく大きな鰭《ひれ》を持って生まれてくる。雄《おす》が生まれても十四歳までに必ず雌に変化した。赤、桃色《ももいろ》や黄色、緑、青に紫《むらさき》——鰭と瞳《ひとみ》と長い髪はどれも色鮮《いろあざ》やかで、人魚が持たない色は黒だけだった。寿命《じゅみょう》は約百五十歳だが、最も愛らしく美しい姿で成長が止まる。雄を惑《まど》わせ、誘《おび》き寄せるための生態は太古から変わらない。

しかしメルヴィネは十八歳になった今も雄のままだった。

髪も、浅瀬《あさせ》の岩にべったりとくっついている海藻《かいそう》のように黒い。脚にあるわずかな鱗は、ラーラは綺麗な銀色だと褒《ほ》めてくれるが実際は鈍色《にびいろ》にしか見えなかった。人魚の主食である人肉も、気味が悪くて口にすることができない。メルヴィネは人間と同じように野菜や小魚を食べていた。

そうしたことのひとつひとつに、自分が人魚とは程遠《ほどとお》い生き物であることを思い知らされてばかりいる。そして、メルヴィネを最も苦悩《くのう》させるもの——。

「泳ぎたい。泳いでラーラを捜《さが》しに行きたいのに」

スラックスの裾をおろしながらメルヴィネはうなだれる。泳げない人魚なんて、長い歴史の中で一頭もいなかっただろう。エンプレスもあきれているに違《ちが》いない。

海を怖《こわ》いと思ったことはないけれど、なぜかほんのわずかの水位でも溺《おぼ》れてしまう。だから海を泳いで母親を捜すこともできずに、こうして〝帰らずの岬〟で待つしかなかった。

メルヴィネが人魚とは言えない身体《からだ》で生まれてきた理由は、はっきりとはわからない。

考えられることはひとつ。メルヴィネの父親が、アルカナ・グランデ帝国《ていこく》の人間ではないということ――。

『オ父サマハ、遥カ遠クノ、ズットズット遠クノ、絶対ニタドリ着ケナイヨウナ、極東ノ国ニ住ンデイルノ。……サロメニ、トテモヨク似テイタノ。綺麗《きれい》デ、優シカッタ』

水竜のことはいつも話すのに、ラーラはメルヴィネの父親の話になると口数を減らし、悲しそうな顔をした。髪が黒いのは父親の影響《えいきょう》だろう。ラーラはサロメという名の水竜に恋をしながら、別の雄と交尾《こうび》してメルヴィネを産んだ。でもそれは、人魚にとってはごく自然なことだった。

魔物《まもの》・人間を問わず、雄にすぐ恋をする人魚は多情な魔物と言われている。

頻繁に発情して交尾したがり、満月の夜はとりわけ繁殖の欲求《よっきゅう》が強くなった。この特徴《とくちょう》だけで淫乱《いんらん》な魔物と思われがちだが、そうではない。これは後世に一頭でも多くの個体を残すための知恵であり、本能に刻み込まれている行動様式だった。

人魚にとって人間とは餌《えさ》であり、繁殖に必要な生き物に過ぎない。だから人魚たちは精液を得られると判断したら、恋をしている相手とは別の雄であっても交尾する。生殖行為《せいしょくこうい》が終わってすぐに相手を食べるのは、その栄養を腹に宿ったばかりの胎芽《たいが》に送るためだった。

そうして生まれてきた子供を命懸《いのちが》けで育てる。誰《だれ》が産んだ子などというものは関係なく、一族の皆《みな》で慈《いつく》しみ育《はぐく》んでくれる――たとえそれが人間の脚を持ち、いつまで経っても雌にならない、泳げない子であっても。

メルヴィネはそれを身をもって知っているから、すぐ恋に落ちたりそれを失って泣いたり、でも翌日には「好キナ人ガデキタノ」と頰《ほお》を赤く染めて打ち明けてくる人魚たちが、可愛《かわい》らしくて愛《いと》しかった。出来損ないのメルヴィネを仲間として認め、大切に育て、この島を訪《おとず》れてくれる人魚たち。しかし彼女らへの親愛が募《つの》るほどに、強い引け目を感じてしまう。

どれほど大事にされ、大切に想《おも》っても、メルヴィネが海底帝国で暮らせる日は来ない。貝殻《かいがら》と珊瑚《さんご》と黄金でできた絢爛《けんらん》たるエンプレスの城。夜が深くなると皆がそこに集まるという。人魚たちが柔《やわ》らかな白砂の褥《しとね》で添い合って眠るあいだ、メルヴィネは一人、堅《かた》い木でできた寝台《しんだい》で眠るしかなかった。

「大丈夫《だいじょうぶ》……、ぼくは人魚だ。ラーラたちと同じ、人魚なんだ……」

メルヴィネは、ラーラがくれた瑠璃《るり》色《いろ》のペンダントをふたたび強く握《にぎ》りしめる。孤独《こどく》感と劣等《れっとう》感に苛《さいな》まれるたび、己《おのれ》にそう言い聞かせてきた。自分が一族唯一《ゆいいつ》の雄であること、人魚でありながら人間の脚を持って生まれたことには必ず意味がある。そう信じていた。

そしてメルヴィネの中にも存在している、人魚の魔力に縋《すが》る――。

人魚は額に感知能力を宿していて、額に接触してくる者の思考や記憶《きおく》を読みとることができた。ときには未来を予知することもあった。眠る者と額を触れ合わせることで夢を共有し、死者との会話をも可能にする。その人魚特有の魔力を、メルヴィネも確かに持っていた。

今メルヴィネが立っている〝帰らずの岬《みさき》〟には、毎日なにかが流れ着く。

空の酒樽《さかだる》や正体不明の液体が入った薬瓶《くすりびん》、黄金や宝石が詰《つ》められた木箱などに紛《まぎ》れて、死体も多く漂着《ひょうちゃく》した。嵐《あらし》で船が沈没《ちんぼつ》したり、航海の途中《とちゅう》で病魔《びょうま》に冒《おか》されたり、人魚たちの襲来《しゅうらい》から逃《のが》れられたものの途中で力尽《ちからつ》きたりと、死んだ理由はさまざまだった。

『帰りたい。おまえの小舟《こぶね》を貸してくれ』、『頼《たの》む、家に帰らせてくれ』——亡骸《なきがら》たちは口々に語りかけ、メルヴィネに乞《こ》うてくる。でも彼らは帰れない。もう死んでいるのだ。メルヴィネは死者たちの嘆《なげ》きに相槌《あいづち》を打ったり宥《なだ》めたりしながら、その身体に錘《おもり》をつけて海底帝国に沈《しず》める。それらはエンプレスや人魚たちの餌になった。

だからここは〝帰らずの岬〟。メルヴィネがそう名付けた。

でも、たった一匹《いっぴき》だけ、漂着しながらも生きてこの岬を去った者がいる。

——いったい何者だったんだろう。角があったから、魔物なのは確かだけど……。

気を失って岬に流れ着いたその魔物を介抱《かいほう》したのだが、メルヴィネ自身がかなり幼かったため記憶が曖昧《あいまい》になっている。魔物の裸体《らたい》は人間によく似ていたけれど、人間離《ばな》れした巨軀《きょく》をしていて、重くて動かせなかったからそのまま汀《みぎわ》で手当てをした。メルヴィネは介抱しながら眠ってしまったようで、目覚めたら寝台にいたことに驚《おどろ》く。急いで汀に戻《もど》ったがそこに魔物の姿はなく、横たわっていた痕跡《こんせき》も大きな足跡《あしあと》も波に攫《さら》われたあとだった。

それきり会っていない。だから名も知らないし、今は顔もおぼろげだった。

もしかしたら助けたこと自体が夢だったのかもしれない。でも、銀色の、とても綺麗な長い髪《かみ》だったことだけは鮮明《せんめい》に憶《おぼ》えている。自分が持つ魚の鱗もこれくらい綺麗だったらよかったのにと思ったことも。

『サロメハ、トテモ綺麗ナ銀髪《ぎんぱつ》ナノ。私、彼ノ長イ髪モ大好キダッタ。イツモ触《さわ》ラセテッテオ願イシテ、珊瑚ノ櫛《くし》デ梳《す》イテイタノヨ』

ラーラがうっとりとした表情でそう話すのを聞いたとき、帰らずの岬で見つけたあの魔物がサロメだったらよかったのにと思った。そうしてラーラの片恋話《かたこい》を聞くうちに、メルヴィネの中でサロメの存在だけがどんどん大きくなり、幼いときに一度だけ見た魔物の記憶は薄《うす》くなっていった。

「……」

長いあいだ忘れていた魔物を無理やり思い出し、そのことで頭をいっぱいにするのは、夕陽《ゆうひ》が完全に沈んでしまった現実を受け入れたくないからだろうか――。

「まだ……まだ間に合うから、今すぐ来て。お願いだよラーラ……」

青みを帯びた翡翠《ひすい》の瞳を懸命《けんめい》に凝《こ》らして、揺《ゆ》れる波間に母親の姿を捜す。

紅炎《こうえん》の色に染まっていた世界が、群青《ぐんじょう》の海底へ落下していくようになる。

藍色《あいいろ》の空に浮《う》かぶ雲は、島に咲《さ》いた薄紫《うすむらさき》のライラックによく似ていた。波は紫水晶《アメジスト》を溶《と》かしたように妖《あや》しく艶《つや》めき、黒くなった岩礁《がんしょう》に打ち寄せる。

青藍色の空気を纏《まと》ってメルヴィネの肌《はだ》も蒼白《あおじろ》くなった。首からさげた瑠璃色のペンダントは より一層深みを増して、天藍石《てんらんせき》よりも美しく煌《きら》めく。

潮風に乗ってきらきらと輝《かが》きながら流れていくのは、死者を導く妖精《フェアリー》たちの鱗粉《りんぷん》だった。

それは一日に一度訪れる逢魔《おうま》が時。

亡者《もうじゃ》たちを迎《むか》え入れるため、現世と冥府《めいふ》をつなぐエキドナの門が開かれるとき――。

「あっ……」

紫紺《しこん》色の波間に白い手が見えて、メルヴィネは立ち上がる。

ラーラに違いない。魔物の直感を信じなくてよかった。笑顔《えがお》になって大きく手を振《ふ》り返し、逸《はや》る気持ちを抑《おさ》えられずに急いで岬を駆《か》けおりる。

砂浜《すなはま》を駆けながら気づく。一頭ではない。

五頭の人魚が島に来てくれたが、その中にラーラはいなかった。

「メルヴィネ」

「会イタカッタ！」

なぜ母親の姿がないのだろう。不安になりながら汀《みぎわ》の岩に座ると、リアやイオーたち五頭の人魚は思い思いに触《ふ》れてくる。

人魚には、こうして雄の下肢《かし》にぴたりとくっつく習性があった。臑《すね》を抱《だ》きしめたり腿《もも》に頬をすり寄せたり、脚のあいだに入って腰《こし》に腕《うで》をまわすことで満足感を得る。髪を撫《な》でられるのも好きだった。メルヴィネは濡《ぬ》れていてもさらさらの長い髪を梳きながら訊《たず》ねる。

「ラーラがどこにいるか知ってる？　誰か、一緒《いっしょ》じゃなかった？」

すると今まで笑っていたイオーたちが揃《そろ》って泣きはじめた。メルヴィネのスラックスや紫紺の水面《みなも》に、透明《とうめい》の雫《しずく》がとめどなくこぼれ落ちていく。

人魚の涙《なみだ》は虹色《にじいろ》に輝いてとても美しいのに、今日ばかりはそれが不吉《ふきつ》なものに見えた。

やがて色とりどりの長いまつげを濡らしながら、人魚たちが口を開く。

「ラーラ、捕マッタノ。背骨ヲ抜《ぬ》カレタ」

「人間ニ食ベラレタノヨ」

「――！」

絶対に聞きたくなかったその恐《おそ》ろしい言葉に、脳が痺《しび》れたようになる。心臓が耐《た》えられないほど痛み、呼吸が乱れた。リアの髪を梳く手がぶるぶると震《ふる》えだす。

「そん、な……うそだっ」

しかし人魚は嘘《うそ》の涙を流すなど決してしない。嘘でもまちがいでもないことは、わかりきっていた。

ラーラはもう島には来ない。来ることができない――びりびりと痛みを伴《ともな》うほどに働いた魔物の直感は、偽物《にせもの》ではなかった。荒《あ》れ狂《くる》う潮風に心を翻弄《ほんろう》され、粉々にされたような錯覚《さっかく》に陥《おちい》る。望みつづけている人魚の証《あかし》はどこにもないのに、なぜこんなにもつらくて悲しい事実を知るときだけ人魚みたいな魔力《まりょく》が発動されるのだろう。

メルヴィネは信じたくないと足掻《あが》くばかりでラーラを助けに行こうとしなかった。島に来てくれることしか願わずに、小舟で沖《おき》に出ようとすらしなかった。雄《おす》のくせに母親を守らないなんて最低だ――そんな自分がどうしようもなく惨《みじ》めで腹立たしい。

「わかっ、た……みんなが無事で、よかった……」

怖《こわ》がる人魚たちにもっと優《やさ》しくしたいけれど、今はそう返事をするのが精一杯《せいいっぱい》だった。ひどく混乱して考えが整理できない。血が滲《にじ》むほどに唇《くちびる》を噛《か》む。

ラーラは頸椎《けいつい》を抜《ぬ》かれるだけでは済まされなかった。メルヴィネたちには到底《とうてい》思いつくことができないほどの惨《むご》い凌辱《りょうじょく》を受けて殺されたのだ。

おぞましく残酷《ざんこく》な現実に眩暈《めまい》がした。そこからラーラを救えなかった己の無力さに苛まれて、また息ができないほど苦しくなる。メルヴィネは、震えながら泣くリアたちを抱きしめた。

「人間より怖い生き物はこの世界にいない、絶対に……」

満月の下、夜《よ》釣《づ》りをする男を惑《まど》わせて性交後に食《く》らい、沖合《おきあい》で漁をする漁師たちを海底へ誘《さそ》う――かつて、人間にとって人魚とは美しくも恐ろしい海の幻想《げんそう》生物だった。

のちに到来《とうらい》した華々《はなばな》しい大航海時代が両者の関《かか》わりをより濃密《のうみつ》にし、人魚の一族にも繁栄《はんえい》を齎《もたら》すことになる。魔海域には今も、莫大《ばくだい》な金銀財宝を積んだ大型船が何百隻《せき》と沈んでいるが、そこに乗っていた数多《あまた》の船員は人魚たちの糧《かて》となり、亡骸はひとつとして残っていない。

しかし二十年ほど前から――ちょうど竜《りゅう》と人魚が断絶したころから、人魚と人間の関係は大きく変化した。産業革命を興《おこ》し科学を進歩させ、魔物《まもの》を壊滅《かいめつ》させた人間にとって、もはや人魚は恐怖《きょうふ》ではなく魔物ですらない。人間は観賞用として、また不老不死の珍味《ちんみ》として人魚を捕獲《ほかく》するようになった。

今では人魚の漁猟《ぎょりょう》を専門にする組織まであるという。組織が生け捕《ど》りにした人魚を法外な値段で売り渡す相手は、政府の要人や富裕層《ふゆうそう》たちだった。彼らは買った人魚の美麗《びれい》さを競《きそ》い合うかのようにたびたび夜会を開く。そして狭《せま》い水槽《すいそう》をもがきながら泳ぐ人魚の、その色鮮《いろあざ》やかな鱗《うろこ》や髪、蹼《みずかき》のある珍《めずら》しい手や白く美しい乳房《ちぶさ》を観賞しながら酒を飲む。

そうして飽《あ》きたら別の色を持つ新しい人魚を買い、古い人魚の背骨を――頸椎を抜くのだ。

それは人魚にとって最大の脅威《きょうい》であり、凌辱以外のなにものでもなかった。

頸椎を抜かれた人魚は舵《かじ》が壊《こわ》れた小舟のように動きが制御《せいぎょ》できなくなり、同じところをぐるぐると廻《まわ》るだけになる。瑞々《みずみず》しい肌や綺麗《きれい》な鱗にはたちまち黒い黴《かび》が生えた。廻りつづける苦痛と水槽に映る醜《みにく》い己《おのれ》の姿に、人魚は気が触れて死んでしまう。

人間は、人魚が腐《ふ》乱《らん》して死んでいく様子すら見て愉《たの》しむという。人魚の腐《ふ》肉《にく》には絶大な若返りの効果があると確《かく》認《にん》され、極《ご》上《くじょう》の珍味として扱《あつか》われるようになった。腐肉料理を振る舞《ま》うためだけに盛大な晩《ばん》餐《さん》会が開かれると聞く。

男は盛《せい》装《そう》し女も着《き》飾《かざ》り、恐怖にもがく人魚たちを観賞しながら若返りの腐肉を貪《むさぼ》る。その光景を想像したメルヴィネは強《きょう》烈《れつ》な怒《いか》りと吐《は》き気を覚えた。

それはさながら永遠の若さに執《しゅう》着《ちゃく》したバイロン王のようで——。

「なんでラーラが食べられなきゃだめなんだっ。どこで、どんな船に捕《つか》まったんだ？」

「ワカラナイ。デモ、タブン魔海域ノ外ダッタ」

「魔海域の外？　なんで？　絶対に一頭では行かないでって何度も頼《たの》んでたのに。満月の夜でもないのに、ラーラは、なにをしに——」

そこまで言って気づく。母親は、空を飛ぶサロメを見つけに行ったのではないだろうか。

この島に来るたび、ラーラはメルヴィネの脚《あし》のあいだに入り、腿に凭《もた》れて言っていた。

『サロメハ私ノコト忘レテシマッタカシラ。会イタイ。私ハ一日ダッテ忘レタコトナイノヨ』

ラーラは繰《く》り返しメルヴィネに語る。自分がどれほど水竜に恋《こい》しているかを。

綺麗な銀髪。煌めく水色の鱗。サロメは、雄とは思えないほど清《せい》麗《れい》で淑《しと》やかだった。

海底で見つけた沈《ちん》没《ぼつ》船の、船首像《フィギュアヘッド》の聖母によく似ている。物静かでとても誠実で、小さくて可《か》愛《わ》いものをとりわけ大切にしてくれた。でも竜に相《ふさ》応《わ》しい強《きょう》靭《じん》さと残《ざん》虐《ぎゃく》性も秘《ひ》めている。

誰《だれ》も持ち得ないその強い魔力と大きな身体《からだ》で、魔物や人魚を守ってくれていた。

この世界で最も美しく冷酷《れいこく》な、碧水《へきすい》の竜——。

『メルヴィネガ二十歳《はたち》ニナッタラ、魔海域ノ端《はし》マデ一緒ニ行キマショウネ。空ヲ飛ブ竜ガ見エルカモシレナイ。ホンノ一瞬《いっしゅん》カモシレナイケド』

『きっと見えるよ。サロメだったらいいね』

『ウン。サロメダッタラ、トテモ嬉シイ。トテモ幸セ。私、絶対ニ追イカケテシマウ』

『だめだよ、気持ちはわかるけど、一頭で魔海域の外には出ないで。危ないからね』

メルヴィネが二十歳になるまで待てなかったのだろうか。もしかしたらラーラは頻繁《ひんぱん》にサロメを捜《さが》しに行っていたのかもしれない。竜の一族は魔海域には入れないから、その姿を見たければ人魚が魔海域の端まで行く必要がある。

飛行するサロメをどうしても見たいラーラは、空に夢中になるあまり魔海域の外に出たことに気づけなくて、そのとき捕獲されたのではないだろうか。

ただの憶測《おくそく》に過ぎないけれど、今の混乱した頭ではそう考えることしかできなかった。

「どうして……一緒に行こうって約束してたのに」

首が折れそうなほどうなだれる。鼻の奥がつんとした。絶対に泣きたくない。まぶたをきつく閉じ歯を食いしばって、涙の気配を遠くへ追いやった。

メルヴィネには泣くよりもやることがある。今日の夕陽が完全に沈《しず》んでもラーラに会えなかったら、待つことをやめて行動を起こす。そう決めていたのだ。

サロメに、ドラゴンギルドに、人魚の一族の救済を求める——。

それはもう何年も胸に秘めている希望だった。同じ魔物である竜と人魚が、こんなにも長い

あいだ断絶しているなんて絶対にあってはならない。これ以上は耐えることができなかった。メルヴィネの勝手極《きわ》まりない行動は必ずエンプレスの怒りを買う。それでもいい。彼女が持つ黄金の三叉槍《トリアイナ》で貫《つらぬ》かれてもかまわなかった。

本当は自分で人魚たちを守りたいけれど、メルヴィネはあまりにも非力だ。でも脚を持っている。陸上を歩き、帝都《ていと》にあるというドラゴンギルドまでたどり着くことができる。魔海域の現状を訴《うった》えれば、サロメたちは必ず人魚の一族や魔海獣《まかいじゅう》たちを守ってくれるはずだ。

メルヴィネは幾度《いくど》となく夢に見たその風景を現実のものにする。そして――。

――ララたちの背骨を取り返してみせる。魔海域に還《かえ》すんだ。絶対に……！

かたく誓《ちか》ってまぶたを開いたその瞳《ひとみ》に、瑠璃色《るりいろ》のペンダントが映った。

「ララ……」

サロメに恋をした十五歳の姿で成長が止まった人魚。百年以上生きていても子供を産んでも、少女みたいなその姿はずっと変わらない。いつもメルヴィネの脚のあいだに入ってきて、歌ったり笑ったり泣いたりしていたララは、母親ではなく妹のようだった。

蜂蜜《はちみつ》色の長い髪《かみ》に真珠《しんじゅ》や珊瑚《さんご》を鏤《ちりば》めて、いつも綺麗にしていた。大きな瞳は、メルヴィネと同じ、青みがかった翡翠《ひすい》の色。鱗や鰭《ひれ》は桃色《ももいろ》だから、海の中にピンクのバラが咲《さ》いたみたいになる。まっすぐに切り揃えられた前髪《まえがみ》と、ほんの少しのそばかす。可愛くて柔《やわ》らかくて、綿菓子《わたがし》みたいだったララ。

怖い思いなど絶対にさせたくなかった。メルヴィネは無力な己を恥《は》じる。ララは背骨だけにされた今も泣いているに違《ちが》いない。命に代えてでも、魔海域に連れ戻《もど》してみせる。

「……」

五頭の人魚たちはメルヴィネの下肢にくっついて泣きつづけていた。

でもメルヴィネは泣かない。雄だから絶対に泣いたりなどしない。

自分が一族唯一《ゆいいつ》の雄である意義を、人魚でありながら人間の脚を持つその意味を見出《みいだ》した。

「……みんな、今まで仲よくしてくれてありがとう。ぼく、島を出る」

そう言って立ち上がると、イオーたちはひどく驚《おどろ》いて脚に縋《すが》りついてきた。

「イヤ！　ドウシテ？」

「メルヴィネ、ドコ行クノ？」

「ドラゴンギルドに行く。竜たちに、人魚の一族を守ってくれって頼みに行くんだ」

「竜ハ、絶対ダメ。私タチ人魚ヲ見捨テタ」

「そんなことない。見捨ててなんかないよ。竜だって、魔物たちや人魚を守りたいって絶対に思ってくれてる。ぼくがそれを確認してくるよ」

「ダメヨ。エンプレス、オ怒リニナル」

「メルヴィネガ人魚ノ一族カラ追イ出サレチャウ。ソンナノ、イヤ」

竜と接触《せっしょく》した人魚は即座《そくざ》に一族から排斥《はいせき》するという決まりがある。それはもう充分《じゅうぶん》に覚悟《かくご》していた。否《いな》、メルヴィネの場合は排斥だけでは済まない。でも、ドラゴンギルドに人魚や魔海域に棲《す》む魔物たちを守ってもらえるなら、命を差し出すことなど少しも怖くなかった。

リアやイオーたちに余計な心配をかけたくないメルヴィネは笑顔《えがお》を作り、ほんの少しの嘘をつく。

「追い出されても大丈夫《だいじょうぶ》だよ。陸上なら、ぼくはどこでも生きていける。服も着てるし髪も黒いから人魚だって誰にも気づかれない。魔物狩《まものが》りに遭《あ》うこともないよ」

「ラーラトノ約束ヲ破ルノ？」

「ラーラ、トテモ悲シム」

「…………」

二十歳になるまでこの島にいる――それがラーラとの約束だった。

しかしメルヴィネは十三歳になったときから「島を出て遠くまで行きたい」と何度も頼んでいる。そう頼むたび、愛らしい少女みたいなラーラの表情が怖《こわ》いほど硬《かた》くなった。あれは母親の顔であったかもしれない。結局ラーラがそれを許すことはなく、メルヴィネも彼女にそんな顔をさせたくなくて最近は口にしていなかった。

――でも、意味なかったじゃないか。

約束を守っていたせいで、ラーラは落とさなくてもいい命を失ってしまったのだ。

「ずっとドラゴンギルドに行きたかった。竜に頼みたかったんだ。約束なんか守ってないで、もっと早く島を出たらよかった。そしたらラーラだって死なずに済んだのに」

最後に会った日も、ラーラはいつもと同じように「サロメニ会イタイ」と言っていた。とても簡単なことなのに、それが叶《かな》えられないなんて絶対におかしい。ラーラのためにも、人魚たちのためにも、この魔物同士の断絶を必ず終わらせる。

メルヴィネは寝起《ねお》きしている小屋へ走った。毛布とカンテラ、水や食料をまとめて、いつも使っている釣《つ》り用の小舟《こぶね》に積み込む。

火を入れたカンテラを小舟の舳先《へさき》に吊《つ》るし、櫂《かい》の確認をしていると、水に濡《ぬ》れた人魚の白い手がひたひたと小舟の縁《へり》にくっついてきた。

「ツイテ行ク」

「一緒《いっしょ》ニ行ク」

「だめだよ。今日も、帰らずの岬《みさき》に死体が流れ着いたんだ。船が近くにいるってことだろ？捕まって背骨を抜《ぬ》かれたらどうするんだよ」

そう窘《たしな》めても、人魚たちは揃《そろ》って美貌《びぼう》を曇《くも》らせ、首を横に振《ふ》る。メルヴィネの出立は止められないのだとわかった彼女らは、なにがなんでも大陸の汀《みぎわ》までついてくるつもりのようだった。

「メルヴィネ、泳ゲナイ。海ニ落チタラ大変」

「そんな簡単に落ちないから……」

「ダメ。落チタラ、ドウスルノ」

「溺レルヨ？　ドウスルノ」

人魚には〝エコー〟と呼ばれる癖《くせ》がある。感情が昂《たか》ぶると互《たが》いの言葉を反響《はんきょう》し合うのだ。五頭の人魚たちは「心配ダカラ一緒ニ行ク」「メルヴィネト行ク」「ツイテ行ク」と口々に喋《しゃべ》りだす。こうなってしまったら説《と》き伏《ふ》せることはもうできない。

確かに、怒りに任せて小舟に乗ったものの、初めて魔海域の外へ漕《こ》ぎ出すのは少し心細かった。しかも辺りは暗くなり、大陸への海路にも不安がある。

メルヴィネは苦笑いをしながらイオーたちに頼んだ。

「じゃあ……魔海域を出るぎりぎりのところまで、一緒に来てくれたら嬉《うれ》しいな」

「ウン！　一緒ガイイ」

「一緒ネ」

メルヴィネは櫂をただ持っているだけで少しも漕いでいないのに、小舟は波の上を軽《かろ》やかに滑《すべ》っていく。人魚はその美麗《びれい》な容姿からは想像できないほどの怪力《かいりき》を持った魔物《まもの》だから、小舟を動かすのはとても簡単なことだった。

十八年間ずっと暮らしていた島が、あっという間に遠ざかる。

ここには二度と戻らないとあらためて覚悟すると、ラーラたちと過ごした日々が思い浮《う》かんできた。涙《なみだ》の気配をふたたび堪《こら》えて、小さくなっていく島の影《かげ》を青い翡翠の瞳に焼きつける。

リアたちが綺麗《きれい》な声で歌いながら小舟を押してくれるから、暗い海は少しも怖くなかった。

東の水平線から丸い月が昇《のぼ》ってくる。でも満月ではない。端《はし》が少しだけ溶《と》けていた。

同じ方向を見ていたイオーが遠くを指さして言う。

「アッチニ行ッテハ、ダメヨ。バイロンノ魔島、沈ンデル」

「えっ、バイロンの魔島が？　魔海域のすぐ近くだったんだ……知らなかった」

アルカナ・グランデ帝国《ていこく》に生きる者なら誰《だれ》もが一度は耳にするその島の名に、メルヴィネはわずかな悪寒《おかん》を覚えた。人魚たちにとっては単なる過去のできごとなのだろうか、皆《みな》、怖がりもせず話しだす。

「今ハ誰モイナイ。魚タチノ住処《すみか》ニナッテル。デモ近ヅカナイホウガイイノヨ」

「魂《たましい》ダケ、魔島ニ残ッテルカラ。バイロン王ハ、若イ子ガ大好キ」

「メルヴィネミタイナ、若クテ可愛《かわい》ラシイ子ガ大好キ」

「なに言ってるの、ぼくよりリアのほうが若いだろ？　それにリアのほうがずっと可愛い」

童顔で背が低いことを気にしているメルヴィネは思わず必死で言い返してしまった。

小舟を押しつづける人魚たちはとても楽しそうに笑う。

「私ノ、ママ、水竜《オンディーヌ》ヲ手伝ッタ。一緒ニ魔島ヲ沈メタ。メルヴィネノ、ママモデショウ？」

「うん。ラーラも、オンディーヌに協力したって」

ひとつ年下のリアの質問に、メルヴィネは微笑《ほほえ》んで答えた。

『悪い子はバイロンの魔島に連れて行かれるよ！』――今日では、人間の親が子を叱《しか》るための寓話《ぐうわ》にもなっているという、魔島伝説。

でもあれは作り話ではない。本当にあったできごとだとラーラが教えてくれた。

それは今から約百年前のこと。若者の血を啜《すす》り臓物を食《く》らう悪魔《あくま》のような人間から、子供たちを守るために、己《おのれ》の危険も顧《かえり》みず巨大《きょだい》なバイロン島を沈《しず》めたのはサロメだった。

島をひとつ沈没《ちんぼつ》させるということは、自然の摂理《せつり》に反することだ。それには計り知れないほどの魔力《まりょく》が必要であり、非常に大きな危険を伴《ともな》う。それをたった一匹《いっぴき》で行おうとしたサロメに賛同し加勢したのは、何千頭という数の人魚たちだった。

『危険です。やめておきなさい』――集まった人魚のうち最も幼かったラーラたちに、サロメはそう言ってくれた。でもラーラはどうしてもサロメの役に立ちたくて、ともにバイロン島を沈めたという。

サロメは成体になったばかりのとても若い竜で、ラーラはわずか十五歳だった。

彼女はそのとき成長が止まった。サロメへの恋《こい》で心をいっぱいにした、一等愛らしいままで時を止めたのだ。

「サロメ、魔物狩《まものが》リデ死ンデイナケレバ、ドラゴンギルドデ働イテル」

「メルヴィネハ、サロメニ会ウカモシレナイ。彼ガ生キテイレバ」

「うん。そうだね、生きていれば……」

「キット生キテル。サロメ、トテモ強イ竜」

ラーラと同じくらい長く生き、ともにバイロン島を沈めたイオーたちも、サロメのことをよく知っていた。

「彼、トテモ綺麗。スゴクイイ雄《おす》。デモ、人魚ト交尾《こうび》シテクレナカッタノヨ」

「私タチ、ミンナ振ラレチャッタ。ラーラハ、何度モ振ラレテ、ヨク泣イテタ」

「メルヴィネガ、ラーラノ子供ダッテ知ッタラ、彼、驚《おどろ》クカシラ？」

「驚カナイト思ウ。サロメ、トテモ優シイケド、トテモ冷淡《れいたん》。求愛サレタ人魚ノ数、多スギテ憶《おぼ》エテナイ」

「ソウネ。サロメニ振ラレタ人魚、ミンナ別ノ雄カラ精液ヲ取ッテ子供ヲ産ンダモノ」

多情な魔物らしい人魚たちの会話に、メルヴィネは心の中で苦笑する。

でも人魚とはそういうものだ。好みの雄に交尾をねだって、叶わなければすぐに別の雄を探す。精液を得られたら、生まれてくる子供のためにその父親を食べる。ラーラは、少し特殊《とくしゅ》だったのかもしれない――。

巨大な島を沈め、凶悪《きょうあく》なバイロン王を始末したあとも、竜と人魚の関係は変わらなかった。

サロメはとても優《やさ》しくて、そばにいることも銀髪《ぎんぱつ》に触《ふ》れることも許してくれたが、ラーラが最も望む生殖行為《せいしょくこうい》だけは頑《かたく》なに拒《こば》みつづける。

ラーラは発情するたび、熱くなった心と身体《からだ》でサロメに交尾を求めたけれど、ただの一度も触れられることはなかった。それは誠実だが冷淡でもあるとメルヴィネは思う。

竜と人魚が断絶状態になっても、諦《あきら》めきれないラーラは隠《かく》れてサロメに会いに行く。しかしそれも拒まれたラーラは、精液の代わりに紺碧《こんぺき》の涙をもらって、サロメの前から姿を消した。

メルヴィネの父親と出会ったのは、その日の深夜だったという。

サロメの涙が入った小瓶《こびん》に口づけながら泣いていると、声をかけられた。サロメに瓜二《うりふた》つのその人は、極東の国の皇太子だった。艶《つや》めく夜色の長い髪《かみ》、サロメとよく似た淑《しと》やかな所作。綺麗な指で触れられて、ラーラは発情してしまう。

『よく似ているのなら、私をサロメと思ってかまわない』——黒髪の皇太子はそう言ってラーラを慰《なぐさ》め、熱情を籠《こ》めて抱《だ》き、激しく官能的な一夜を与《あた》えてくれた。そのときメルヴィネを宿したとわかったのに、ラーラはどうしても皇太子を食べることができなくて、そのまま浜辺《はまべ》に帰したという。

——どうしてラーラは父さんを食べなかったんだろう……。

異国の皇太子だったからだろうか。ラーラの求めに応じて交尾をしてくれたのに、それでもサロメを想《おも》いながら抱かれたことに、人魚らしくない自責の念を抱いたのかもしれない。

メルヴィネは瑠璃《るり》色《いろ》のペンダントを手に取り、中の真珠《しんじゅ》を揺《ゆ》らす。

「ソレ、ラーラノ涙ネ？」

「うん」

「誰ヲ想ッテ落トシタ涙カシラ。サロメ？　ソレトモ、精液ヲモラッタ雄？」

「たぶん……じゃなくて、絶対サロメだ」

水竜《オンディーヌ》が流す涙の色は、夢のように美しい紺碧なのだとラーラが教えてくれた。そして人魚は生涯《しょうがい》にたった一滴《ひとしずく》だけ、真珠の涙を落とす——生まれたその日にメルヴィネの首にかけられたこのペンダントには、サロメの涙とラーラの涙が詰《つ》められているのだ。ラーラは、せめて涙をひとつにすることで、結ばれることのなかった心と身体を慰めていたのかもしれない。

ラーラの恋心は、熱くて烈《はげ》しい。

メルヴィネの心に強く伝染《でんせん》してしまうほどに。

「………」

サロメに会いたいとラーラが願うように、メルヴィネもまたサロメを想っていた——否《いな》、想ってしまっていた。

母親が恋している水竜《オンディーヌ》に、息子《むすこ》である自分も同じ感情を抱いている。

そう気づいたときの衝撃《しょうげき》と、戦慄《せんりつ》にも似た激しい動揺《どうよう》は忘れることができない。絶対にあってはならないのに。ましてやメルヴィネはサロメと同じ雄。会ったこともないオンディーヌに惹《ひ》かれるたび、ひどい自己嫌悪《けんお》に陥《おちい》り、懸命《けんめい》に気持ちを抑《おさ》え込もうとしてきた。でもラーラからサロメの話を聞くほどに、水竜への想いは募《つの》るばかりになった。

——サロメは本当にラーラのことを忘れてしまったのかな……。

できれば憶えていてほしい。ラーラが死んだと聞いたら、悲しんでくれるだろうか。彼女の望みを叶《かな》えてあげなかったことを、少しは悔《く》やんでくれるだろうか。

自分の想いは、なにがあっても隠し通す。

でも、「母さんから話を聞いて、会いたいと思っていました」――そう伝えるくらいは、ラーラも許してくれるはず――。

「ど、どうしたの急に？」

「メルヴィネ、私タチヲ寂《さみ》シクサセル悪イ子、連レテ行カレル！」

「悪イ子ハ、バイロンノ魔島《まとう》ニ連レテ行カレルヨ！」

リアたちが突然《とつぜん》、大きな声でエコーを始め、それに驚《おどろ》いたメルヴィネは考えることをやめた。

「メルヴィネ、私タチヲ心配サセル悪イ子」

「寂シクサセル悪イ子ハ、バイロンノ魔島ニ連レテ行カレルヨ！」

「わかったよ、わかったから……ごめんね」

躍起《やっき》になって反響《はんきょう》し合う人魚たちの肩《かた》を撫《な》でて宥《なだ》める。彼女らがエコーを始めた理由に気づいた。小舟《こぶね》が魔海域の端に着いたのだ。

知らないうちにずいぶん遠くまで進んできたようで、島を出発したときにはなかった夜霧《よぎり》が立ちこめている。未知の海域はただでさえ不安なのに、夜の闇《やみ》と霧《きり》が心細さに拍車《はくしゃ》をかけた。

しかしメルヴィネは今度こそ自力で小舟を漕《こ》ぎ進めなくてはならない。心を決めて櫂《かい》の先を海に沈めると、イオーたちがそれを引っ張ってきた。

「モット先マデ一緒《いっしょ》ニ行ク」

「ズット先マデ一緒ニ行キタイ」

「だめ。魔海域までって約束しただろ。……一緒に来てくれてありがとう。みんなのおかげで怖《こわ》くなかった。気をつけて帰るんだよ。なるべく深いところを泳いでね」

可能な限りの笑顔《えがお》を作ってそう言った。本当はとても寂しいし、彼女たちの髪をもっと梳《す》いてあげたい。でも、額に触れてしまったら、メルヴィネが戻《もど》らない覚悟《かくご》でいることを感知されてしまうかもしれない。リアの前髪《まえがみ》へ伸《の》ばしかけた手を引っ込め、櫂の柄《え》を握《にぎ》りしめる。

「絶対ニ帰ッテキテ。エンプレス、オ怒《いか》リニナッテモ、私タチガ守ル」

「それ、は……」

「戻ッテクルッテ約束シテ。ズット待ッテル」

「デモ遅スギタラ、ダメヨ。大陸ノ浜辺マデ、捜《さが》シニ行クヨ」

どう返事をすればいいか困っていると、ふいに、ひとつの大きな波が来た。

「——っ？　なんだ、今の……？」

メルヴィネと五頭の人魚は揃《そろ》ってびくりと肩を震《ふる》わせる。そのひどく不自然な動きをした大波が、人工的なものであることはメルヴィネでもわかった。イオーたちが小舟のうしろへ集まる。メルヴィネは目を凝《こ》らして夜霧の向こうをじっと見つめる。

やがて、夜の闇だと思っていたそこが、グォン……という不気味な重低音を轟《とどろ》かせて動きだした。

「う、わぁ……っ」

「キャア、——！」

荒々《あらあら》しい波が幾《いく》つもやってきて、小舟が転覆《てんぷく》しそうになる。

あまりにも大きなそれがなんなのか、すぐには認識《にんしき》できなかった。でもわかる、魔物《まもの》の直感がびりびりと働く。大型の魔海獣《まかいじゅう》でもなければ鯨《くじら》でもない。絶対に近寄ってはならないものだ。

今すぐ離《はな》れなくてはいけないのに、メルヴィネが暮らしていた島よりも大きな鋼鉄の塊《かたまり》が、まっすぐ近づいてくる。

「戦艦《せんかん》だっ！　みんな逃《に》げて‼」

話に聞いたことがあるだけで、メルヴィネは生まれて初めて見る。こんなにも巨大なものが海に浮《う》かび、自在に動いていることが信じられなかった。

夜霧を切り裂《さ》いて艦首《かんしゅ》があらわれる。接近されすぎて全体像がとらえられない。舳先《へさき》で揺れている白い塊が見えて、全身の肌《はだ》が一気に粟立《あわだ》った。

「ラーラ⁉」

恐怖《きょうふ》と怒りの感覚が壊《こわ》れたようになる。目を逸《そ》らしたいのに逸らしたくない、恐《おそ》ろしいのに手を伸ばしたくなるその白い塊は——。

「……ラーラ、の——背骨が‼」

違《ちが》う、ひとつではない。舳先に、二十を超《こ》える数の頸椎《けいつい》が括《くく》りつけられている。

カラカラ……、カラカラ……と頸椎のぶつかり合う乾《かわ》いた音がする。それが、もがき苦しむラーラたちの悲鳴に聞こえて、メルヴィネは耐《た》えられずに激しく嘔吐《おうと》した。

「え、ぐっ……、——は、早く、逃げてっ……、逃げろ！」

汚《よご》れた口を拭《ぬぐ》い、振《ふ》り返って叫《さけ》ぶ。しかし手遅《ておく》れだった。イオーたちは金縛《かなしば》りにあったように動けないでいる。涙《なみだ》を流し洟《はな》と涎《よだれ》を垂らして、目視できるほど激しい痙攣《けいれん》を起こす。

限界まで見開かれた瞳《ひとみ》には、人魚の頸椎しか映っていなかった。

「背骨を見るな！　鰭《ひれ》を動かすんだ！」

人魚は、舳先に同族の頸椎が吊《つ》られた船を襲《おそ》うことができない——それは大航海時代の末期に人間が発見した対人魚の符呪《まじない》だった。本来ならその怪力《かいりき》で大型船をも簡単に沈《しず》めてしまう人魚たちが、一族の頸椎を見せられるだけで壊れた人形のようになる。

しかしメルヴィネは違った。吐《は》いてしまったし今も頸椎から目を逸らしたくないという衝動《しょうどう》はあるが、イオーたちのようにはならない。やはり人魚の出来損《できそこ》ないだからだろうか。

「見るな……っ、頼《たの》む、から！」

人魚でないことを嘆《なげ》く暇《ひま》も、乱暴だなどと考えている余裕《よゆう》もまったくなかった。メルヴィネは一番近くにいた人魚の顔を櫂で殴《なぐ》りつける。頬《ほお》の骨にひびが入った感触《かんしょく》が伝わってきたが、それでもかまわなかった。人魚は正気を取り戻し、魔海域の奥へと泳いでいく。

残り四頭も同じように殴って逃がさなければならない。メルヴィネが櫂をふたたび振り上げたとき、頭上から黒くて重たいものが降ってきた。

「うっ……な、に⁉」

「ア、ア、——」

それは鋼で編まれた漁網《ぎょもう》だった。櫂を持つメルヴィネと四頭の人魚たちを搦《から》め捕《と》り、物凄《ものすご》い速さで上昇《じょうしょう》していく。残された小舟が波に呑《の》まれて見えなくなる。

「っ、……！」

大量の海水が流れ落ちていく音、遮《さえぎ》られる視界、固い地面に叩《たた》きつけられる音、強い痛み、ビチビチと鰭が激しくのたうつ音——いろいろな感覚に見舞《みま》われて、なにが起きているのかわからなくなった。

からまっていた漁網から解放されると同時に野太い声が落ちてくる。

「五頭か！　なかなかいい色をしてるじゃねえか。橙《だいだい》、赤、緑と紫《むらさき》……ん？」

「見ろよ、五頭じゃねえ、人間までかかったぜ？　小せえな、女か？」

「早く水槽《すいそう》を持ってこい！　ゲルベルト中将《ちゆうじよう》をお呼びしろ！」

混乱の中にあっても嫌《いや》でもわかる、その野卑《やひ》な言葉と嘲笑《ちようしよう》は、人魚の漁猟《ぎよりよう》を専門とする人間たちのものだ。メルヴィネは手にしている櫂を杖代《つえ》わりにしてすぐさま立ち上がる。

そこは戦艦の甲板《かんぱん》だった。巨漢《きよかん》ばかり十人ほどいて、メルヴィネたちを取り囲んでいる。

「なんだ、男か。小せえくせに四頭とヤろうってか？」

「そんな貧弱な身体《からだ》じゃあ、淫乱《いんらん》な魔物を満足させてやれねえだろ。俺たちに任せろよ」

大男が、メルヴィネのうしろで怯《おび》えているリアに目をつけ、舌舐《したな》めずりをした。櫂を武器代わりにして身構えるメルヴィネを太い腕《うで》で突《つ》き飛ばしてくる。

「やめろ！　なにするんだっ！」

「キャア……！」

大男がリアの手首をつかみ、乱暴に持ち上げて白い乳房《ちぶさ》を鷲《わし》づかみにする。その下劣極《げれつきわ》まりない光景にメルヴィネの中の恐怖が吹《ふ》き飛ぶ。激しい怒りで頭の血管が切れそうになった。

「イヤダァ、——怖イ、怖イィ、メルヴィネ……！」

リアが悲鳴をあげて小さな手を伸ばしてくる。ビチビチビチッ、と悲愴《ひそう》な音を立てて鰭が跳《は》ねまわる。

「放せっ！　リアに触《さわ》るな‼」

メルヴィネは怒りに任せ、櫂で男の顔面を思いきり殴りつけた。鼻から血しぶきをあげて大男が倒《たお》れる。折れた櫂を捨て、甲板でもがいているリアに駆《か》け寄った。

「ゥウ……怖イ、帰ロウヨ、メルヴィネ……」

「リア、大丈夫《だいじょうぶ》だよ、もう大丈夫だから、――舳先を見ないで、ちゃんと泳ぐんだ」

ぶるぶると震える身体を強く抱《だ》きしめ、乾いてしまった肌を撫でて男の感触を消してやる。そうして持てる力を出しきり、リアを海へ落とした。

リアが自分の意思で暗い海底へ泳いでいく。それを見届けられたのは一瞬《いっしゅん》だった。

「きさま、よくも大事な商品を！　殺してやる！」

背後から伸びてきた手で肩をつかまれ、振り向かされた。メルヴィネが櫂で大男を殴ったその数倍の力で殴り返される。顔面に激痛が走り、頭蓋骨《ずがいこつ》の中で脳が揺《ゆ》れた。

「……ぐ、――ぅ」

男の太い指が首に食い込んでくる。身体を軽々と持ち上げられ、息ができなくなる。

海水に濡《ぬ》れた手足の先が痺《しび》れてきて、視界が霞《かす》みだした。

意識を失っている場合ではない。あと三頭、イオーたちを逃がさなくては――。

「殺すな。直《ただ》ちにそれをおろせ」

「……！」

その短い言葉はメルヴィネを救うものなのに、なぜ恐ろしいと感じたのだろう。

静かに発せられた声を受けて、男が手の力を抜《ぬ》いた。甲板に落とされ、咳《せ》き込むメルヴィネの腕を別の男たちが押さえつけてくる。

「ゲルベルト中将にご報告申し上げます」

一人の男が、声の主――ゲルベルトと呼ばれた者に耳打ちしている。

人魚を捕獲《ほかく》したが、うち一頭はメルヴィネが逃がしたことを報告しているに違いない。

いつの間にか大きな水槽が用意されていた。イオーたちが首筋に注射針を刺《さ》され、水槽に投げ込まれる。死んだ魚のようにぷかぷかと浮くその光景に衝撃《しょうげき》を受けた。

――薬物を打たれてる！

どうして怪力を持つ人魚が水槽を破壊《はかい》して逃げられないのか、ずっと疑問に思っていたが、その理由がやっとわかった。

人間は怖《こわ》い。

帰らずの岬《みさき》に流れ着く死人《しびと》は皆《みな》おとなしくて、ただひたすら『家に帰りたい』と嘆くその姿は純粋《じゅんすい》ですらあるのに。生きている人間は、なぜこんなにも恐ろしいのだろう。

「は、放せっ……なんてことを！」

押さえつけてくる手を振り払《はら》って今すぐ水槽に駆け寄りたいのに、身体に力が入らない。リアを助けるときにすべて吹き飛んだ恐怖がじわじわと戻《もど》ってきている。なにに対する恐れなのかは、はっきりと自覚できていた。

コツ、コツ、とロングブーツの踵《かかと》を鳴らして近づいてくる、ゲルベルト中将――。

この男が一歩寄るごとに、メルヴィネの中の怒りが冷《さ》めて恐怖が蓄積《ちくせき》されていく。

理由はわからなかった。人魚を捕獲する、身体じゅうが刺青《いれずみ》だらけの脂《あぶら》ぎった巨漢たち。彼らよりも、きちんとした身なりで優雅《ゆうが》に歩くゲルベルトのほうがどうしてか恐ろしい。

メルヴィネは、正体不明の軍人とわずかのあいだ睨《にら》み合う。

長身を紺色《こんいろ》の軍服で包み、初夏だというのに外套《クローク》を纏《まと》っている。歳は二十代なかばだろうか。気味が悪いくらいに整ったその貌《かお》は造り物のようだ。今夜の月の色によく似た金髪《ブロンド》。目が覚めるような美しい緑の瞳をしているのに、なぜか色がないように見える。

やがてメルヴィネを見おろしてくる海蛇《うみへび》みたいな目が、すっと細くなった。

「着衣をすべて剝《は》ぎ取れ」

その言葉に全身の毛が逆立つ。服を取られたら、脚《あし》を見られてしまったら終わりだ。

「やめ、ろ……っ」

恐怖に支配された身体で抗《あらが》ってもまったく意味がなかった。上腕筋《じょうわんきん》の膨《ふく》れた大男たちにシャツやスラックス、下着までもが簡単に破られる。

海水を浴びて冷えた肌に、夜霧《よぎり》が纏わりついてくる。裸《はだか》にされたメルヴィネはその場にしゃがみ込んで脚を隠《かく》した。顔を伏《ふ》せると、唯一《ゆいいつ》奪《うば》われることを回避《かいひ》できた瑠璃色《るりいろ》のペンダントが間近で揺れる。

見えていなくても感じる。ゲルベルトの視線は、メルヴィネの下肢《かし》だけに注がれていた。

左脚《ひだりあし》の付け根と右の脹脛《ふくらはぎ》に鈍《にぶ》く光る、魚の鱗《うろこ》。

氷海みたいな色も温度もない声が、メルヴィネの秘密を暴《あば》く。

「雄《おす》の人魚か。これは珍《めずら》しい」

周囲の男たちがどよめいた。ゲルベルトが男たちに「下がれ」と命令して距離《きょり》を取らせ、メルヴィネの前髪《まえがみ》をつかんでくる。

「う、っ」

「醜《みにく》い脚だ。だが悪くない。……否《いな》、非常に素晴《すば》らしい」

温度のなかった声が、にわかに興奮を孕《はら》む。無理やり上を向かされたとき、ゲルベルトの手が額に触《ふ》れた。

人魚の魔力《まりょく》である感知能力が発動する。知りたくもない男の思考や記憶《きおく》が、額を伝ってメルヴィネの中に流れ込んでくる――。

「な、に……？　海……？」

広い海に浮《う》かぶ、巨大《きょだい》な島。丘《おか》に建つ城。眩《まばゆ》く輝《かがや》く黄金の玉座。そこで食事をしている。

煌《きら》びやかな前菜や瑞々《みずみず》しい果実は要《い》らない。早々に肉料理《メインディッシュ》へ手を伸《の》ばす。

滴《したた》る真っ赤な鮮血《せんけつ》は、とても若い人間のものだ。喉《のど》を下っていくその体液はまだ温かい。

切り裂《さ》いた腹の中に手を入れ、熱の籠《こ》もっているそこをくちゃくちゃと掻《か》き混ぜる。

そして、柔《やわ》らかくてぬらぬらした、新鮮《しんせん》な臓物を取り出し――。

「うあ、あ――、っ!!」

城が激しく揺れる。巨大な島が沈《しず》む。沈められる。

家臣も島民も皆逃《みなに》げたというのに、どうしてか余だけは玉座に縛《しば》りつけられた。

オンディーヌが水竜巻《みずたつまき》を呼び、渦潮《うずしお》を起こす。人魚たちの歌うようなエコーが聞こえる。

一匹《いっぴき》の水竜と、何千頭という人魚たちが、余の島を沈めてしまう。

「余……？　だ、れ？」

それは若くて美しい王だ。己《おのれ》の美しさに溺《おぼ》れて、永遠の若さに執着《しゅうちゃく》する男。人肉を食《く》らう男は、もはや人間ではない。だが魔物《まもの》でもない。ただ凶悪《きょうあく》だ。

その肉体は九十九個に分けられ、人魚たちに食べられた。そして魂《たましい》だけが残された。だから百年間彷徨《さまよ》いつづけて得た新たな肉体は仮初《かりそ》めのもの。

なんだろう、実体があるのかも定《さだ》かではない、ひどく不気味で不吉《ふきつ》な存在——。

「バ、イ……ロン、王……」

「ほう——」

乾《かわ》ききった唇《くちびる》が勝手に動いた。おぞましく凄絶《せいぜつ》な光景を目《ま》の当たりにし、頭が朦朧《もうろう》としたメルヴィネは、己の問いにみずから答える。その答えにゲルベルトが感嘆《かんたん》の声を漏《も》らした。

自分の言葉が信じられない。バイロン王は百年前に死んでいるというのに。死んでいるから恐《おそ》れる必要はない。そう懸命《けんめい》に言い聞かせても、戦慄《せんりつ》を覚えた身体が震《ふる》えだす。メルヴィネの掠《かす》れた小さな声は、ゲルベルトにしか届いていない。模造品のような美貌《びぼう》の、その表情が一瞬で変化する。

薄《うす》い唇を歪《ゆが》めて嗤《わら》う貌が、見せられたばかりの若い王のものになった。

「なぜ余のことがわかった？　……そうか、人魚の感知能力か」

「うそだ。そんなの、嘘《うそ》……」

「なにゆえ嘘だと？　たった今、そなたがこの口で言うたものを」

ゲルベルトがメルヴィネだけに語りかけてくる口調は、二十代の若者のそれではない。大昔の王族や貴族のようだ。漠然《ばくぜん》としていた恐怖が明確な形をあらわす。悪夢を見せられている。これが真実だなんて絶対に信じたくない。

「なにを視《み》た？　肉料理か？　あれは普段《ふだん》そなたも食しているものだ。人魚であるそなたの主食と同じ――あの味と柔らかさは病《や》みつきになる」

「ぐ、う……」

しかしゲルベルトの不気味な言葉とメルヴィネ自身の視たものが、この男がバイロン王の魂を持った者だと――バイロン王の生まれ変わりだということを示している。

若くて美しい軍人の皮をかぶった狂王《きょうおう》は、もはや興奮を隠そうともしなかった。

「ああ、なんという素晴らしい邂逅《かいこう》だ！　――立て。人魚よ。その脚をよう見せてみろ」

受け入れがたい。絶望と脅威《きょうい》に満ちた事実だ。おぞましい御伽話《おとぎばなし》のつづきを一人だけ聞かされている。これを知ったところで、無力なメルヴィネにはできることがなにもない。

かつてない失意と恐怖に、立つ気力を失《な》くしていると、ゲルベルトが黒髪《くろかみ》を強く引っ張ってくる。メルヴィネは無理やり立たされた。

「う……」

身体《からだ》に力が入らない。脚が攣《つ》って、甲板《かんぱん》の上なのに海で溺れたようになる。悪魔《あくま》みたいなこの男から今すぐ離《はな》れたいのに、支えがないと立っていられなくて寄りかかってしまう。

ゲルベルトが瑠璃色のペンダントを手に取り、そこに刻まれている文字を読んだ。

「そなたの名は、メルヴィネというのか？」

「さわ、るな」

「メルヴィネ。脚を持つそなたこそ、余が探し求めていた唯一無二《ゆいいつむに》の人魚だ」

言っている意味が理解できない。裸の腰《こし》に男の腕《うで》がまわってくる。小柄《こがら》なメルヴィネは、ゲルベルトが纏う外套に包まれてしまった。

「こうすれば、まわりの男どもに見られなくて済む。余とそなたの二人きりで話をしよう」

メルヴィネを裸にしておきながら、この男はなにを言っているのだろう。

男の外套の中は奇妙《きみょう》な香水《こうすい》の匂《にお》いと異様に濃《こ》い血肉の臭《にお》いで満たされていた。ひどく気味が悪い。さっき見せられたバイロン王の食事を思い出して胃液が迫《せ》り上がってくる。

外套の中でゲルベルトのもう片方の手が動いて、腿《もも》を撫《な》でまわされた。

「放せ……っ」

「そなたは、この疎《まば》らな鱗がある醜い脚のせいで孤独《こどく》を味わってきたのではないか？　人魚どもと交流したところで、所詮《しょせん》あやつらは海洋の魔物。陸上で生きるそなたとは相容《あいい》れぬ。しかしそなたは人魚の一族に縋《すが》りつき、その数が減ってゆくことを嘆《なげ》いている……違《ちが》うか？」

「なに、を……」

会ったばかりのこの男に、己の欲望《よくぼう》のためなら殺人をも厭《いと》わない悪魔に、メルヴィネのなにがわかるというのだろう。しかしメルヴィネの中に確かな焦燥《しょうそう》が生まれた。この海蛇みたいな緑の目に心を見透《みす》かされている。

「余なら、そなたを満たしてやれるぞ」

なおも嗤うゲルベルトは、石膏《せっこう》を固めて造ったような美貌を近づけ、ささやいてくる。

「メルヴィネが余の望みを叶《かな》えるのであれば、余はそれを遥《はる》かに凌駕《りょうが》する幸福を準備し、そなたを満たしてやる」

「なんの、話？」

「現世において余は海軍将校であり、海洋を支配する軍隊の一翼《いちよく》を担《にな》っている。メルヴィネが余の望むものを入手し、この戦艦《せんかん》に戻ったあかつきには、我が海軍の力を以《もっ》て人魚の一族と魔《ま》海域《かいいき》を保護してやろう。人魚が絶滅《ぜつめつ》の危機に脅《おびや》かされることはなくなる。そなたには余の別邸《べってい》と船を与《あた》えてやろう。メルヴィネは華《はな》やかで麗《うるわ》しい海辺の都で暮らし、船を使って自由に人魚たちに会いに行けるようになる。悪い話ではあるまい？」

「意味が、わからない……今すぐイオーたちを海に戻《もど》せ！」

外套《がいとう》の中から抜《ぬ》け出そうと懸命に手足を動かす。ゲルベルトが腰にまわした腕に力を込めてくる。顎《あご》をつかまれ、無理やり上を向かされた。鼻先が触れるほど間近に白い貌が迫る。

「余に人魚を観賞する趣味《しゅみ》はない。今ここであれらの頸椎《けいつい》を抜いてもかまわぬ」

「いやだっ……」

あっさりと告げられたその恐ろしい言葉に身体が揺《ゆ》れる。それが伝わってしまったのだろう、くつくつと嗤うゲルベルトの吐息《といき》が頬《ほお》にぶつかってきた。

「そう怯《おび》えるな。可愛《かわい》いメルヴィネを悲しませるのはよくないな……では三頭の人魚は大切に飼っておくとしよう。そなたが余の望むものを持って、この戦艦に帰ってくるまでな」

「ぼくはなにも持ってない。渡《わた》せるものなんかない！」

「否、否。メルヴィネにしか手にできぬものがある。余が望むものは、たったひとつ。それは脚を持つ人魚にしか獲得《かくとく》できぬのだ」

ならば今すぐそれを取ってきてイオーたちと引き替《か》えたい。この不吉に満ちた戦艦から一秒でも早く解放してやりたかった。そのあとすぐにドラゴンギルドへ行き、サロメにこの悪夢を伝えなくてはならない。バイロン王が現世に蘇《よみがえ》っていると――。

「なにを取ってきたらいい？」

メルヴィネのほうから訊《たず》ねたことにゲルベルトは満悦《まんえつ》の笑《え》みを浮かべた。

「サロメという名の水竜《オンディーヌ》が帝都《ていと》におる。余の島を沈めた竜だ」

ぞく、と冷たいものが背を伝う。いよいよ疑う余地がなくなった。

この男は、真物《ほんもの》のバイロン王だ。

人間社会に広く流布《るふ》している魔島伝説は、百年のあいだに何度も書き直されている。竜の名が出ることはなく、その性格まで大きく変わっていた。だからバイロン島を沈めた竜がサロメだと知る人間はいないはずだった。

それなのに、ゲルベルトはまるで昨日起きたできごとのように言う。

激しく揺れる、メルヴィネの青みがかった翡翠《ひすい》の瞳《ひとみ》。

そこに映ったバイロン王の唇が動く。

「サロメを殺せ」

「――！」

その短い言葉には百年分の憎悪《ぞうお》と怨恨《えんこん》が宿っていた。バイロン王の外套と腕に縛《いまし》められた身体が、がたがたと震えだす。

「サロメを殺し、彼奴《きゃつ》の鱗《うろこ》と角を持って余の元に戻ってくるのだ」

「そん、な……、こと……」

そんな恐ろしいことは絶対にできない。竜殺しなど、言葉にすることすら罪深いのに。憧《あこが》れてやまないオンディーヌを殺せるはずがなかった。その罪深さに、息が詰《つ》まって声が出なくなる。首を横に振《ふ》ると、目の前のバイロン王は美貌を歪《ゆが》ませた。

「本来なら余がこの手で憎《にく》き水竜の鱗を剝《は》ぎ、首を落としてやりたい。しかし余が魂のまま彷徨している間にドラゴンギルドなるものができておった。ジゼルめ、余計なことを……現世では、人間は竜《りゅう》を殺すことができぬそうだ。だが、魔物《まもの》が竜を殺してはならぬという掟《おきて》はない。余は人魚にサロメを殺させると決めた。ほかの魔物では務まらぬ……竜殺しの役は、かつてあの水竜とともに余の島を沈《しず》め、余の肉体を食らった人魚でなくてはならぬのだっ」

怖《こわ》い——。メルヴィネは、ただただこの男が恐ろしかった。

己の欲望を満たすために子供を食らいつづけた狂王。その大罪を省《かえり》みることもなく、歪んだ恨《うら》みを抱《かか》え、サロメを殺すためだけに生まれ変わってきた男。

百年もの時を経《へ》てまで——。

その凄《すさ》まじい怨念《おんねん》と脅威を前に、メルヴィネは気概《きがい》を失った。顔が蒼《あお》ざめ、頰に冷や汗《あせ》が流れる。バイロン王はメルヴィネを宥《なだ》めるかのように汗を拭《ぬぐ》ってくる。

「恐れることなどなにもない。竜殺しは極《きわ》めて簡単だ。魔女《まじょ》ジゼルはドラゴンギルドを遺《のこ》しただけだが人類はその先を行く。近年、人間は竜の魔力《まりょく》を制する鉱石を発見し、魔石と呼ばれるまでにその効力を高めたのだ。魔石を溶《と》かせば、竜のみに効く猛毒《もうどく》となる。黒珊瑚《くろさんご》のように美しい液体である。それをサロメに飲ませるだけだ。メルヴィネ、人魚であるそなたの手で」

「いやだ、できない！　ぼくはそんなことしたくない！」

「そなたに拒否《きよひ》する権利があると思うか？　己《おのれ》の立場をよう考えよ」

ばっ、と音を立てて外套が翻《ひるがえ》る。濃厚《のうこう》な血肉の臭いから解放され、視界が開かれる。

そこにあったのは三頭の人魚が浮《う》かぶ大きな水槽《すいそう》だった。

駆《か》け寄ろうとしたのに阻《はば》まれる。うしろから伸《の》びてきた腕に腹を押さえられ、右の手首をつかまれた。

「放して！　……放、せっ」

バイロン王がメルヴィネの耳殻《じかく》に唇《くちびる》を強く押しあててくる。その冷たさに鳥肌《とりはだ》が立つ。

「よう聞け。まずドラゴンギルドに入り、竜の信用を得よ。あれはなかなか心を許さないが、そなたのような貧弱なものを支配したがるのだ。……ああ、心細くなる必要はないぞメルヴィネ。余も頻繁《ひんぱん》に帝都へ赴《おもむ》く。そなたが失敗せぬよう見守っている。潜入《せんにゅう》に成功したとわかれば速《すみ》やかに毒薬を渡そう。──余に忠誠を誓《ちか》え。サロメを殺すと誓いを立てよ」

「できない！　誓いなんか……」

「できない？　ならばあの人魚どもの頸椎を抜こう。そなたの手で抜くとよい。抜きかたは教えてやる。思いのほか簡単だ」

「──っ！」

どれほど後悔《こうかい》しても、なにも変わらないことはわかっている。でも悔《く》やまずにはいられなかった。なぜ今夜、一人で発《た》たなかったのだろう。メルヴィネが本気で怒《おこ》っていれば、イオーたちは一緒《いっしょ》に来ることを諦《あきら》めていたはずだ。ただ心細いから、離れたくないからという理由でイオーたちに同行を願ったのはメルヴィネのほうだった。

この事態は、メルヴィネの弱さが招いたのだ。

もし一人だったら、たとえこの戦艦と出会っても、航路を見失った人間だと言い通せたのに。イオーたちが捕《つか》まることも、バイロン王に出会うこともなかった。刺客《しかく》のような真似事《まねごと》をさせられることもなく――。

「サロメを殺すと言え、メルヴィネ。余に誓いを立てよ」

「……サロメ、を……、こ……」

言えない。竜を殺すなどとは絶対に言えなかった。メルヴィネは人魚であり魔物であり、その統率者《とうそつしゃ》たる竜に痛烈《つうれつ》な憧れを抱《いだ》いている。焦《こ》がれるほどの想《おも》いがある。でも、言わなければすぐにでもイオーたちが殺されてしまう。メルヴィネは祈《いの》る思いで唇を動かした。

「サロメに……、毒、を……飲ませる。誓う」

「まあ、よいだろう。ただ、少しばかり質が足りぬな。――誰《だれ》か」

バイロン王は部下たちに呼びかける。その腕《うで》からようやく解放されて、メルヴィネは力なく座り込む。男たちに指示を出すときの顔と口調は、ゲルベルト中将《ちゅうじょう》だった。

「小舟《こぶね》を用意しろ。こいつを積み、大陸への潮流に乗せろ。なるべく帝都に近い浜《はま》に漂着《ひょうちゃく》するようにしてやれ。舟に積む前に左腕《ひだりうで》を切れ。止血処理はしておくように」

「な、っ……どうして⁉」

刃物《はもの》や治療《ちりょう》器具、小舟の準備をするために部下が去っていく。

この男はふたつの人格を器用に使い分けていた。部下たちの見ていないところで、メルヴィネにだけバイロン王の顔をする。

「余に忠誠を誓ったであろう？　その証《あかし》に左腕を置いていけ。毒は片手でも充分《じゅうぶん》に盛ることができよう。深手を負っているほうがドラゴンギルドもより油断する」

「そんなことしなくても、ぼくは……」

「わかっておる。そなたは必ずサロメを殺し、余の元に戻ってくる。のう、メルヴィネ？」

バイロン王は駄々《だだ》っ子をあやすような優《やさ》しい声を出した。しかしその甘ったるい声で、とてつもなくおぞましいことを言う。

「余は現世に戻ってからというもの、人魚の腐肉《ふにく》には目がないのだ。これほど美味なるものがあったとは……それも、食うほどに若返る。だがあの三頭は生かしておいてやろう。メルヴィネと約束したからな。そなたの左腕は然《しか》るべき処置をして保存しておく。サロメを殺し、鱗と角を持って余の元に戻ったあかつきには腕を付け直してやる。人魚の一族と魔海域《まかいいき》の保護も約束してやろう。あとは、別邸《べってい》と船であったな。――ただし、サロメ殺害に失敗すれば」

バイロン王はわざとそこで言葉を切った。そして静かに嗤《わら》う。

丸い月に照らされた、美しく不気味な微笑《びしょう》が、メルヴィネの脳裏《のうり》に強く焼きついた。

「そなたの腕と三頭の人魚は余が食《く》らう。我が艦隊《かんたい》は海底帝国《ていこく》を破壊《はかい》し、魔海域を制圧する。そなたがサロメ殺害に失敗すれば人魚の一族は即座《そくざ》に滅《ほろ》ぶと思え」

全身の血が引いていく。これは、酷悪《こくあく》極まりない脅迫《きょうはく》だ。

人魚の一族の存続と魔海域の存続、憧れてやまないサロメの大切な命、バイロン王による百年越《ご》しの復讐《ふくしゅう》――そのすべてがメルヴィネの細い肩《かた》に伸しかかる。

あまりの重さに、心と身体《からだ》が潰《つぶ》れてしまいそうだった。

「閣下、俺にやらせてくれっ。そいつの腕は俺に落とさせてくれ！」

怒号《どごう》が聞こえてきてびくりとする。それは先ほどリアを助けるときにメルヴィネが殴《なぐ》った大男だった。鼻血で顔を真っ赤にしたまま、折れた櫂《かい》を振りかざして走ってくる。

「誰でもいい。早く切れ」

ゲルベルトが温度のない声でつぶやく。あの大男の手にかかれば、メルヴィネの細い腕など簡単に切り落とされるだろう。否《いな》、殺される――。

身体が勝手に動く。メルヴィネは艦首《かんしゅ》へ向かって駆けだした。

「うぅ、っ……。ララ……」

バイロン王に立てた誓いは嘘《うそ》だった。

メルヴィネは、サロメを殺すことができない。ずっと会いたいと想ってきた。懸命《けんめい》に抑《おさ》えなくてはならないほどの想いがあった。サロメを殺すことなど絶対にできない。でも殺さなければ人魚の一族は滅ぶ。

本当に、どうすればいいのかわからなかった。真っ白になった頭の中に残ったのは、すぐそこに吊《つ》られているララたちの頸椎《けいつい》を海に還《かえ》したいという思いひとつだけだった。

艦首に近づく。海風に揺《ゆ》れる白い塊《かたまり》が見える。あと少し、手を伸ばせば届く――。

「この野郎《やろう》っ！」

「う、ぁ！」

ガツッ、という大きな音がして、脳と視界が激しく揺れる。大男の振った櫂が後頭部に直撃《ちょくげき》した。殴られたその勢いがあまりにも強くて、メルヴィネは戦艦《せんかん》から投げ出された。

ララに届くはずだった指が宙を掻《か》く。

頭皮が大きく裂《さ》けて、血の噴《ふ》き出す音が聞こえる。

夜の黒い海に落下するよりも早く、メルヴィネの意識は漆黒《しっこく》の闇《やみ》へ落ちていった。

2

水面《みなも》に映る銀色の月が、飛行するサロメをどこまでも追いかけてくる。

十三夜月あたりだろうか。中天に浮かぶ丸い月は、ほんのわずか欠けていた。

夜は深まりつつある。ドラゴンギルドに帰還《きかん》するころには日付も変わるだろう――。

サロメは今日から明日にかけて遠方の任務にあたっている。駐留《ちゅうりゅう》の事前連絡《れんらく》は済んでおり、現地で夜を過ごしても問題はなかった。しかし今日の日没《にちぼつ》あたりから、魔物の直感が「帰還せよ」と頻《しき》りに働きかけてくる。心当たりがあるサロメはその直感に従うことにした。

――おそらく〝人喰《ひとく》いヴェール〟が出たのだろう……。

それはこの数か月、帝都《ていと》を震撼《しんかん》させている猟奇《りょうき》殺人事件の犯人の通り名だった。

犠牲者《ぎせいしゃ》は十代の若者ばかり、その数は十五を超《こ》えたと聞く。いずれも大量の血液を抜《ぬ》かれ、腹を裂かれて臓器を根こそぎ持ち去られていた。

悪臭《あくしゅう》を消すためなのか、犯人は臓器を摘出《てきしゅつ》したあと、空になった腹の中に香水《こうすい》の瓶《びん》を割る。その高価な香水は決まって同じ銘柄《めいがら》だった。繊細《せんさい》な彫刻《ちょうこく》が施《ほどこ》されたクリスタルの瓶。ラベルには雄《おす》を惑《まど》わせ食らう魔物・人魚の美しい裸体《らたい》と長い髪《かみ》が描《えが》かれ、〝Veil《ヴェール》〟の銘が記されていた。

【若い男の臓物を奪《うば》い、香水〝Veil〟を撒《ま》き散らす〝人喰いヴェール〟は、現世に蘇《よみがえ》った魔女であるか？】——この数か月、新聞の一面は根も葉もない噂話《ゴシップ》で賑《にぎ》わっている。有力な物的証《しょう》拠《こ》があるにもかかわらず犯人を検挙できない帝都警察は、ドラゴンギルドに泣きついてきた。

二週間ほど前から、ドラゴンギルドの竜《りゅう》たちも夜ごと帝都の警邏《けいら》に駆《か》り出されている。

「人喰《く》いヴェールが出た」という通報があれば、たとえそれが誤報であっても、半数以上の竜が夜を徹《てっ》して帝都を巡回《じゅんかい》しなくてはならない。物騒《ぶっそう》なうえにギルドが手薄《てうす》になることを竜の兄弟は皆《みな》心配し、今夜のサロメのように、任務完了《かんりょう》が深夜になっても現地駐留を避《さ》けて帰還するようになった。

定められた陸地上空を飛んでいては時間の無駄《むだ》になる。少しでも早く帰還したいサロメは、海の上を飛行していた。

「……………」

海上を飛ぶのは久しぶりだった。

遥《はる》か遠くで、夜の闇と黒い海が境界線を曖昧《あいまい》にしている。サロメはそこに瞳《ひとみ》を向け、見えもしない魔海域に思いを馳《は》せた。

かつての住処《すみか》であったそこに、今は近づくことすら許されない。毎日でも行きたいと切望する魔海域に、サロメは二十年ものあいだ入ることができていなかった。

否、たった一度だけ、誤って侵入《しんにゅう》したことがある。サロメはそのとき、とても大切なものをそこに置いてきてしまった。

——あの子は幾《いく》つになっただろう。もう私の巣に連れ去っても泣かないだろうか……。

そのようなことを折々考える。

綺麗《きれい》な黒髪《くろかみ》。細い脚《あし》に光る、美しく柔《やわ》らかな魚の鱗《うろこ》。

瑠璃《るり》色《いろ》のペンダントを下げた愛らしい子供の姿を、サロメはことあるごとに思い出す。

サロメのためだけに存在した、彼の柔らかさと温《ぬく》もりは、十五年近くが経《た》った今もこの肌《はだ》に鮮明《せんめい》に残っていた。その温もりは、サロメの身のうちに宿る竜の本能を激しく揺さぶってくる——。

自分が世界最強の魔物《まもの》である竜として生まれてきたその意味を、サロメは幼生体のころから理解していた。それは小さくて儚《はかな》いものを守るため。魔物や人間が生きるこの世界を守護するため。彼らに短い生を恙《つつが》なく全《まっと》うさせるために竜は長い孤独《こどく》を耐《た》える。小さな魔物や人間には到底《とうてい》耐えられない凄烈《せいれつ》な孤独に耐えるために、この強靭《きょうじん》な巨体《きょたい》はある。そう理解していた。

成体になったサロメは、同胞《どうほう》だった人魚たちの協力を得て、一人の人間を島ごと海底に沈《しず》める。大切な子供たちの命を奪うバイロン王を、断じて許すわけにはいかない。あの狂王を世界から消すためなら、偉大《いだい》なる自然《しぜん》の摂理《せつり》を捻《ね》じ曲げることも厭《いと》わなかった。

サロメは竜の本能に則《のっと》り、小さくて愛らしいものたちを守護しつづける。まわりには常に数多《あまた》の人魚や魔物がいた。だから自分は決して孤独ではない。ずっとそう言い聞かせることができていた。

しかし三十年前、ドラゴンギルドが設立され、竜は絶滅《ぜつめつ》を免《まぬか》れたがサロメは多くのものを失う。朋友《ほうゆう》ジゼル、自由、そして守護すべき魔物たち――。

当時のことを思い出すと今も胸が苦しくなる。ギルド設立からの十数年は、長く生きてきたサロメにとって最も厳しいときだった。

体制の整っていないドラゴンギルドに、政府と帝国軍は数えきれないほどの指令を飛ばしてくる。竜は不眠不休《ふみんふきゅう》で働かされ、そのあいだに魔物たちは狩《か》られていった。

相次ぐ魔物狩りでいつ命を落とすか知れない時代のほうが幾分《いくぶん》ましだったと思う。サロメだけではない、竜の兄弟たちは皆、人間と魔物のあいだで大きく揺れ動いていた。

しかし、サロメたちの思いとは裏腹に、竜は人間に阿《おもね》っているとみなされるようになる。やがて人魚の一族の長《おさ》である女帝《エンプレス》は、竜の一族との断絶を決めた。

――私たち竜は、人魚に見限られたのだ……。

そのときの衝撃《しょうげき》と激しい落胆《らくたん》を、サロメは忘れることができない。

魔物たちを守護できているから孤独を紛《まぎ》らわせていられた。守るべき魔物に拒《こば》まれたことなど一度もなく、拒絶《きょぜつ》されて初めて、それがサロメにとって大いなる恐怖《きょうふ》であることを知る。

かつての同胞であり、守りたい存在である人魚との決別は殊更《ことさら》に耐えがたいものだった。

「メル……、メルヴィネ……」

途方《とほう》もない寂《さみ》しさに苛《さいな》まれるたび、サロメはその名を口にする。

彼を魔海域に置いてきてしまったことを後悔《こうかい》しない日は一日たりともない。

サロメが誤って魔海域に入ったのは、竜と人魚が断絶して五、六年が過ぎたころだ。そのとき、すでにごまかしきれないほどの孤独が己《おのれ》の中にあった――。

それは、四日間にわたって水害を制したその帰還中だったと記憶《きおく》している。サロメは魔海域の近くで魔物が狩られているのを見つけた。彼らを逃《に》がすことに成功したが、そのとき人間が船の碇《いかり》を振《ふ》ってくる。巨大《きょだい》なそれを額に受けてしまった。

普段《ふだん》のサロメなら難なくよけられる。たとえ鋼鉄の塊である碇が当たったとしても竜の巨体にさほど影響《えいきょう》はなかった。しかし心身ともに疲《つか》れ果てていたサロメは打撃《だげき》によって意識を失い、激しい海流に呑《の》み込まれてしまう。

どれほど時間が経ったのかはわからない。気がつくと人型になり、横たわっていた。

ザァ……、ザァ……、と波の打ち寄せる音がする。足先に水の感触《かんしょく》もあるから、ここは汀《みぎわ》なのだろう。ゆっくりとまぶたを開いたサロメは、そこに広がる景色に驚《おどろ》いた。

確かに青い波が見える浜辺《はまべ》だったのだが、なぜか頭の下に毛布を丸めたものがある。腫《は》れた額には冷たいハンカチがあてがわれ、裸身《らしん》は毛布で覆《おお》われていた。

不思議なことに、身体《からだ》に掛《か》けられた毛布は胸のあたりが丸く盛り上がっている。そして左手は縛《いまし》められていて動かせない。でも嫌《いや》な感じが少しもしない。それどころか安らぎすら感じられる。なんて温かいのだろう――。

自由が利《き》く右手で毛布をめくると、裸体の上に子供が眠《ねむ》っていた。サロメの左手を抱《だ》いている。冷たい手を懸命に温めてくれているようだった。

本当に、まだ幼い子だった。おそらく五歳にもなっていない。こんなにも小さな子供が毛布を運び、ハンカチで額を冷やしてくれたのだろうか。艶《つや》のある綺麗な黒髪を撫《な》でると、子供は「うー」と言ってサロメの上でもぞもぞと動き、また左手をぎゅっと抱きしめてくれた。柔らかな頬《ほお》が胸に当たる。長いまつげが手に触《ふ》れてくる。

凄惨《せいさん》な魔物狩り、ドラゴンギルドの設立、人魚の一族との決別——長くつづく荒寥《こうりょう》とした日々の中で唯一《ゆいいつ》、心が安らぎで満たされた瞬間《しゅんかん》だった。

もうしばらく、この子が目を覚ますまでこうしていたい。もっとこの温もりを感じていたいから、なるべく長く眠っていてほしい。しかしそれは叶《かな》わなかった。

ここが魔《ま》海域《かいいき》に浮《う》かぶ小さな島だと気づく。サロメはひどく狼狽《ろうばい》した。今すぐ魔海域を出なくては、エンプレスに気づかれたら取り返しのつかないことになる。

この島には見覚えがあった。昔は棲息《せいそく》する魔物もおらず、なにもなかったはずだが今は小屋が建っている。

サロメは眠る子供を毛布でくるみ、小屋へ運んだ。そこには寝台《しんだい》や椅子《いす》があり、生活していることが窺《うかが》える。しかし家具はどれも小さく、すべて一人分しかない。

こんなにも幼いのに一人で暮らすことなど可能なのだろうか。親や兄弟はいないのだろうか。そう思いながら子供を寝台に寝《ね》かせると、彼はまた「んー」と寝言《ねごと》をつぶやいて毛布から細い右脚《みぎあし》を飛び出させた。その脹脛《ふくらはぎ》に魚の鱗があったことにサロメは驚く。

事情を知る手がかりはなにもないが、脚に魚の鱗を持ち、魔海域で暮らしているということは、人魚の一族なのだろう。

サロメは小さな寝息を立てる子供をのぞき込む。溜《た》め息が出るほど愛らしい。綺麗な瑠璃色のペンダントがよく似合っている。そっと触れた魚の鱗は美しくて、たまらなく柔らかだった。本当は自分の鱗を持たせたいが、竜と接触《せっしょく》したことが知られたらこの子が人魚の一族から排斥《はいせき》されてしまう。鱗を持たせることは諦《あきら》めるしかなかった。

ひどく別れがたい。目が覚めるのを待って、介抱《かいほう》してくれた礼を伝えたかった。

そしてサロメの巣に攫《さら》っても泣かないかを訊《たず》ねたい。でもきっと怖《こわ》がられてしまう。

だから、もう少し大きくなったら迎《むか》えにくる。それまでも頻繁《ひんぱん》に会いにくる。そう約束したいのに、なにひとつ叶わない。

竜と人魚の断絶に心を痛めながら、サロメは子供の額に口づけて魔海域を去った――。

「メル……私のための温もり……」

サロメは時折こうして独り言《ご》つ。言葉にして吐《は》き出さないと、攫いたいという思いが膨《ふく》らむばかりでたまらなくつらかった。大切なのに、あの子の名を知らない。サロメは瑠璃色のペンダントに刻まれていた〝MELVINE〟の文字を頼《たよ》りにしていた。

メルヴィネの温《いか》もりは、サロメの身のうちに潜《ひそ》む竜の本能を強く呼び起こす――。

エンプレスの怒りは治まる様子を見せず、厳しい断絶状態がつづく。人魚とはもう二度と会えない、わかり合えない、守ることも許されないと言い聞かせて諦めていた。

しかし人魚の子供と――メルヴィネと出会ったことで、サロメはふたたび人魚の一族の守護を渇望《かつぼう》するようになる。

人魚たちを守りたい。魔海域へ入ることを許されて、あの子を攫いに行きたい。

自分よりもずっと大きな体軀《たいく》をしたサロメを、竜であるサロメを怖がらず、手当てをして温めてくれた。人魚の一族を守護することが使命であり望みであることをもう一度思い出させてくれた。

しかしメルヴィネとの出会いから十五年近くも経ってしまっている。そのあいだ、守りたいものを守れないサロメの孤独は募《つの》り、今にも決壊《けっかい》しそうだった。

人魚たち、魔物たちを守護したい。そしてメルヴィネをこの腕《うで》で守ることができたら、そのときは、巨体に巣くう凄烈な孤独が波に攫われるように消える――その確信があった。

叶うなら、今からでも方向を変えて魔海域へ行きたい。エンプレスが激怒《げきど》したところで、竜《りゅう》であるサロメには脅威《きょうい》の欠片《かけら》にもならない。時折そのような考えにまで至ってしまう。

しかしサロメにはそうする自由がなかった。サロメはドラゴンギルドに所属する竜であり、なにをするにもリーゼに許可を得る必要がある。

『私は魔海域に置いてきた大切なものを取りに行きたいだけなのです』

『気持ちはわかるが、やめとけ。対話の機会を待て。エンプレスの怒りは冷めてない』

魔女《まじょ》ジゼルの息子《むすこ》であり、古くからの友人であり、現在はサロメの上司であるリーゼには、数えきれないほど話をしてきている。そのたび彼はひどく困った様子をしながらサロメを宥《なだ》めてくるが、それももう限界だった。

ドラゴンギルドの運営者であるリーゼは今、〝人喰《ひとく》いヴェール〟の件で泣きついてきた警察への対応に追われている。犯人が捕《つか》まり事件が収束したら、今度こそ話をつけたい。

それとも、抑《おさ》えきれない衝動《しょうどう》に駆《か》られて魔海域へ入るのが先か――。

「……？」

物思いに耽《ふけ》るサロメの金色の瞳《ひとみ》に、なにか不思議なものが映った。

帝都《ていと》がある大陸の浜辺はもう見えている。水面に映る丸い月は汀までサロメを追いかけてくるのだろう。その月明かりを受けて、黒い波間に青く輝《かがや》くなにかがある。ずいぶんと鮮《あざ》やかな青色のそれは、誰《だれ》かが落とした青玉《サファイア》だろうか。

——違《ちが》う。……人間か？

黒い水面に、煌《きら》めくサファイアを中心にして人間の四肢《しし》がぼんやりと浮かぶ。それに気づくと同時に降下した。竜の巨体《きょたい》を受けた海面が高く大きなしぶきをあげる。

生きているか死んでいるか定《さだ》かではない。サロメは水中に漂《ただよ》うそれを前脚《まえあし》でつかむと、浜辺へ向かって泳いだ。海から出るときに合わせて人型に変容し、人間を横抱《よこだ》きにする。

ザァ——……、と音を立てて、海水がふたつの裸体《らたい》を流れ落ちていく。

サロメは人間を抱き上げたまま汀に立ち尽《つ》くした。

「なぜ……、こんなことが……」

百三十年近くを生きてきて今ほど驚愕《きょうがく》したことはない。夢を見ているのかと思った。

サロメの腕の中でぐったりとしているのは、人間ではない。

その魔物《まもの》は黒い髪《かみ》をしている。月明かりを受けて青く輝いていたのは魔物がつけているペンダントトップだった。そして、右の脹脛に光る、美しい魚の鱗《うろこ》。

「メルヴィネ……！」

瑠璃色《るりいろ》のペンダントなどなくてもわかる。海水に濡《ぬ》れたその顔には、サロメが折々思い出していた子供の面影《おもかげ》がはっきりと残っていた。

しかし喜びよりも混乱と焦燥《しょうそう》が遥《はる》かに上まわる。その顔は蒼《あお》ざめ、殴打《おうだ》された痕《あと》があった。

サロメはメルヴィネを浜辺に寝かせ、口づけて海水をすべて吸い取った。ひゅっ、と音が鳴って気管に空気が通る。

メルヴィネは苦しそうにしながらも小さな唇《くちびる》を懸命《けんめい》に動かす。なにかを言おうとしていた。

「ギル、ド……どこ……？」

「ギルド？　大丈夫《だいじょうぶ》ですか、目を開けてくださいっ」

彼がやっとの思いで絞《しぼ》り出した言葉がドラゴンギルドだったことに驚く。それにはどんな思いが籠《こ》められているのだろうか。しかしメルヴィネはそれだけを言って完全に意識を失ってしまった。頭の下の砂が赤く染まっている。後頭部にある傷はかなり深い。サロメはメルヴィネをうつ伏《ぶ》せにさせると、口を開けて大量の〝聖水〟を吐き出した。

サロメたちが吐く水には強力な治癒《ちゆ》・浄化《じょうか》作用があり、怪我《けが》の進行やおおかたの毒素を抑制《よくせい》する。〝聖水〟と呼ばれるそれは、よっつある竜種のうち水竜だけが生み出せるものだった。

大きく開いていた後頭部の傷が塞《ふさ》がる。背面には、ほかに目立った傷はない。サロメはふたたびメルヴィネの身体を返し、顔に痛々しく残る傷《きず》も消した。

聖水が必要な傷はあとひとつ。左脚《ひだりあし》の付け根にも魚の鱗があるが、一部が剝《は》がれて出血していた。サロメはそこに水を吐きながらメルヴィネの裸体を目視する。

雌《めす》に変化していない――。

数多《あまた》の人魚と親交があったサロメでも、脚を持つ雄《おす》の個体は初めて見る。しかしそんなことはどうでもよかった。この子は紛《まぎ》れもない人魚だ。懐《なつ》かしい魔海域の匂《にお》いがする。脚に煌めく魚の鱗は、昔と変わらず柔《やわ》らかくて美しい。

だが、どれだけ聖水を浴びせても剝がれた鱗は再生されなかった。

「メル……お願いです、目を開けて……」

怪我を治してもぐったりとしたままの白い肢体《したい》を抱きしめる。サロメの心と体軀をあんなにも温めてくれた身体が、今はひどく冷たい。

猛烈《もうれつ》な怒りが込み上げてくる。大事なメルヴィネに深手を負わせたのは誰だ。裸《はだか》で海を漂うまでに彼を追い詰《つ》めた者は――。

己《おのれ》にも怒りが湧《わ》いた。日々切望していた再会だが、こんな形で果たしたかったのではない。ふたたび人魚たちを守護できるようになったら、まっすぐ魔海域に入って迎えに行くつもりだったのに。早く攫いに行かないからこんな怪我を負わせることになったのだ。

いつも冷たく静かな水竜《オンディーヌ》の身体《からだ》が熱くなる。

二度とこんな怪我はさせない。掠《かす》り傷さえ許さない。

いつでもこの腕の中にいさせる。怖い思いなど絶対にさせない。

ドラゴンギルドにある自分の巣に連れて帰るため、サロメはメルヴィネを抱き直した。

昏睡《こんすい》しているメルヴィネが眉《まゆ》をひそめる。瑠璃色のペンダントが、キン……と澄《す》んだ音を奏《かな》でた。

「サロメ……、たすけ、て……」

「――！」

聞き違いなどではない。今、確かにメルヴィネが自分の名を言った。

サロメは驚愕してばかりいる。なぜ名を知っているのだろう。サロメのことを知る人魚たちから聞いたのだろうか。助けてとは、なにからだろう。メルヴィネの身に、いったいなにが起きたのだろうか。

惑《まど》うサロメの腕の中で、小さな人魚は涙《なみだ》を落とした。

「守っ、て」

それはサロメが長いあいだ求めつづけていた言葉だった。最も言ってほしい存在が、その言葉を口にする。長く凪《な》いでいた心に激しい守護の風波が立つ。

この月夜の邂逅《かいこう》は、運命によって導き出されたものだ。そう確信できる。

しかし喜びに浸《ひた》ることはできない。離《はな》れているあいだに、メルヴィネに涙を流すまでにつらい思いをさせてしまった。頬《ほお》を伝う涙が美しいほどに、サロメの心も痛みが増していく。

サロメはメルヴィネの涙を拭《ぬぐ》い、あのときしたように額に口づけた。

「私があなたを守ります。これからずっと……怖《こわ》い思いはもう二度とさせません」

ふたたび竜に変容する。鉤爪《かぎづめ》で傷つけないよう気をつけながらメルヴィネに触《ふ》れた。水竜だけが持つ半透明《はんとうめい》の蹼《みずかき》で、冷たい裸体をそっと包み込む。そうしてサロメは水色の翼《つばさ》を広げ、ドラゴンギルドへ向かった。

沿岸に連なる光の帯を越《こ》え、陸地上空を飛行する。

アルカナ・グランデ帝国《ていこく》に興った産業革命以降、海岸沿いの工業地帯は年を追うごとに広がりを見せている。かつて魔物たちの住処《すみか》であったそこには太く高い煙突《えんとつ》が幾《いく》つも立ち、昼夜を

問わず鉛色《なまりいろ》の煙《けむり》を吐きつづけていた。

大型の魔物ですら発しないような轟音《ごうおん》を立てる工業地帯を抜《ぬ》け、アーイルス川の支流を越えていく。

日付も変わろうとしているのに、帝都はまだ煌々《こうこう》とした光に包まれていた。

今夜、おそらく〝人喰いヴェール〟は出ていない。夕方に何度も訴《うった》えてきた「帰還《きかん》せよ」という魔物の直感は、メルヴィネのためだったと理解する。サロメは高度を上げた。

帝都の中心地に建つ、巨大《きょだい》な時計塔《とう》が見えてくる。

それを中軸《ちゅうじく》に蜘蛛《くも》の巣のように張り巡《めぐ》らされた道路と、眩《まばゆ》いライトをつけて行き交《か》う蒸気自動車。アーイルス川に架《か》けられた八本のブリッジと、整備された川沿いに立ち並ぶオレンジ色のガス灯たち。そのすべてが、帝国の技術革新と経済発展の証《あかし》であった。

あまり馴染《なじ》めないそこをあとにすると、アルカナ大帝の宮殿《きゅうでん》群が姿をあらわす。

近代化が進む都心とは対照的に、アルカナ大帝の住む宮殿は重厚《じゅうこう》で美麗《びれい》なゴシック様式を保持していた。この宮殿群で生まれた中世の栄華《えいが》と繁栄《はんえい》が、産業革命の幕開けを導き出し、魔物たちの地獄《じごく》の門を開けたのである。そして、魔物を地獄へ落とす人間たち――政府の中枢《ちゅうすう》部と帝国軍の総司令部は、宮殿の群れの中にあった。

サロメは翼を大きく広げ、夜風をとらえて旋回《せんかい》する。

アルカナ大帝の宮殿群を支えるように立つ岩山は、裏側が鋭《するど》く切り立っている。生き物が到《とう》底棲息《ていせいそく》できないこの断崖絶壁《だんがいぜっぺき》に、結社・ドラゴンギルドはあった。

監視《かんし》目的と侮辱《ぶじょく》を籠め、岩しかないここをギルドの設置場所に指定したのは政府だったが、サロメは別段気にしていない。工業地帯や歓楽街《かんらくがい》の中心に置かれるより幾分《いくぶん》ましだった。

岩壁には竜の巣が——巨大で装飾《そうしょく》豊かな部屋が幾つも連なって埋《う》め込まれている。その壮麗《そうれい》さはアルカナ大帝の宮殿群に引けを取らない。ドラゴンギルドの運営者であるリーゼは、派手なものを愛好していた魔女ジゼルの遺志を尊重し、莫大《ばくだい》な金をかけて豪奢《ごうしゃ》な結社を維持《いじ》していた。

断崖《だんがい》の下方には竜専用の発着ゲートがみっつ並んでいる。ゲートで点滅《てんめつ》しているライトは、帰還する竜のための誘導灯《ゆうどうとう》だ。サロメはそこに向かって降下した。

ゲートに着陸したと同時に大量の水が降ってくる。防護服を着てマスクとゴーグルをつけた二人の男がサロメの巨体に乗り、デッキブラシを使って鱗を磨《みが》いていく。

遠征地《えんせいち》から帰還した竜はゲート内で洗浄《せんじょう》を受ける決まりがあった。サロメは匂いを嗅《か》ぎ、自分の身体に立っている二人が誰《だれ》なのかを確認《かくにん》する。リーゼとアナベルだった。

「リーゼ、水を止めてください。早く」

「なんでだ？」

放水の勢いが弱くなる。完全に水が落ちてこなくなるまで待ち、サロメは蹼のある前脚をゆっくりと開いた。小さな人魚の身体は変わらず冷たい。慣れた手つきでマスクとゴーグルを外したリーゼが、ぴんとつり上がった猫《ねこ》のような瞳《ひとみ》を半分にする。

「いったいなにを拾ってきたんだよ……。——おい、アナベル。タオルと毛布」

「はい」

アナベルが脱衣室《だついしつ》へ駆《か》け、リーゼが歩いてあとを追う。サロメも人型に変容し、メルヴィネを抱き上げる。ゲートとひとつづきになっている脱衣室に入ると、二人は防護服を脱《ぬ》いで執事《バトラー》の姿に戻《もど》っていた。リーゼが手際《てぎわ》よくメルヴィネの身体を拭《ふ》いて毛布でくるむ。サロメはまたすぐにメルヴィネを抱き上げると自分の巣へ向かった。

　サロメが首を二、三度振《ふ》れば、長い銀髪《ぎんぱつ》は一瞬《いっしゅん》で乾《かわ》く。濡れたままの裸体はアナベルが歩きながら拭いてくれた。半歩前を歩くリーゼが瞳だけをこちらに寄越《よこ》す。

「どこで拾った？　なんで裸で気絶なんかしてるんだ。脚にあるのは？　……鱗のようだが」

「この子は、私がずっとリーゼに話していた、魔海域《まかいいき》に置いてきた子です」

「なに？」

　ドラゴンギルドのエントランスホールにはまだ明かりが灯《とも》っているが、竜《りゅう》やバトラーの気配はない。竜の兄弟は今夜も帝都《ていと》の警邏《けいら》に出ているようだった。艶《つや》やかな飴色《あめいろ》の大階段を上がる。その踊《おど》り場に設《しつら》えられたフロマン社の振り子時計《ホールクロック》は午前零時《れいじ》三十七分をさしていた。踊り場から二方向に分かれている右側の階段を上がり、長い廊下《ろうか》を奥まで進むとサロメの巣がある。豪奢な部屋の大扉《おおとびら》をリーゼが開いた。

　巣の中央にある美しく整えられた応接セットへ向かう。サロメはメルヴィネを抱いたままソファに座った。唇《くちびる》で触れた小さな額は、先ほどより温かい。氷のように硬《かた》く冷たくなっていた指先も、今は毛布の中で少しずつ柔らかさを取り戻していた。

「よかった。もう大丈夫《だいじょうぶ》ですよ……」

「もう大丈夫ですよ……じゃない。ちゃんと説明しろ」

　リーゼがローテーブルを挟《はさ》んだ向かいのソファに腰《こし》かける。アナベルは濡《ぬ》れたバスタオルを持って彼の横に立った。

　メルヴィネが雄の人魚であること、過去に魔海域でサロメを介抱《かいほう》してくれたこと、今夜の帰還中に海で助けたこと、後頭部の大怪我《おおけが》、彼が言った『ギルド』という言葉——サロメは経緯《けいい》を端的《たんてき》に説明する。

　昏睡しているメルヴィネがサロメの名を呼んだことについて、二人は揃《そろ》って驚愕《きょうがく》した。

「ね、ねぇサロメ、それ本当なの？　彼はサロメの名前を知らないんでしょう？」

「はい、おそらく。でもメルヴィネは、まちがいなく私の名を呼びました」

「気絶してるのにか？　信じられんな。偶然《ぐうぜん》が重なりすぎてるのも妙《みょう》だ。ほかにも——」

「偶然ではありません。運命です」

「…………。ほかにも解《げ》せんことが多くある。なぜこいつは魔海域の外の海に浮《う》いてたんだ？素《す》っ裸《ぱだか》で大怪我してたなんて、どう考えてもおかしい。『ギルド』と口にしたこいつが、仮にうちを目指してたとしても、こうなる意味がわからん。それに、こいつの裸を見た奴《やつ》がほかにもいるってことだ。脚《あし》を持つ雄の人魚だと知ってる奴がいる——そいつが俺たちみたいな善良な奴とは思えない。なんせ裸にして後頭部を殴《なぐ》る奴だからな。メルヴィネは、捕《つか》まったところから逃《に》げ出した可能性が高い。本人から話を聞かないうちは、まだなにも確定できないが」

　リーゼはいつものように淀《よど》みない早口でそう言った。

　それはサロメも気にかかっていることだが、どちらにせよメルヴィネを自分の腕《うで》の中から出すことは二度とないので問題ない。万が一、メルヴィネを裸にして人魚だと知った者が追ってきたとしても、始末するだけのことだ。寧《む》ろ、あらわれることを望む。

再起不能にしてやらなくては気が済まない――。

「こいつの名が本当にメルヴィネなのかも定《さだ》かではないんだろう？」

「この子がつけているペンダントに、そう刻まれています」

「ああ、さっきの青いやつか」

リーゼは立ち上がるとサロメの隣《となり》に座り直し、毛布の中から瑠璃色《るりいろ》のペンダントを取り出した。青い水と、その中で揺《ゆ》れる白い宝石を観察する。

「この水、おまえたち水竜《オンディーヌ》の涙の色にそっくりだな。中は真珠《しんじゅ》か？」

「おそらく海底帝国の水かと……あそこの海水はサファイアよりも青くて透明度《とうめいど》も非常に高いです。真珠は、人魚の涙の可能性も考えられます」

「海底帝国に人魚か……。――確かに文字が刻まれてる。〝MELVINE〟ね……」

「メルヴィネとは、人魚の古い言葉で〝極東の王〟を意味します」

「なんだそれ？　さっぱりわからんが、こいつが目を覚ましたら全部わかるだろう。ひとまず医務室にでも寝《ね》かせておくか」

「リーゼさん。僕、しばらく医務室にいて様子を見てますね」

「ああ、アナベル、悪いけど頼《たの》む」

「だめです。私の巣で寝させます」

すると二人のバトラーは揃って「えっ？」と言った。

サロメからすれば、医務室に寝かせるという考えに至るほうがわからない。

「私の名を呼び、『助けて、守って』と言いました。そのためにギルドを訪ねるつもりだったのでしょう。ですから私の巣にいさせます」

これ以上ないほど真っ当な説明をしたが、リーゼはまた猫の瞳を半分にしたあきれ顔をし、アナベルはとても驚《おどろ》いたように大きな青い瞳をぱちぱちと瞬《また》かせた。

サロメは彼らのことをまったく気にせずに、腕の中で眠《ねむ》るメルヴィネを見つめる。

幾つになったのだろう。魔海域の島で出会ったときは五歳にもなっていないようだったから、十五年近く経《た》った今は十八、九あたりだろうか。昔に比べてずいぶん成長したが、それでも小《こ》柄《がら》であるし、とても軽い。寝《ね》顔《がお》はあのときと、否《いな》、あのとき以上に愛らしかった。

「小さくて、可愛《かわい》い」

「サロメ。おまえの悪い癖《くせ》が出てる。無類のちび好き」

「違《ちが》います。そんなものではありません。……メルヴィネ、今度は私があなたを温めます。あのときしてくれたように」

「大丈夫かよ、まだなにもわかってないってのに。とにかく目を覚ましたら俺を呼べ。真夜中でも明け方でもいい。──おいっ、聞いてんのかサロメ」

「はい。わかりました」

サロメは、黒くて長いまつげや柔《やわ》らかな頰《ほお》に見蕩《みと》れながら生返事をした。

眠る小さな人魚に夢中になる。この愛らしい寝顔を幾度《いくど》となく思い出してきた。

魔海域に置いてきてしまったことを後悔《こうかい》しない日は一日たりともなかった。

でも今、確かに腕の中にいる。メルヴィネの温《ぬく》もりは、サロメの身に宿る守護の本能を激しく呼び起こす。

メルヴィネをこの腕で守りたい——ただひたすらに切望しつづけて、でも届かなかったそれが、ようやく現実のものとなった。必ず人魚の一族を、魔海域に棲《す》む魔海獣《まかいじゅう》たちを守護できる日も訪《おとず》れる。

否、必ず守護してみせる。そう決めた。

「メル……。私のメルヴィネ……」

メルヴィネの額に口づけるたび、巨体《きょたい》に巣くう巌《いわお》のような孤独《こどく》が、少しずつ、ほんの少しずつ、さらさらと崩《くず》れていく。

心地《ここち》いいその音に、サロメはいつまでも耳を傾《かたむ》けていた。

3

夢を見ている。

とても清らかな水の香《かお》りがするここは、銀色の波が煌《きら》めく海だ。

こんなに綺麗《きれい》な色の海があるなんて知らなかった。そして不思議と泳げている。

この美しい銀色の海でなら、怖《こわ》いけれど泳げる——。

「うわぁっ……、──だれ!?」

夢から醒《さ》めてまぶたを開くと、鼻先が触《ふ》れ合うほど近くに見覚えのない顔があった。

驚きのあまり身体《からだ》が跳《は》ねる。思いきりうしろに下がったつもりが、硬くて力強いものに縛《いまし》められていて動けなかった。それが人間のものより長い腕だと気づいて、裸の身体が強張《こわば》る。

「メルヴィネ……？」

知らない人がなにかをつぶやく。自分が騒《さわ》いだせいで目を覚ましてしまった。目の前にある銀色のまつげが揺れて、まぶたがゆっくりと開く。見えてきたのは、爬虫類《はちゅうるい》みたいな縦長の瞳《どう》孔《こう》をした、眩《まばゆ》い金色の瞳だった。

人間じゃない、魔物《まもの》だ──。

「……っ」

懸命《けんめい》にもがいて腕から抜《ぬ》け、上体を起こす。あたりを見渡《みわた》して逃げ出せる扉を探した。今が宵《よい》なのか夜明け前なのかはわからない。藍色《あいいろ》に染まる部屋は、信じられないほど広かった。初めて見る風景に愕然《がくぜん》とする。離《はな》れることができたばかりなのに、また長い腕が身体にまわってくる。

「気分はどうですか？　気持ち悪いなどは、ありませんか」

「は、放せ、っ……ここどこ!?　なんでこんなっ……」

恐怖《きょうふ》と混乱で、自分でもなにを言っているのかわからなくなる。取り乱しているのは自分一人だけだった。銀のまつげと金の瞳《ひとみ》を持つその魔物は、とても落ち着いた声を出す。

「ここはドラゴンギルドです。あなたが来ようとしていた場所です」

「ドラゴンギルド!? ど、どうしてぼくがドラゴンギルドに？ そんなの知らない」

「メル？」

静かに驚くこの魔物が何者なのか、なにを言っているのか理解できない。

自分がなぜドラゴンギルドにいるのか、いつ来たのかも、なぜ裸で知らない魔物と寝ているのかも、こうなった理由がまったくわからなかった。そして、認識《にんしき》できていないことはそれだけではないと気づき、戦慄《せんりつ》を覚える。自分が何者かが、わからない――。

「助けてっ、わからない、怖い……！」

この状況《じょうきょう》になった経緯を思い出したいのに、激しい頭痛がする。脳を鉄線で縛められるようだった。恐《おそ》ろしくてしかたない。目で見てわかるほどにがたがたと震《ふる》えだす。その身体を強く抱《だ》きしめられる。

「大丈夫ですよ。落ち着いてください」

「い、いやだっ、放して！」

また顔が間近に迫《せま》る。怖くなって顔を伏《ふ》せると、ふいに、清らかな水の香りがした。

「あ……」

長い銀髪《ぎんぱつ》がさらさらと広がって、包まれたようになる。なにもわからないけれど、この感覚だけはわかる、憶《おぼ》えている。さっき夢で見た、綺麗な銀色の海と同じ――。

「落ち着いて。怖いものはなにもありませんよ。あなたを傷つけるものはなにもありません。私が守ります。――あなたの名は？」

「ぅ、……ぼくの、名前……、なまえ、は」

懸命に言おうとしているのに、自分の名が出てこない。頭が痛い。

「わからない……。ぼく、だれなの……」

自分の名が言えないことにひどいショックを受けた。銀髪の魔物はずっと冷静なままで、ゆっくりと訊《たず》ねてくる。

「どこから、どうやって来たのか、言えますか？」

「……っ、――」

言葉を出せない唇《くちびる》が勝手にぱくぱくと動く。そんな簡単なことすら答えられない。あまりにも情けなくて涙《なみだ》が滲《にじ》んでくる。痛いくらい強く抱きしめられたと同時に、耳元で声がした。

「記憶喪失《きおくそうしつ》……」

その言葉にぞっとする。なぜ、なにも憶えていないのだろう。なにが起きてこうなってしまったのだろうか。当然のようにそれも思い出せない。硬《かた》い腕と、長く綺麗な銀髪までもが怖くなる。怖くて逃《に》げ出したいのに、どこを目指して逃げたらいいのかもわからなかった。

「放せっ……は、放して」

「放しません。あなたの震えが止まるまでずっとこうしています」

震えているのは、記憶喪失だとわかって混乱しているからだけではない。腕《うで》の力が強すぎて、痛くて怖いせいでもあるのに。

それに、知らない男同士が裸《はだか》で抱き合っているなんて絶対におかしい。どうしたらこんな状況になるのだろう。

「いやだ、放して。なんで裸なの？　ぼくの服はどこ？」

「裸が恥《は》ずかしいですか？」

「恥ずかしいし、すごく怖い」

銀髪の魔物は『怖い』という言葉に鋭《するど》く反応した。近くにあった毛布を引き寄せ、それを使って全身を包んでくる。

「これでもう怖くないです」

「う……」

首から下を毛布で覆《おお》われても、胡坐《あぐら》の上に座らされてはあまり恐怖が薄《うす》まらない。毛布越《ご》しに感じる腕の力もだんだん強くなっているようだった。胡坐からおりたくて身体を動かしたけれど、柔らかな毛布で手足を縛められているようなものだから、もぞもぞしただけでまったく意味がない。

でも、とても不思議だが、繰《く》り返し髪《かみ》を梳《す》かれたり肩《かた》を撫《な》でられたりしているうちに混乱と震えが治まってくる。先ほどの強い頭痛も治まってきたけれど、時折額に口づけられて、そのたびにビクッとした。どうしてサロメはそんなことをするのだろう——。

「サロメ？　あなたの名前はサロメというの？」

「はい。私の名はサロメです。思い出しましたか。あなたは意識を失っているときも私の名を呼びました」

「ちがう……思い出したんじゃなくて、今、額に触《さわ》られて、勝手に思い浮《う》かんできたんだ」

「人魚の感知能力ですね」

「人魚……？　感知能力って？　ぼく、サロメを呼んだの？　ぼくたち知り合い？」

「順番に、ゆっくりと話しましょう」

自分が何者なのか、名すらもわからない。住んでいる場所や家族、なぜドラゴンギルドにいるのか、どこから来たのか――なにもかもが不明な状態はひどく怖い。でも、極度の混乱に陥《おちい》らずに済んでいるのは、サロメが落ち着いた声で優《やさ》しく丁寧《ていねい》に話してくれるからだと思う。

優しいのに、腕の力が強すぎるのが少し気になるけれど――そう思いながら、初めてしっかりと見たサロメの姿に息を呑《の》んだ。

腰《こし》まで届く、さらさらの銀髪。その合間に立派な角が見える。眦《まなじり》には、水紋《すいもん》を描《えが》いたような美しい水色の鱗《うろこ》。金色の瞳を覆う豊かな銀のまつげと、整った鼻梁《びりょう》や綺麗な唇は、聖母像のようだった。

「角がある……鱗も。瞳の形も違《ちが》う。サロメは、魔物……お、雄《おす》だよね？」

腕の力強さは絶対に雄のものだし、裸体《らたい》にあるその証《あかし》も先ほど視界に入ったのに、あまりにも清麗《せいれい》な姿に思わず訊《き》いてしまった。サロメは淑《しと》やかに笑って答える。

「はい。私は雄の水竜です。竜は、雄しか生まれませんから」

「変なこと訊いてごめんなさい。……水竜って、オンディーヌ？」

「そうです。よくわかりましたね。ほかにも少し確認していいですか？　わからないことは、無理に考えなくて大丈夫《だいじょうぶ》ですから」

丁寧な言葉に、こくりとうなずいた。サロメは頭を撫でながらいくつか訊ねてくる。

「この国の名はわかりますか？」

「うん。アルカナ・グランデ帝国《ていこく》……合ってる？」

「はい、合っています。竜、魔女《まじょ》、人魚は、現在それぞれどこにいるか、知っていますか？」

「竜はドラゴンギルドにいる。魔女は……絶滅《ぜつめつ》してしまった。人魚は海底帝国に棲《す》んでる」

「その通りです。一般《いっぱん》知識や歴史の認識はありますね。自身のことについて、ほんの少し、記憶が曖昧《あいまい》になっているようです」

サロメは優しくそう言ってくれたが、ほんの少しではないし曖昧でもない。自分に関する記憶だけがごっそりと抜け落ちている。激しい落胆《らくたん》に、また少し身体が震えた。

「大丈夫ですよ、記憶は必ず戻《もど》ります。その手がかりを、あなたは持っています」

「手がかり、って？」

「あなたのペンダントです」

「あっ……」

そう言われて気づく。目覚めてからずっと恐怖や混乱に苛《さいな》まれていて、確認する余裕《よゆう》がまったくなかったが、確かにペンダントのようなものを首から下げていた。それを毛布の中から引っ張り出す。

「あなたがとても大切にしているものだと思います」

「うん……。綺麗《きれい》だな……」

そう言葉をこぼしてしまうほどに、あらためて見た瑠璃色《るりいろ》のペンダントは美しかった。自然と身体《からだ》が動いて、ペンダントをかざす。小さなガラス管に満たされた紺碧《こんぺき》の水。その中を、丸い宝石が虹色《にじいろ》に煌《きら》めきながらゆっくりと動く。

「よくわからないけど……ぼく、いつもこうしてペンダントをかざして見てた気がする」

ペンダントをかざす過去の自分は、この美しい紺碧の水の向こうに、なにを見ていたのだろう。思い出そうとしたけれど、また頭に痛みが走った。

そしてなぜか胸までも苦しくなる。理由はわからない。戸惑《とまど》いながらペンダントを持つ手を下げると、サロメが長い指を添《そ》えてきた。

瑠璃色のペンダントは両端《りょうはし》が黄金で封《ふう》じられている。その黄金をなぞりながら言った。

「ここに、小さな文字が刻まれています。文字は読めますか？」

「メル、ヴィネ？」

「そうです。人魚の古い言葉で〝極東の王〟を意味します。なにか心当たりはありますか？」

「言葉の意味が難しくてよくわからない。でも、メルヴィネっていうのは、耳に馴染《なじ》んでる感じがするよ。もしかしたら、そう呼ばれてたのかな……」

「私も、あなたの名だとずっと思ってきました。では、メルヴィネと呼びましょう」

「うん。ありがとう」

そう言うと、サロメはまた綺麗に微笑《ほほえ》んだ。しかしその言葉から、彼もメルヴィネの本当の名を知らないことが窺《うかが》える。知り合いではなかったことを残念に思った。でも、仮初めのものかもしれないけれど、名ができただけで変化を感じる。ぐらぐらしておぼつかない心と身体に、ほんの少し芯《しん》ができたようだった。

瑠璃色のペンダントを持つメルヴィネの手を、サロメの手が包み込んでくる。

「中の青い水は、おそらく海底帝国の水だと思います。真珠《しんじゅ》は、人魚の涙である可能性が高いです。メルヴィネは人魚の涙のことを知っていますか？」

「死者を生き返らせる魔薬《まやく》……だった？」

「そうです。人魚が生涯《しょうがい》に一滴《ひとしずく》だけ落とす真珠の涙は、死者を蘇生《そせい》させる魔力《まりょく》を持っています。ただし、その人魚が愛した者にのみ有効です」

「そんな大事なものを、どうしてぼくが持ってるの」

にわかに焦《あせ》りを感じた。どの人魚が誰《だれ》を想《おも》って落とした涙なのか思い出せない。強い想いが籠《こ》められているものだろうに、そんな大切なことまで忘れてしまうなんて。

サロメは不思議な輝《かがや》きを放つ真珠を見つめる。

「ただの真珠かもしれませんが、その可能性は低いように思います。人魚の誰かがメルヴィネに託《たく》した涙かもしれませんし、……メルヴィネ自身の涙かもしれません」

「ぼくの涙？　どうして？　ぼくは――」

「あなたは人魚なのです」

「ど、どういうこと？　人魚の一族には雌《めす》しかいないでしょう？　それに、脚《あし》を持つ人魚なんて絶対にいないよ」

静かな声で告げられたそれを信じることができなくて、思わず言ってしまった。

サロメが毛布をめくり、右脚を見せてくる。メルヴィネは目覚めてから初めて、己《おのれ》の身体をしっかりと見た。その脹脛《ふくらはぎ》に鈍《にぶ》く光るものに息を呑む。

「なにこれ……!?　魚の、鱗？　なんで、こんなものが脚にあるの？」

「メルヴィネは魔海域の島で暮らしているのです。申し訳ないですが、私もそこまでしか知りません。脚に魚の鱗を持ち、魔海域で生きているなら、人魚の一族であることにまちがいはないと思います。人魚特有の魔力である感知能力も、さっき発動しました」

「わからない。なにが、どうなってるの……」

「メル。私が必ず守りますから、怖《こわ》がらずに聞いてください」

脚を持つ雄の人魚——信じがたい己の正体に、また混乱の波がやってきて身体が震《ふる》えそうになる。しかし震えが来るよりも先に強く抱《だ》きしめられた。綺麗な銀色の髪が、ヴェールのようになってメルヴィネを包む。

「あなたは昨夜、何者かに後頭部を強打され、海に漂《ただよ》っていたのです。それを私が見つけ、ここに連れてきました。これはすべて憶測《おくそく》ですが、メルヴィネは意識を失っていましたが、ギルドはどこか、と口にしたのです。これはすべて憶測ですが、あなたはなんらかの理由で魔海域を出て、ドラゴンギルドに向かうその途中《とちゅう》で事件に巻き込まれたのかもしれません」

「そんな——」

落ち着いた声で語られるそれが、憶測ではなく実際に起きたできごとのように思えてくる。

メルヴィネはなぜ魔海域を出たのだろうか。ドラゴンギルドに向かっていたその目的は。どうして事件に巻き込まれたのだろう。そして、そのあとは——。

「メル、大丈夫ですか。私が守ります。だから怖いと思わないでほしい」

「怖くない、よ……でも……」

怖いよりも、たまらなくつらかった。瑠璃色のペンダントに入っている人魚の涙《なみだ》の主だけではなく、確実に、ほかにも大切なことを多く忘却《ぼうきゃく》してしまっている。

それはきっと、なにがあっても忘れてはならないことばかりだ。

ひどい焦燥感《しょうそうかん》に駆《か》られる。記憶をなくしたことそのものよりも、知らない誰かに怪我《けが》を負わされたことよりも、絶対に忘れてはならない大切なことを守れなかった自分自身に憤《いきどお》りと悲しみが込み上げてくる。

「どうしよう……、ぼく、どうしたら」

どうすれば今すぐ記憶を取り戻せるのだろう。メルヴィネは、与《あた》えてもらったわずかな情報に縋《すが》りつく。自分は人魚で、魔海域の島で暮らしていて、そこから——。

「痛っ」

思い出そうとすると鉄線で脳を縛《しば》られたようになる。サロメが額に唇《くちびる》を強く押しあててくる。そうされると、びくっとしてしまうけれど、頭の痛みが和《やわ》らぐから不思議だった。

「無理に思い出そうとすると頭痛を発症《はっしょう》します。今はまだ、なにもわからなくても大丈夫ですから。ゆっくり、一緒《いっしょ》に思い出していきましょう」

「う、……ん」

「メルヴィネに怖い思いは二度とさせません。私の巣にいれば、なにも怖くありませんよ」

「あ……ありが、とう」

綺麗な唇と落ち着いた声が、メルヴィネの焦燥《しょうそう》を滅《めっ》してくれる。

サロメは、なぜここまで親身になってくれるのだろう。知り合いでもないというのに。大怪《おおけ》我《が》を負わされるほど非力ではあるけれど、記憶を失《な》くした正体不明の魔物《まもの》というものは、もっと警戒《けいかい》すべき対象ではないだろうか。

——オンディーヌって、とっても美しくて不思議な竜だな……。

そう思いながら見つめると、サロメは銀色のまつげを揺《ゆ》らして淑やかに微笑んだ。

そして片腕《かたうで》でメルヴィネを縦抱きにすると寝台《しんだい》をおり、近くの棚《たな》へ歩いていく。そのとき初めて知った竜の長軀《ちょうく》に驚《おどろ》いた。寝台にいたときから大きいとは思っていたが、サロメの身長は十五テナー（約二百センチ）近くある。絨毯《じゅうたん》がやけに遠く感じて、思わず広い背に腕をまわしてしまった。

棚の上には小型の拡声器《スピーカー》と伝声管のようなものがある。サロメはスイッチを押しながらそこに話しかけた。

「リーゼ。起きていますか」

『……どうした。あいつ目を覚ましたか？』

「はい。――でも、記憶がありません」

『すぐ行く』

ツッと短い音がして、そのまま会話は終わってしまった。

サロメは広すぎる部屋の真ん中まで歩いて、そこにある立派な応接セットのソファにメルヴィネをおろした。そして背凭《せもた》れにかけられている煌びやかな布を手に取る。黒地に青い東洋の花が刺繡《ししゅう》されたその不思議な服は着物というらしい。そのあと、帯と呼ばれる細長い布を腰《こし》の低い位置に巻く。長く綺麗な銀髪《ぎんぱつ》に、黒と青の着物はよく映《は》えていた。

オンディーヌの優美な所作を見つめていると、着物を纏《まと》った腕が伸《の》びてくる。ようやく普通《ふつう》に座れたと思ったのに、また毛布ごと抱かれて腿《もも》の上に乗せられた。

「誰と話してたの？　……あと、ソファにおろしてもらってもいい？」

「リーゼです。間もなくこの巣に来ます。メルヴィネをおろすことはできません」

「ど、どうして？」

「深手を負った身体です。大事にしなくては」

「でもぼく、どこも痛くない。記憶《きおく》はないけど身体は平気だよ。あっ、後頭部の傷は……？」

「おおかたの傷は私が治しました。ですがあと一か所、傷が残っています」

「サロメが治してくれたの？　知らずにいてごめんなさい。ありがとう。でも、傷が残ってるって、どこ——」

本当に身体のどこも痛くないから訊《たず》ねたが、返事は聞けなかった。

ドンドンドンッ、と大きなノックが聞こえたと同時に扉《とびら》が勢いよく開く。

メルヴィネがびくっとしているあいだに一人の男がつかつかと歩いてきて、ローテーブルを挟《はさ》んだ向かいのソファに腰かけた。

「気分はどうだ？　あまり芳《かんば》しくもないか」

「彼はリーゼです。ドラゴンギルドの筆頭バトラーで、私の上司です。昨夜、メルヴィネを介《かい》抱《ほう》してくれました」

「は、はじめまして。メルヴィネと言います。助けていただいて、ありが——」

立ち上がって頭を下げたつもりが、身体《からだ》がまったく動いていない。サロメの長い腕に縛《いまし》められているせいだった。焦ったメルヴィネは懸命《けんめい》に足を絨毯へ伸ばしながら言う。

「放してよ、挨拶《あいさつ》できないでしょう」

「私の腕から出てはいけません。このままでも挨拶はできます」

「な、なにそれ？　どういう――」

「挨拶はもういい。そいつの上でかまわんからひとまず座れ」

あきれ顔でそう言ってくるリーゼは、仕立ての良いテール・コートとウェスト・コートを着用し、アスコットタイを結んでいる。バトラーと紹介《しょうかい》された通り、その姿は執事《しつじ》に見えた。眦《まなじり》のぴんとつり上がった猫《ねこ》のような瞳《ひとみ》に、片眼鏡をかけている。髪《かみ》を後頭部の高い位置で束ね、両耳と左手の薬指には美しい緑色の宝石が煌《きら》めいていた。

そしてとても若い。メルヴィネは自分の年齢《ねんれい》を思い出せないけれど、そんなに離《はな》れていないと思う。二十一、二歳あたりだろうか。

抗《あらが》ったけれど無駄《むだ》に終わって、サロメの腿にしっかりと座り直す羽目になった。彼の上司であるリーゼが淀《よど》みない早口で話しだす。

「状況《じょうきょう》からして、おまえがどこかから逃《に》げてきたのは明らかだ。しかし記憶喪失《きおくそうしつ》とはまた難儀《なんぎ》な話だな。対策が立てにくくなった。本当になにも憶《おぼ》えてないか？　――たとえば、人魚の捕《ほ》獲《かく》船から逃げた、とか」

「……すみません、本当に、なにも憶えてなくて……」

サロメも『事件に巻き込まれたのかもしれません』と言っていた。人魚を捕獲する船というものが、その事件に関《かか》わっているのだろうか。そう考えても、なにも思い出せない。そんな起きたばかりの恐《おそ》ろしいことなら記憶に残っていても不思議ではないのに。人魚の捕獲船という不吉《ふきつ》な響《ひび》きに、メルヴィネ以上に反応したのはサロメだった。

「人魚の捕獲船とは？」

「聞かせたくない話だが──人魚は今、高値で売買されているんだ。加えて、最近、海洋方面がやかましくなってる。海岸をうろうろしてただけの海軍将校たちが、今になって頻繁《ひんぱん》に総司令部を出入りしていてな。ゲルベルト中将《ちゅうじょう》を司令官として艦隊《かんたい》を編制するという噂《うわさ》」

「艦隊で魔海域《まかいいき》へ侵入《しんにゅう》するつもりなのですか？　そのようなことをしたら人魚たちが──」

「わからん。ただの噂に過ぎない。しかし俺はあのゲルベルトという若造が気に食わん。若い将校の中で、俺を呼び出さないのもギルドへ挨拶に来ないのも、あいつだけだ。二十六歳で中将というのもおかしい。異様な昇級《しょうきゅう》の早さだ。……なにか裏がある」

早々に二人の会話についていけなくなる。でも、人魚たちがよくない状況にあることだけはわかった。記憶はなくても、人魚の自覚がなくても、胸がじくりと痛む。

落胆《らくたん》が表情に出てしまっただろうか、リーゼが気を遣《つか》って笑顔《えがお》を向けてくる。

「人魚か。懐《なつ》かしいな。数が激減していなければいいが。現状を調べ、対策を立てたいとは常々思っている。でもおまえたち人魚は竜《りゅう》が大嫌《だいきら》いだからなぁ。困ったものだ。……我が社は長年におよぶ深刻な事案としてとらえている」

「懐かしいのはどうしてですか？　人魚は竜が大嫌い、というのは……？」

「竜と人魚は長いあいだ断絶状態にあります。私たちドラゴンギルドは約二十年間、魔海域に入ることを許されていません」

「そんな……！　どうして」

「それも記憶にないのか？　どこまで認識《にんしき》できてて、どこから抜《ぬ》けてる？」

メルヴィネの記憶の状態について、サロメがリーゼに説明する。

そのあいだ、メルヴィネはサロメの上に座らされながらも、背筋をぴんと伸ばし、己《おのれ》の膝《ひざ》の上で拳《こぶし》を握《にぎ》っていた。そして、記憶を失った脳で考える。

人間が一方的に始めた魔物狩《まものが》りによって、魔物と人間は共存共栄の道を完全に絶った。

しかし、果たして魔物同士が決別することなどあるのだろうか。にわかに信じることはできなかった。もしそれが本当なら、とてつもなく悲しいし、そんなことは今すぐやめてほしい。

過去の自分は、二十年にもおよぶ竜と人魚の断絶をどうとらえていたのだろう。

「竜と人魚が断絶したのは、ギルド設立の約十年後だ。魔女《まじょ》の絶滅《ぜつめつ》やギルドのことは認識できてるのに、断絶の件は忘れてるのか。どうなってる……入院して治療《ちりょう》を受けてみるか？」

「はい、お願いしま――」

「メルは私の巣にいさせると言ったでしょう」

一刻も早く記憶を取り戻《もど》したくて、リーゼが提案してくれたことに即答《そくとう》したが、それよりもさらに早くサロメの声が重なってくる。その声の低さにびっくりしてしまった。先ほどの、混乱するメルヴィネに優《やさ》しく語りかけてくれた声とはまるで違《ちが》う。

「メルヴィネを捕《と》らえた者に見られたらどうするのです」

「ぅわ……？　やめてよ、っ」

腰にまわされた長い腕に物凄《ものすご》い力が込められて、ぐっと引き寄せられた。リーゼは気だるそうに脚《あし》を組み、猫のような瞳を半分にする。

「追っ手よりもなによりも、おまえが一番危なっかしいんだよ。――おい、メルヴィネ、気《き》をつけろよ。こいつはギルドきっての別嬪《べっぴん》だが、れっきとした雄《おす》の竜だからな。聖母みたいな綺

「おかしなことを聞かせないでください。あなたはアナベルが来たときもそう言って彼を怖《こわ》がらせましたね。メルヴィネのことは絶対に怖がらせないでください」

「記憶喪失のほうがよほど怖いと思うがな。こいつの記憶を早く戻してやりたくないのか？一度でいいから医者に診《み》せろ。おまえが病院に連れて行ってやりゃいいだろうが」

「病院の治療など無意味です。私の巣にいさせて、私が少しずつ思い出させます」

「………」

二人の言葉の応酬《おうしゅう》に、メルヴィネが入れる余地はまったくない。

リーゼには、同世代とは思えないような不思議な強さを感じる。若いし、人間なのに、世界最強の魔物である竜の上司という、不思議な人。彼が先ほど口にした『バイロン島を沈める』という言葉が、メルヴィネはとても気になる。あの寓話《ぐうわ》にもなっている、バイロンの魔島のこと だろうか――。

リーゼは立ち上がり、サロメとメルヴィネを見おろしてくる。片眼鏡がカチャリと鳴る。

「ギルドにいるのはかまわんが働かせるぜ？　我が社はタダ飯食いを置くほど良心的じゃあない。先日、バトラーが一人退職したばかりだ。ちょうどいい」

「……まさか、働かせるためにメルヴィネをギルド内に入れたのですか」

「当然だろう。でなきゃ昨夜《ゆうべ》の時点でゲートから追い出してる」

背後から物凄い怒気《どき》を感じたので、メルヴィネは焦《あせ》って振《ふ》り返り、サロメを説得する。

「ぼくも働きたい。助けてもらっただけで、ずっとなにもしないなんて肩身《かたみ》が狭《せま》いし、いづらいよ。今までの記憶がなくても働けるでしょう？」

「メル……」

リーゼにまっすぐ向けられたサロメの怒《いか》りを分散させるために言ったそれは、本心でもあった。記憶を取り戻すことが最優先ではあるが、今日明日ですべての記憶が蘇《よみがえ》るとは思えない。そのあいだにメルヴィネにできることは、助けてもらった恩を返すことだけだった。

「リーゼさん、働かせてください。よろしくお願いします」

本当は立って言いたいが、それが叶《かな》わないので深く頭を下げる。得意気に笑うリーゼがメルヴィネに近づいてくる。顎《あご》に指をあてがわれ、上を向かされた。

「艶々《つやつや》の黒髪《くろかみ》に、瞳は緑と青のグラデーションね……いいな。うちの従業員《ドラゴン》はみんな、おまえみたいにきらきらした奴《やつ》が大好きなんだ。しっかり補佐《ほさ》してやれ。竜たちの任務も捗《はかど》る」

「は、はい。……あの、……」

瞳の色を確認するリーゼの手が、顎から離れて眉《まゆ》の上に触《ふ》れてくる。そのとき、目の前に知らない風景がぼんやりと浮《う》かんできた。

視《み》えたのは、絶滅してしまったという黒猫《くろねこ》の一族。三十年前の、設立したばかりのドラゴンギルド。そこで働くリーゼ。不思議なことに、今とまったく同じ若さと格好をしている。年季が入った焦茶色《こげちゃいろ》のパイプ。広い背や眦に綺麗な緑色の鱗《うろこ》がある、とびきりの美男子。

——あれ？　リーゼさんは人間に見えるけど魔物《まもの》だ。それに、若くないのかな……？

先ほどのサロメの名は、よくわからないうちに浮かんできただけだった。でも今は感知能力が働いたと明確に感じて、やはり自分には人魚の血が流れていることを知る。

しかしサロメがリーゼの手を払《はら》ってしまったので、感知できたのはそれだけだった。

不思議でいっぱいの筆頭バトラーは、また片眼鏡をカチャリと鳴らして言う。

「記憶喪失なだけで身体のほうは問題ないんだろ？　今日から働け。制服は用意させる」

「はい！　よろしくお願いし――」

「今日からなど絶対に許しません。十日間は私の巣で休ませます」

「十日間だあ？　ばか言うな、十日間もボヤッと過ごしてたら、記憶《きおく》が戻る前に脳みそ溶《と》けちまうぜ？」

サロメとリーゼはメルヴィネを挟《はさ》んでしばらく言い合いをつづけ、その結果、三日間安静にして四日後から働くことで話が纏《まと》まった。三日のうちは記憶を取り戻すことに集中する。

話を終えたリーゼが部屋を出るころには東の空が白みはじめ、藍色《あいいろ》に染まっていた室内もすっかり明るくなっていた。

時刻は午前五時半――。サロメが大窓を開くと、爽《さわ》やかな初夏の涼風《りょうふう》が入ってきた。

「朝の打ち合わせまであと一時間半あります。入浴して食事をとりましょう」

先ほどまでぴりぴりしていたが、メルヴィネと二人になると落ち着いた優しいサロメに戻った。部屋の奥にある風呂場《ふろば》に連れて行かれ、そこでようやくおろされる。

「私は食堂に行って朝食をもらってきます。一人で入浴できますか？」

「うん、大丈夫《だいじょうぶ》。ありがとう」

そう言うと、サロメは部屋を出て行った。

遠くで扉《とびら》の閉まる音が聞こえて、メルヴィネはほっとする。目が覚めてからずっと抱《だ》かれたままで身体《からだ》に力が入りっぱなしだった。風呂まで抱かれて入らなくてはならないのかと不安になっていた。そう思わされるほどに、サロメの腕《うで》の力は強い。

身体の大きな竜専用だからだろうか、バスタブはとても広くて深かった。真鍮製《しんちゅう》のバルブをひねるとシャワーが勢いよく降ってきて、バスタブに溜《た》まっていく。

「……………」

髪《かみ》を濡《ぬ》らしながら視線を落とす。胸元《むなもと》で煌《きら》めく瑠《る》璃《り》色《いろ》のペンダントは、記憶をたどる唯一《ゆいいつ》の道標《みちしるべ》だ。そのさらに下をじっと見つめる。

左脚《ひだりあし》の付け根と右の脹脛《ふくらはぎ》に鈍《にぶ》く光る、魚の鱗。まったく見慣れない。色もよくないし、ぶよぶよしている。ひどく違《い》和《わ》感《かん》があって、触れることにはまだ躊躇《ちゅうちょ》してしまう。

「あ、もしかして、傷ってこれかな」

左脚の付け根の鱗が二、三枚剝《は》がれている。でも痛みはなく、今まで気づかないくらいだった。少し赤くなっているようだ。もっとよく確認したくて、バスタブに座ったときだった。

「……っ？」

突然《とつぜん》、水に脚を引っ張られる錯覚《さっかく》に陥《おち》り、バスタブの中で転倒《てんとう》してしまった。すぐに上体を起こそうとしたが、両脚が攣《つ》ったようになって立ち上がれない。

「う、あ……！　苦、しっ……」

思いもよらない事態に慄《おのの》く。水が、生きているみたいに顔に纏わりついてくる。鼻孔《びこう》や口に侵入《しんにゅう》してくる。足首までしか溜まっていない湯の中で、息ができないメルヴィネは両腕をばたつかせた。バシャバシャという大きな音だけが風呂場に虚《むな》しく響《ひび》く。

「メルヴィネっ」

部屋に戻ってきたサロメが風呂場に来てくれたようだった。水に侵《おか》された瞳《ひとみ》に、綺麗な青い東洋の花が映る。着物を纏ったままバスタブに入ったサロメに抱き上げられた。

「――っ、か……はっ、はぁっ……！」

「大丈夫ですかっ」

「あ……ご、ごめ、なさい……、着物が」

サロメの脚に乗せられてようやく呼吸ができた。メルヴィネがつかんでいる美しい刺繡《ししゅう》の入った着物がシャワーのせいでびしょびしょになる。サロメはそれをまったく気にしないで、濡れた顔にくっついた黒髪を長い指で除《よ》けてくれた。

「どうしましたか？　脚の傷が痛いせいですか」

「ちがう。お……おぼ、れ……」

最後まで言うことができなかった。強烈《きょうれつ》な羞恥《しゅうち》に見舞《みま》われる。

こんなわずかな水位で溺《おぼ》れるなんて聞いたことがない。なぜ溺れてしまったのだろう。記憶を失《な》くしているからだろうか。

――夢では泳いでたのに。

今日、目覚める直前に見ていた夢。美しい銀色の海でメルヴィネは泳いでいた。

でも、思い出して愕然《がくぜん》とする。不思議と泳げている――確かにそう思った。

それは、いつもは泳げないという意味ではないか。

「うそだ……そんな」

記憶を失くしているから泳げないのではない。否《いな》、記憶がなくても身体が泳ぐことを憶《おぼ》えているだろう。おそらくメルヴィネは元々泳げない。しかも、低い水位で溺れてしまうほど、まったく泳げないのだ。

——人魚のくせに泳げない……。

こんなこと恥《は》ずかしくて誰《だれ》にも言いたくなかった。黙《だま》ったまま、濡れてしまった着物を握《にぎ》っていると、サロメがバルブをひねってシャワーを止めた。

「メルヴィネは昨夜、大怪我《おおけが》をして海を漂《ただよ》っていたのですから水が怖いのも当然です。そのことに気づかないで、一人で入らせてしまった私が悪いのです」

「ち、違《ちが》う、そんなんじゃないよ。サロメは悪くない。ぼく、人魚じゃないんだよ、きっと……もしかしたら魔物でもないかもしれない」

溺れたことが——泳げないことがサロメにばれてしまった。それがあまりにも恥ずかしくて、おかしなことを口走ってしまったが、本当に、自分がただ泳ぎの苦手な人間のように思えてくる。それはそれでつらかった。自身に関する記憶は消えていても、魔物の誇《ほこ》りのようなものは身体に宿っている気がしていたから。

顔を蒼《あお》くしてひどく落ち込んでいると、サロメは淑《しと》やかに笑う。

「メルヴィネは人魚ですよ。私が今から、メルが魔物だということを証明します」

「え……？」

「メルヴィネは、竜《りゅう》の涙《なみだ》のことを知っていますか？」

「うん。万能薬《ばんのうやく》、だった？」

竜の血は猛毒《もうどく》、涙は薬、精液は永遠の若さの源――アルカナ・グランデ帝国《ていこく》に生きる者でこの伝承を知らぬ者はいない。後者ひとつは噂《うわさ》の範疇《はんちゅう》を抜《ぬ》けないが、前者ふたつは魔物なら誰でも知っている事実だった。

「そうです。しかし私たち竜は自分で泣くことができません。人間に頼《たの》まれても涙は出ません。魔物に頼まれて初めて涙を流すことができます」

「魔物にお願いされないと、泣けないの……知らなかった」

それは竜が世界最強の魔物だからだろうか。でも、竜がどれほど強くても、心を持っている生き物なのだから、その心が痛むときだってあるとメルヴィネは思う。そんなときに涙を流せないのは、少し寂《さみ》しい。

サロメは泣きたいと思ったことはないのだろうか。綺麗《きれい》な貌の、長いまつげを伏《ふ》せて言う。

「メル、私に涙を落とすよう言ってください。魔物のあなたに頼まれたら私は泣くことができます。その涙を、左脚の鱗が剥がれたところに落としましょう。きっと鱗は再生されます」

「えっ……」

泣いてくれと頼むことはできるが、涙を傷口に落とされることにはためらいがあった。

そんなことを知る由もないサロメが脚に手をかけ、広げようとする。

「わっ……ちょっと、っ……待ってよ」

「メルヴィネ？」

左脚の付け根の傷は、腿《もも》の内側にある。それも、かなり奥まったところに――性器が触《ふ》れるくらいのところにあるのだ。そこにサロメの顔を近づけられるのはひどく抵抗《ていこう》があった。

メルヴィネが意識しすぎなのだろうか。否、しかし、いくら雄同士《おす》といえども、これはあまりにも恥ずかしい──考えるほどに焦《あせ》ってしまって、蒼かった顔が一気に赤くなる。

色がころころ変わるメルヴィネの顔を見たサロメは一瞬《いっしゅん》だけ驚《おどろ》いて、そのあとまた静かに微笑《ほほえ》む。そうして帯をほどいて着物を脱《ぬ》ぎ、左脚だけを残してほかを覆《おお》ってくれた。

「これで、恥ずかしくないですね」

「う、……ん」

「私に涙を落とすよう言ってください」

戸惑《とまど》っているあいだに脚を広げられてしまった。聖母みたいに綺麗な貌が内腿に近づく。

着物で覆ってもらったのは嬉《うれ》しかったが、正直なところ恥ずかしさはまったく消えていない。この状況《じょうきょう》を一刻も早く終わらせたくて、メルヴィネはつぶやいた。

「涙を……落として」

「はい。メル……、メルヴィネ……」

やけに甘い声で名を呼ばれたように感じて、ぞくっとしてしまう。でも気のせいだと強く言い聞かせ、着物を握って羞恥に耐《た》えた。

サロメはゆっくりとまばたきをする。長く豊かな銀色のまつげに青玉《サファイア》の雫《しずく》が生まれ、煌めきながら落ちてくる。鈍色《にびいろ》の鱗を濡らす紺碧《こんぺき》の涙は、清らかでひんやりとしていた。

「……綺麗」

恥ずかしさを忘れてそう言ってしまうほど、オンディーヌの涙は美しかった。

濃《こ》い青藍《せいらん》の色なのに透明度《とうめいど》はとても高い。それは、メルヴィネが身につけているペンダントの色によく似ていた。

　メルヴィネは竜の涙の美しさに見蕩《みと》れていたが、サロメが眉《まゆ》をひそめていることに気づく。

「サロメ？　どうしたの」

「なぜ……鱗《うろこ》が、――」

「え……？」

　貴重な涙をたくさん落としてもらったのに魚の鱗は再生されず、赤い傷口は剝《む》き出しになったままだった。メルヴィネは少し残念に思っただけだが、サロメは非常に不服であるという表情をしている。だから焦って言った。

「でも、ぼく魔物《まもの》だったね。ありがとう。すごく嬉しい」

　実際に、魔物であることがわかって安堵《あんど》した。水竜の美しい涙を見せてもらえる機会もほとんどない。だから本当に嬉しくてそう伝えたけれど、サロメは鱗が再生されないことにまだ納《なっ》得《とく》がいかないようだった。

　結局、サロメに抱かれてシャワーを浴び、風呂《ふろ》場《ば》を出た。

　バスタオルで身体を拭《ふ》いていると、目の前でサロメが腰《こし》まである銀髪《ぎんぱつ》を振《ふ》る。そうするだけで濡れていた髪が乾《かわ》き、さらさらになった。その鮮《あざ》やかな様子に思わず「すごいね」と感嘆《かんたん》すると、サロメは「水竜は、水を自在に操《あやつ》れますから」と黒髪《くろかみ》に長い指を入れてきて、メルヴィネの髪も一瞬で乾かしてくれた。

「着物、本当にごめんね。洗って干しておくね」

「置いたままでかまいません。バトラーがします」

サロメのなにげない返事に少しどきりとする。今日、目が覚めて記憶《きおく》を失くしたとわかり、ひどい混乱を起こしていたときは、まさか自分がバトラーとして働くことになるとは想像もできなかった。

でも今は働きたいという思いのほうが強い。それは助けてもらった恩を返したいからでもあるが——メルヴィネは、魔物の統率者《とうそつしゃ》である竜に憧《あこが》れを抱《いだ》いていた。だから早く働いて、竜たちの役に立ちたいと思う。

なにものも寄せつけないような威厳《いげん》、そして孤高《ここう》。禍々《まがまが》しくもあり神々《こうごう》しくもある、世界で最も強い魔物。この憧憬《どうけい》の念はまちがいなく、記憶を失くす前からずっと持っているものだ。記憶が蘇《よみがえ》るきっかけになってくれるかもしれない。だから竜への憧れは大切にしたかった。

でも、実際に目の前にいる水竜は、メルヴィネが想像している竜と少しばかり違う。確かに腕《うで》の力や魔力《まりょく》は物凄《ものすご》く強いし、先ほどリーゼと話していたときの怒気《どき》は怖《こわ》いくらいだったけれど、なんだろう——妙《みょう》に、過保護なのだ。

——なにものも寄せつけない孤高の魔物、じゃないのかな……。

今もシャツを持ってきて、メルヴィネにはあまりにも大きすぎるそれを着せてくる。

身長が十五テナー（約二百センチ）近くもあるサロメのシャツは、十二テナー（約百六十センチ）あるか定《さだ》かではないメルヴィネにはワンピースみたいになった。

「次からは必ず一緒《いっしょ》に入浴しましょう。私の脚に乗っていれば大丈夫《だいじょうぶ》です」

「いいよ……一人で入れる。バスタブの栓《せん》を抜いて入れれば平気だから」

袖《そで》を捲《まく》りながら言い返したが、サロメは「そんなことは絶対にさせません」と断言して無理やり話を終わらせた。風呂まで抱かれて入らなくてはだめなのかという不安を解消できたばかりだったのに。杞憂《きゆう》で終わったはずのそれが現実になって戻《もど》ってきてしまった。

サロメの過保護は終わりを見せない。

応接セットのローテーブルには朝食が置かれている。温かい料理は疲弊《ひへい》した心身に染《し》み渡《わた》って本当に美味《おい》しかった。しかしまたサロメの腿に座らされて腕に包まれ、さらに食事を口まで運ばれる。これにはメルヴィネもひどく参って、思わず声を荒《あら》らげてしまった。

「もうやめてよっ。記憶喪失《きおくそうしつ》だからって、ぼくは子供じゃない。自分で食べられる！」

「だめです。いい子ですから口を開けてください。あと十五分しか時間がありません」

「……っ」

十五分後にはこの腕から抜け出せるとわかったメルヴィネは、今回だけだと自分を宥《なだ》めながら口を開けた。しかし食事だけでは済まされず、それが終われば髪《かみ》を櫛《くし》で梳《す》いてくる。

ふたたび抗議《こうぎ》しかけたとき、ようやく解放された。寝台《しんだい》に寝《ね》かされ、毛布とシーツをかけられる。そうしてサロメは仕事へ行く準備を始めた。着替《きが》えはじめたそれが軍服だったことにメルヴィネは驚く。ドラゴンギルドで働いているのに、軍服を着るのはどうしてだろう。

そう思いながら見つめるあいだに、サロメはすらりとした長躯《ちょうく》を軍服で包んだ。ロングブーツを履《は》いて軍帽《ぐんぼう》をかぶる。手袋《てぶくろ》を嵌《は》め、サーベルを腰につけた。

「よく眠《ねむ》ってください。絶対に巣から出ないように。出たら本当に怒《おこ》ります」

「もうわかったよ……行ってらっしゃい。お仕事を頑張《がんば》ってね」

そうでも言わないと出て行かないと思ったので半分自棄《やけ》で口にしたのだが、サロメがとても嬉しそうにしたので驚いた。また額に強く唇《くちびる》を押しあててくる。

やめてくれと言おうと思ったそのとき、感知能力が働いた。

「……？」

そこは見渡《みわた》す限《かぎ》り濃紺色《のうこん》をしている。暗い海底のように見えるが、違《ちが》うかもしれない。

綺麗な色なのに少し怖い。その静かで冷たい濃紺の奥に、なにかがある。

やはり能力が不安定なのだろうか。サロメの中に、なにかが視《み》えている気がするけれど、大きすぎて全体像がよくわからない。

なんだろう。長いあいだずっとそこにある、頑丈《がんじょう》な、巌《いわお》のような――。

――サロメ？　なにを持ってるの……？

サロメの中にそんなものが視えるとは思ってもいなくて、驚いたメルヴィネは抗《あらが》うことを忘れてしまった。サロメは名残《なごり》惜《お》しそうに何度も口づけて、そうしてやっと部屋を出て行った。

「今の、なんだったんだろう……」

大きな溜《た》め息をひとつつく。

静かで広すぎる竜の巣に、吐息《といき》があっという間に溶《と》けていく。

ようやく一人になれた。考えを整理して、ひとつでもいいから記憶の欠片《かけら》を取り戻したかった。まぶたを閉じ、今日起こったできごとを順番に思い出す。

美しい水竜の涙、溺《おぼ》れる人魚、黒猫《くろねこ》みたいな筆頭バトラー。

竜と人魚の断絶、人魚の捕獲《ほかく》船、どこかから逃《に》げてきたメルヴィネ。

瑠璃色《るりいろ》のペンダント、輝《かがや》く真珠《しんじゅ》、水竜の優《やさ》しい声、丁寧《ていねい》な言葉、銀色の海――。

メルヴィネはドラゴンギルドを目指していた可能性が高い。その目的はなんだろう。絶対に忘れてはならない大切なことを多く忘れている。

また胸が苦しくなる。早く思い出したい。まぶたを閉じたままのメルヴィネは無意識にペンダントを握《にぎ》り、あてのない追憶《ついおく》を始めた。

どのくらい時間が経《た》ったかはわからない。

カチャ、カチャ……と小さな音が聞こえて、メルヴィネは目を覚ます。

記憶を取り戻す作業をしていたつもりが、いつの間にか眠ってしまっていた。長くつづいた緊張《きんちょう》状態から解放されたことと、腹が満たされたことも相俟《あいま》ったせいだろうか。

甘くていい匂《にお》いがする。重たいまぶたを半分だけ開くと、金髪碧眼《きんぱつへきがん》の若い男がサイドテーブルでなにかをしているのが見えた。リーゼと同じ、執事《しつじ》の格好をしている。

「あっ。起こしてごめん。ここにスコーンとジャムと紅茶、置いとくね。甘いものは好き？」

「ありがとうございます……」

深い眠りから浮上《ふじょう》してきたばかりのメルヴィネは、ぼうっとしたまま礼を言ってしまった。

鮮やかな青い瞳《ひとみ》をしたその人が、のぞき込んでくる。リーゼと同じように、両耳と左手の薬指に美しい宝石が煌《きら》めいていた。ただ、色は違う。リーゼは綺麗《きれい》な緑色だったが、この人が身につけている宝石は燃え盛る炎《ほのお》のように赤い。

「リーゼさんに様子を見るように言われて……具合はどう？　熱はない？　昨夜《ゆうべ》、身体《からだ》がとても冷えてたみたいだから」

熱の有無《うむ》を確認《かくにん》するために、赤い指輪の輝く手が額にあてられる。そのとき、風景がぼんやりと浮《う》かんだ。

そこは魔物だけが歩けるという、高級商店街。あの有名なハーシュホーン通りだ。その片隅《かたすみ》にひっそりと建つ、看板のない店。店内は夥《おびただ》しい数の書籍《しょせき》。赤い鱗を持つ竜とともに一冊の古文書を開く。それは〝魔女《まじょ》の書〟だ。それを読めるのは魔女だけ――。

「えっ！　――ま、魔女⁉」

「すごい。人魚の感知能力？」

「どっ、どうして……？　魔女は絶滅《ぜつめつ》したと聞きました」

「僕もそう聞いた。魔女の血を持ってるけど半人前だから、竜の怪我《けが》は治せても箒《ほうき》で空を飛んだりはできないんだ。僕、アナベルっていいます。二十歳《はたち》になったばかりで……僕たち歳がほとんど一緒だと思うの。だから気兼《きが》ねなく話してね」

「は、はい……びっくりしてごめんなさい。ぼくはメルヴィネです。……あの、昨夜もお世話をかけてしまいましたか？　すみません。ありがとうございます」

「ううん。それより、記憶喪失だって聞いたけど大丈夫？　やっぱり、頭を傷つけられたことが影響《えいきょう》してるのかな。酷《ひど》いことされて怖かったね……。リーゼさんは『今日から働かせるはずだったのに、サロメのやろう』って文句を言ってたよ。さすがに今日からは厳しいかも」

苦笑《くしょう》するアナベルは、メルヴィネの事情をよく知ってくれているようだった。近くにあった椅子《いす》を寄せてきて腰かけたので、メルヴィネも上体を起こしてアナベルのほうを向く。

「でも、バトラーは身の安全を保障されるんだ。〝ドラゴンギルドに所属するバトラーへの直接命令および干渉《かんしょう》の禁止〟っていう決まりがあって……だからリーゼさんは一日でも早く働かせたいんだと思う。そうすれば、もし追っ手が来ても、なにがあっても、リーゼさんとドラゴンギルドはバトラーであるメルヴィネを守ることができるから」

その言葉にメルヴィネは驚《おどろ》き、今朝のサロメとリーゼの会話を思い出す。

――……まさか、働かせるためにメルヴィネをギルド内に入れたのですか。

――当然だろう。でなきゃ昨夜の時点でゲートから追い出してる。

メルヴィネを利用するような言いかたにサロメは怒っていたけれど、そうではない。リーゼは昨夜、気を失っているメルヴィネを見た瞬間《しゅんかん》に判断してくれたのではないだろうか。

そう考えていると、アナベルが、ふふ、と笑って言う。

「ただ、それはおまけみたいなもので、じつは目がまわるくらい働かされるの。竜たちも気まぐれで、大変なことが本当に多いんだ。ギルドについて説明しとけってリーゼさんに言われて……メルヴィネの体調が大丈夫なら、今からちょっとだけ、話してもいい？」

「はいっ、お願いします」

「じゃあ、ギルドの前に、竜のことを簡単に説明しておくね」

憧れている竜たちについて聞ける。とても嬉《うれ》しくて、メモを取りたいほどだった。

アナベルは丁寧でわかりやすい説明をしてくれた。

「竜とは、永生の竜母神ティアマトーさまの息子《むすこ》たちのことです。雄《おす》しか生まれてこなくて、番《つが》うことなく一代で死んでしまう魔物《まもの》……というのは、メルヴィネの記憶にも残ってる?」

「はい。ティアマトーさまは世界でたった一匹《いっぴき》の雌《めす》の竜で、雄の竜だけを産むんですよね。永遠に死なない虹色《にじいろ》の竜っていう伝説があります」

「そうだね。雄の竜の寿命《じゅみょう》は九十年から三百年ほどだっていわれてる。だから、三百歳のお爺《じい》ちゃん竜も、生まれたばかりの幼生体も、みんな兄弟なんだ。生まれてくる雄の竜は四種類に分けられるけど、メルヴィネは知ってる?」

「はい。えっと……火竜《サラマンダー》、水竜《オンディーヌ》、土竜《ゲノムス》、風竜《シルフィード》……、で合っていますか?」

「うん。サラマンダーは赤、オンディーヌは水色、ゲノムスは琥珀色《こはくいろ》、シルフィードは緑の鱗《うろこ》をしてるから、色で簡単に見分けられるよ。ほかにも爪《つめ》の形が違うし、性格もそれぞれ特徴《とくちょう》があるんだ。火竜はちょっと荒っぽくて、水竜は優美で淑《しと》やか。土竜はとっても優しくて、風竜は美男子だけどすごく気まぐれ……」

オンディーヌであるサロメは、優美で淑やか。確かに当て嵌まっていると思う。腰《こし》まで届くさらさらの銀髪《ぎんぱつ》。豊かな銀色のまつげと、綺麗な唇。落ち着いた声で紡《つむ》がれる丁寧な言葉。

でも、物凄《ものすご》い長軀で、腕《うで》は長く力強い。怒ると声が低くなる。メルヴィネを腕の中から出そうとしない。リーゼも、『ギルドきっての別嬪《べっぴん》だが、れっきとした雄の竜』と言っていた。

淑やかで清麗《せいれい》だけど、強引《ごういん》なところもあるサロメ。

メルヴィネは、彼のことがほんの少し怖《こわ》い。

「竜についてはメルヴィネも憶《おぼ》えてるから、これくらいでいいかな」

「はい、大丈夫《だいじょうぶ》です」

「じゃあ、ギルドについて説明するね。――ドラゴンギルドは、竜と、彼らを補佐《ほさ》するバトラーによる組織です。組織形態は結社だけど、帝国《ていこく》軍の末端《まったん》に位置づけられているんだ。だから、ギルドに所属する竜は結社の従業員でもあり、帝国軍の軍士でもある。数えかたも変わるよ。『一匹』じゃなくて『一機』になるの。呼びかたをまちがうとリーゼさんが怒《おこ》るから気をつけて。僕はたまに怒られる」

「一機……。あ、サロメが軍服を着ていたのは、帝国軍の軍士だから、ですか……？」

「そう。竜には軍服一式とサーベルが支給されて、バトラーにはスーツと懐中《かいちゅう》時計が支給される。これは着用厳守です。メルヴィネのスーツと懐中時計も持ってきたよ。ソファに置いておいたから、勤務初日の朝はそれを着てね」

「はいっ……ありがとうございます」

アナベルの丁寧な説明はつづく。メルヴィネはサイドテーブルにあった紙とペンを借りてメモを取りだした。

竜たちの主な仕事を教えてもらう。それは、大規模な人災の鎮静《ちんせい》、火山噴火《ふんか》や竜巻《たつまき》など天災時における人命の守護、鉱毒・煙毒《えんどく》の回収および浄化《じょうか》、超《ちょう》大型物資の輸送など――。

「なんだか……いつも危険と隣《とな》り合わせですね」

「うん。だから、竜たちには任務遂行《すいこう》の代償《だいしょう》に各自〝巣〟が与《あた》えられるんだ。この豪華《ごうか》で広い部屋のことだよ。ほかにも趣味《しゅみ》嗜好《しこう》・遊戯《ゆうぎ》・地位・名誉《めいよ》・議会での発言権・お金――このすべてが保障される。毎日危険な任務をこなす竜たちの補佐をするのが、バトラーの仕事です」

「バトラーの仕事は、どういったものですか？」

「メインの業務は、任務から帰ってきた竜たちの洗浄《せんじょう》だよ。ほかにもたくさんあって、たとえば、竜の巣の掃除《そうじ》や給仕《きゅうじ》はもちろん、議会出席の同行、葉巻や馬車の手配、アフタヌーン・ティーの相手やディナーの同伴《どうはん》、小説の朗読まで、本当にいろいろ……これは実際に働きだしてからのほうが、わかりやすいよね。竜たちはとても気まぐれで、しかもバトラーは彼らの要望を断ってはだめだから、最初は戸惑《とまど》うと思うけど……」

「……」

メルヴィネはメモを書き終えるとそのままペンを横にした。

アフタヌーン・ティー、ディナー、小説、バトラーを困らせるほどの気まぐれ――思い描《えが》いていた竜とは様子が異なっている。メルヴィネが憧憬《どうけい》を抱《いだ》いている竜は、威厳《いげん》に満ちた孤高《ここう》の魔物なのだけれど。

もしかしたらサロメの過保護は、竜の気まぐれのうちに入るのかもしれない。

「少し、想像してたのと違《ちが》ってました。竜は大自然の中で、誰《だれ》も寄せつけずに生きてて、魔物《まもの》狩《が》りが起きたら、大きな身体で魔物たちを守ってくれて……そんなふうに想像してました」

「それ、よくわかる。僕もここに来たときメルヴィネと同じことを思ったよ」

そうして年齢《ねんれい》も背格好もよく似た二人は笑い合う。アナベルはとても優《やさ》しくて、安心感を与えてくれる魔女だった。

メルヴィネは、サロメがリーゼに言っていたことを思い出す。

『あなたはアナベルが来たときもそう言って彼を怖がらせましたね』――アナベルとは、金髪碧眼が美しい彼のことだった。あのときリーゼの口から一度だけ出た、ある言葉がずっと気になっていたメルヴィネは、思いきって訊《たず》ねることにした。

「あの、アナベル。訊《き》いてもいいですか？」

「いいよ。なんでもどうぞ」

「今朝、リーゼさんはサロメについて『聖母みたいな綺麗《きれい》な貌《かお》してバイロン島を沈《しず》める』と言ったんです。話がそこで途切《とぎ》れてしまったから、なんのことかわからなくて……アナベルは知ってるとサロメは言っていた気がします。なにか知っていますか？」

「あっ、バイロンの魔島《まとう》のこと？　メルヴィネは魔島伝説を知ってる？」

「はい。とても有名で、寓話《ぐうわ》にもなってますから。大昔、子供を攫《さら》って食べていた王さまが、怒った竜《りゅう》と人魚たちに島ごと沈められる……っていう伝説ですよね」

「そう。アルカナ・グランデ帝国の子供たちは、必ず親に『悪い子はバイロンの魔島に連れて行かれるよ！』って怒られる。でもこれは作り話じゃなくて、史実に基《もと》づいて作られてるんだって。僕もリーゼさんから教えてもらったんだ。大昔、子供を守るために、人魚たちと一緒《いっしょ》にバイロン島を沈めたのは、サロメだ、って……」

「え、――」

メルヴィネはアナベルに悟《さと》られないよう静かに、しかし激しく動揺《どうよう》する。

サロメが、バイロンの魔島を沈めた竜――これは驚愕《きょうがく》すべき事実のはずだ。それなのにメルヴィネはまったく驚かなかった。なぜだろうと考えるまでもない。

メルヴィネは知っているからだ。記憶《きおく》を失《な》くす前の自分は、サロメと人魚たちがバイロン島

てくる。

「その、サロメのことなんだけど……大丈夫、かな？　彼はとても淑やかで物静かな竜なんだ。でも昨夜《ゆうべ》メルヴィネを連れて帰ってきたとき、少し様子が違ってて」

「様子が違うというのは……？」

「う、ん……。いつも物腰《ものごし》が柔《やわ》らかいんだけど、昨夜は強く言いきってた感じで……サロメは、メルヴィネに『助けて、守って』ってお願いされたって言い張るんだ。メルヴィネがドラゴンギルドに向かってたのはそのためだとまで言い出して」

「えっ⁉　ぼく、そんなこと言ったんですか？」

「やっぱり記憶にないよね。でも意識を失ってるメルヴィネに名前を呼ばれて、『助けて、守って』って言われたものだから、サロメは『私が守ります』の一点張りになってて……。巣から出さないのも守りたいからで、その――ほかに特別な意味はない、はず……、きっと……」

アナベルはどうしてか言葉を濁《にご》す。サロメが妙《みょう》に過保護で、メルヴィネを腕の中から出そうとしない理由がわかったような気がした。しかし、意識を失っている自分が口走ったその短い言葉には違和感《いわかん》がある。

「守ってというのは、ぼくのことじゃない気がします。確かに小さくて弱く見えるし、実際に非力なんですけど、ぼく一応、雄ですし……。雄が自分を守ってなんて言うでしょうか……」

「僕もそう思った。でもメルヴィネは後頭部を傷つけられて、どこかから逃《に》げ出してきた可能性が高いんだよね。それなら『助けて』は言うかもしれないね？」

「……」

年齢の割に小柄《こがら》な二人は、しばしのあいだ黙《だま》り込む。重くはないが戸惑いの含《ふく》まれた沈黙《ちんもく》が漂《ただよ》う。

やがて遠くからドスン……という轟音《ごうおん》が響《ひび》いてくると、アナベルは「あっ、まずい、帰還《きかん》が始まった」と懐中時計を確認《かくにん》して立ち上がり、椅子《いす》を元の場所に戻《もど》した。

「ちょっとのつもりだったんだけど、長くなっちゃった。ごめんね」

「いえ、そんなことないです。とても勉強になりました。ありがとうございます」

「力になれることはなんでもするから言ってね。あとサロメが怒るから、寝《ね》ておいてね……」

アナベルにふたたび横になるよう促《うなが》された。毛布とシーツをかけられる。

そして赤い指輪の輝《かがや》く左手で、そっと額に触《ふ》れられた。

「僕、魔女《まじょ》の力が中途半端《ちゅうとはんぱ》なんだけど、おまじないをさせてね。──たくさん眠《ねむ》って、早く記憶が戻りますように」

アナベルはとても優しい魔術《まじゅつ》をメルヴィネにかけて部屋を出て行った。

魔女にかけられた眠る魔術の影響《えいきょう》だろうか、ふたたび訪《おとず》れた静けさとともに、眠気《ねむけ》も舞《ま》い戻ってくる。

「……」

サロメもリーゼもアナベルも、皆《みな》、メルヴィネに優しい。

どこから来たかも、なにが目的かもわからない正体不明の──人魚に。

サロメに魔物《まもの》であることを証明してもらっても、自分が人魚という実感はまだなかった。

しかし脚《あし》には魚の鱗があり、人魚特有の魔力《まりょく》である感知能力も働いている。

でも雄《おす》の人魚なんていない。泳げない人魚も。

自分はいったい何者なのだろう――。

なぜメルヴィネはサロメの名を呼び、彼に助けを求めたのだろうか。『守って』が、なにを指しているのかわからない。

やはり、守ってほしいものは自分ではないと感じる。メルヴィネは雄だ。雄というのは守られたいと思わない、守りたいと思う。

――ぼくじゃないとしたら、守ってもらいたいのは、なに？　誰……？

守ってほしいものは、自分よりもっと大事なもの――多く忘れてしまっている、絶対に忘れてはならない大切なもの。なにをどう考えてもここに行きつく。ひどくもどかしい。

本当は今すぐ思い出して、その大切なもののために行動したいのに。

瑠璃色《るりいろ》のペンダントを握《にぎ》りながら考える。アナベルと話しているとき、過去の記憶につながりそうな、不思議な感覚があった。

おそらく過去の自分は、サロメがバイロンの魔島を沈めたことをよく知っている。もしそうだとしたら、メルヴィネはサロメのことをどう認識していたのだろう。

魔島を沈めた恐《おそ》ろしい竜？　それとも憧《あこが》れてやまない魔物の統率者《とうそつしゃ》？　意識を失いながらも呼ぶということは、サロメの存在は大きかったのだろうか。

「痛っ……」

思い出そうとすると、それを阻《はば》むかのように頭痛が起こる。その痛みに負けてしまったメルヴィネは、瑠璃色のペンダントを放した。

でも、記憶をたどる作業をやめれば頭痛はすぐに治まる。そして身体《からだ》はどこも悪くない。鱗《うろこ》の剥《は》がれたところも、ほんの少し違和感があるだけだった。

残りの休養はもう必要ない。アナベルと話をして、働きたいという思いがより強くなった。制服と懐中《かいちゅう》時計も準備してもらっている。休むことをやめて明日《あした》から働かせてもらおう。

そう決めたメルヴィネは、魔女にかけられた催眠《さいみん》の魔術に導かれ、深い眠りの淵《ふち》に落ちていった。


——熱い……。

左脚《ひだりあし》に感じた強い熱によって、メルヴィネは目を覚ました。

今が何時かわからない。広い竜の巣は暗くなり、大窓の向こうには満月に見紛《みまが》うほどの丸い月が薄雲《うすぐも》を纏《まと》って浮《う》かんでいた。夜空の高い位置にあるから、日付が変わるころだろうか。

サロメは戻ってきていない。ぼんやりとした頭で考える。こんなに夜遅《よるおそ》くまで仕事をしているのだろうか。

アナベルの魔術は優しいが、かかりすぎている。一度、用を足すために起きたが、制服や懐中時計を確認することも、用意してもらった紅茶に手をつけることもなく、吸い込まれるように寝台《しんだい》に戻って昏々《こんこん》と眠ってしまった。

そして、どうしてか今になって、鱗の剝がれたあの赤い傷口が痛みはじめた。

「いた、い……」

言葉をこぼしてしまうほど、ちりちりと痛む。痛みもさることながら、傷口が持つ高熱にひどく苛《さいな》まれた。まわりの傷がない鱗まで熱くなっている。

もしかして膿《う》んでしまったのだろうか。しかしメルヴィネはまだ魚の鱗に触《ふ》れる勇気がなかった。鈍色《にびいろ》に光る、あのぶよぶよとした感じが好きになれない。自分の身体の一部なのに、自分のものではないみたいだった。

「う、ぅ」

毛布とシーツをめくり、籠《こ》もった熱を逃がす。左脚が上になるように身体を反転させた。メルヴィネはシャツ一枚のみで下着はまだ与《あた》えられていない。裸《はだか》の脚をほんの少し開いて、熱い傷口を外気に触れさせる。

そうしたところで気休めにもならず、熱と痛みは引きそうにない。思いついた応急処置は冷たい水をかけることだけだった。風呂場《ふろば》へ行こうと身体を起こしたとき、部屋の扉《とびら》の開く音が聞こえて、焦《あせ》って身を寝台に沈める。

「……」

サロメが帰ってきた。メルヴィネは反射的にまぶたを閉じ、眠ったふりをする。

本当は起きているのだから「お帰りなさい」と言うべきだし、そのまま風呂場へ行って水をかけてもよかった。でも、少し怖《こわ》い。

サロメについても失くした記憶についても、たくさん考えた。昨夜、サロメに助けてもらえていなかったらメルヴィネは死んでいたと思う。たとえ生きていたとしても、脚にある鱗を見られて捕《つか》まり、見世物《みせもの》小屋などに売られていたかもしれない。もしそうなっていたら、きっと今ごろ死んだほうがましだと思うほど酷《ひど》い目に遭《あ》っている。

だから、サロメやリーゼには感謝してもしきれない。明日から働いて恩を返したいと思っている。

しかし今この瞬間《しゅんかん》のメルヴィネは、サロメを怖いと感じていた。

『守りたいからで、その――ほかに特別な意味はない、はず……』――アナベルの濁した言葉が、今になってひどく気にかかる。本当に他意はないのだろうか。

今、メルヴィネが起きて風呂場へ行けば、必ずサロメも来る。バスタブにまで入ってきそうだった。そうしてまた涙《なみだ》を落とすと言って、メルヴィネの脚を開くに違《ちが》いない。それは過保護なだけかもしれないし、ただの親切心かもしれない。でも、メルヴィネが肌《はだ》で感じるものはそうではなく――執着《しゅうちゃく》に、近い気がした。

「メル……？」

静かな声が落ちてくる。さらさらと銀髪《ぎんぱつ》の流れる音がして、清らかな水の香《かお》りが漂ってきた。

背後から、のぞき込まれている。眠っているか確認しているのだろう。まぶたを閉じているメルヴィネは、じくじくと痛む左脚に耐《た》えながら動かないでいた。サロメだけが呼ぶこの短い渾名《あだな》のようなものにも、なにか、思惑《おもわく》を感じてしまう。

メルヴィネが眠っていることを確認したサロメは寝台を離《はな》れていった。大きな息を吐《は》いてしまって、自分が息を止めていたことを知る。

応接セットのあたりから、衣擦《きぬず》れの音と小さな金属音が聞こえた。サロメがベルトや革《かわ》の剣帯《けんたい》を外し、軍服を脱《ぬ》いでいるのだろう。このまま風呂に入ってくれたら、そのあいだに眠る努力をする。しかし高い熱と激痛に苛まれて眠れそうにない。

ふいに、ギシ、と寝台の軋《きし》む音がした。

「……！」

寝台に入ってきたサロメにうしろから抱《だ》きしめられて、身体がびくりと震《ふる》える。

引き締《し》まった腕《うで》に水色の鱗が煌《きら》めいているのが見えた。サロメは着物を纏《まと》ってすらいない。完全な裸体《らたい》であることに息を呑《の》む。薄《うす》いシャツ一枚を隔《へだ》ててメルヴィネの背に密着した彼の胸《むな》板《いた》は硬《かた》く、とても冷たい。その温度差に、傷口から発している熱が身体じゅうに行き渡《わた》っていることを知った。

「汗《あせ》をかいていますね。シャツを脱ぎましょうか」

「……、っ」

眠ったふりをしていることは、とうにばれているようだった。腕から逃《のが》れようとしたが、それよりも早く、汗を纏うメルヴィネの脚にサロメが脚をからませてくる。動けなくされたままシャツを捲り上げられ、下肢《かし》を剝《む》き出しにされた。

「なっ、なにするの、やめて！」

「こんなにも熱くなって……つらかったでしょう。もっと早く戻るつもりだったのですが」

サロメは先ほど一目見ただけなのにわかったのだろうか。メルヴィネは懸命《けんめい》に押し隠《かく》していたのに。長く冷たい指が、ツッ……と左脚の付け根をなぞる。そのまま奥に入り込み、熱の根源に触れた。脚がピクッと揺《ゆ》れる。

「あぁっ！　は、放して……なんで、こんなこと」

「メルヴィネはもう知っているでしょう？　水竜《オンディーヌ》は冷たいのですよ。手も身体も」

「いやだ、触《さわ》らないで……さわる、なっ」

サロメの腕をつかんで剝がそうとする。しかしびくともしない。腕の中でもがくたび、ひんやりした指が股《また》に食い込んでくる。あらわになっている傷口を撫《な》でられた。

「ひっ……」

「鱗が再生されなくても大丈夫《だいじょうぶ》です。よい方法がありますから。もう痛むこともありません」

「なにも、しなくて、いい」

「先に熱と痛みを取りましょう。私の水をかけます」

「サロメの水？　いい、いらない。お風呂で、かけてくるから……あぁ、っ⁉」

一瞬《いっしゅん》なにがどうなったのか、わからなかった。上体を起こしたサロメに脚を取られ、大きく開脚《かいきゃく》させられる。横臥《おうが》していたメルヴィネは仰向《あおむ》けにされた。

熱を纏う身体に冷たいものが走る。慄《おのの》きながら見上げたサロメは、優《やさ》しく笑っていた。

「私たち水竜が吐く水には治癒《ちゆ》の作用があるのです。痛みも熱もすぐに治まりますよ」

広げられた脚のあいだに長軀《ちょうく》が入ってきて、両手で内腿《うちもも》を押さえつけられる。きわどい体位に肌が粟立《あわだ》つ。強烈《きょうれつ》な羞恥《しゅうち》に見舞《みま》われて、とっさに手で性器を隠した。その様子を見たサロメは長いまつげを揺らして微笑《ほほえ》む。

「なに、するの」

「すぐに終わります。怖いことはなにもありませんよ。メル……」

怖いと感じていることを見透《みす》かされた。朝の風呂場では着物で隠してくれたのに、今はそれをしてくれない。サロメは左脚の傷口に顔を近づけながら、綺麗《きれい》な唇《くちびる》を大きく開く。

水竜が吐く水には治癒の作用がある——なにをされるか察して、ぞくっと肌がざわめいた。

「いやだ、いやだっ、やめてよサロメ！ ……ぅ、あっ！」

左脚の付け根に吸いつかれて身体《からだ》がビクンッと跳《は》ねた。サロメの唇から水があふれてきて、患部《かんぶ》を濡《ぬ》らしていく。

「あ……？」

不思議な感覚だった。オンディーヌの水には本当に治癒の力があるようで、発汗《はっかん》を伴《ともな》うほどの激痛があっという間に消えてなくなる。サロメは水を吐くことをやめて、治療《ちりょう》は本当にすぐに終わった。

しかし、楽になれたことの礼を言おうとしたのに、サロメがそこから唇を離そうとしない。また肌がざわめく。痛みが消えた傷口や熱の治まった鱗に、竜の長い舌がぬるりと這《は》った。

「いや！ 鱗なんか舐《な》めないでよ……汚《きたな》くて、気持ち悪いから！」

「汚い？ 気持ち悪いとは……？ こんなに可愛《かわい》らしい魚の鱗は見たことがありません。美しくて柔《やわ》らかいです。本当に、可愛らしい」

可愛くもなければ美しいわけがない。メルヴィネの鱗は鈍色で、ぶよぶよしているのだ。

それなのに、メルヴィネ自身でも忌《い》み嫌《きら》うそこにサロメは口づけ、何度も舐め上げて、頬《ほお》ずりのような動きまでする。

「メル……。あぁ……柔らかい。とても――」

「いやだぁ……」

サロメが甘く掠《かす》れた声でささやく。たまらなく恥《は》ずかしくて嫌《いや》だった。これはもう治療ではない。頭の中ではサロメを足蹴《あしげ》にして部屋から逃《に》げ出したいのに、実際は大きな手で強くつかまれている脚を動かせなかった。空いている手で竜の頭を思いきり突《つ》き飛ばしたつもりが、力が入らなくて、さらさらの銀髪に指が埋《う》まるだけになる。

「もう、痛くない。痛くなくなったから……放して」

痛みなどまったく感じない。ひどく妖《あや》しい感触《かんしょく》だけがあった。激痛による熱とは異なる種類の熱が籠《こ》もりはじめる。それは瞬《また》く間に下肢じゅうに伝播《でんぱ》して、メルヴィネが手で隠しているものまで反応しだす。

それだけは絶対に嫌だった。躍起《やっき》になってそこを潰《つぶ》すみたいに押しつける。

「や……、あっ」

鱗《うろこ》をねぶられ頬ずりをされるたび、手で覆《おお》いきれていない陰嚢《いんのう》とサロメの頬が触れ合った。わかる、サロメはわざとしている。どうしてこんな酷いことをするのだろう。綺麗な貌でそれを揺らされると、いたたまれなくなって泣きそうになる。しかしメルヴィネの気持ちとは裏腹に茎《くき》が芯《しん》を持って、懸命に押している手を撥《は》ね返すような動きをした。

「メルのここは柔らかくて、温かい……」

「っ、――は、ぁっ……」

呼吸が乱れていく。身体じゅうが熱い。冷たいサロメの手が温《ぬる》むほどに。その手はメルヴィネの脚を押さえつけてこなくなった。今は撫でられているだけなのに、どうしてか脚を閉じることができない。あられもない場所に顔をうずめるサロメを見ることができなくて、視線を思いきり逸《そ》らした。

「あっ。サロメ、やめ、て」

ぴちゃぴちゃと音を立てて舐められる。硬く尖《とが》らせた舌先で鱗の生え際《ぎわ》をなぞられる。もうやめてほしい。さっきサロメは綺麗に微笑んで、すぐに終わると言ったくせに。そう詰《なじ》ろうとしたが言葉が出なくて、代わりに声が漏《も》れた。

「あぁ……、ん……」

「気持ちいいでしょう……人魚の鱗には、性感帯があるのです。性的な刺激《しげき》を感じると、粘性《ねんせい》の強い膜《まく》を張る――ほら、メルの鱗も」

「うそ、だ」

言葉でどれほど否定しても、直視をしなくても、身体で克明《こくめい》に感じる。メルヴィネの脚のあいだは、サロメの唾液《だえき》と魚の鱗から分泌《ぶんぴつ》された粘液《ねんえき》にまみれていた。そこに陰茎《いんけい》から漏れ出た蜜液《みつえき》まで混ざり、もう後戻《あともど》りできないほど濡れそぼっている。

「とても綺麗に艶《つや》めいてきました。本当に、美しい膜です」

「もう、しないで……こんなの、――」

こんなのはおかしい。記憶《きおく》がなくても言いきれる。メルヴィネは雄《おす》の生理現象を経験しているが、魚の鱗をいじられて性的な反応を起こしたことなど絶対にない。どうしてこのような事態に陥《おちい》ったのだろう。いつなにをまちがったのか、もうわからなかった。

しないでくれと言ったのにサロメはやめてくれない。そのいやらしい動きは激しくなっていった。長い舌が脚のあいだを這いまわる。ぬちゅぬちゅと粘《ねば》ついた音が鳴る。淫《みだ》らな感触でいっぱいになって、一瞬どこを舐められているのか、わからなくなった。

「あ、あ……、――ん、っ」

「メル……、メルヴィネ……」

嫌になるほど甘い声で名を呼ばれる。ふいに、屹立《きつりつ》を隠している手を取られた。先走りでしたたかに濡れた手に、サロメの長い指がからみついてくる。それに驚《おどろ》いて、逸らしていた視線を思わず下肢に向けてしまった。

ぴんと立つ茎を、縦長の瞳孔《どうこう》をした瞳《ひとみ》が睨《ね》めつけてくる。獲物《えもの》を狙《ねら》う獣《けもの》のような、金色の瞳。

「み、見ないで……手を放して。どうしてこんなひどいこと、を」

「綺麗です。誰《だれ》にも触《ふ》れられていませんね。私だけの、……」

あらわになった性器に、興奮を孕《はら》んだ竜の吐息《といき》がかかる。その息の熱さに、ぞっと肌《はだ》が粟立った。抵抗《ていこう》する隙《すき》も与《あた》えられず、外気に触れたばかりのそこが、唾液をたっぷりと含《ふく》んだ粘膜《ねんまく》に包まれていく。

「――あっ、いやだ！　サロメっ、だめ！　あ、あ……！」

過去の記憶にも絶対に存在しない感触に、メルヴィネは身体を小刻みに震わせた。

手も身体も冷たいはずのオンディーヌの口内は、とても熱い。頼《たよ》りない屹立が、竜の口の中で転がされ、ねぶられて、快感の波に翻弄《ほんろう》される。透明《とうめい》の蜜があふれてくる。

熱い粘膜から解放されたのは一瞬だけだった。サロメは、真っ赤になった性器に何度も口づけ、先端《せんたん》から垂れる透明の雫《しずく》を舌先で掬《すく》い、すん、と匂《にお》いを嗅《か》ぐ。

「ちゃんと、成体の匂いと味がします。……やはりもっと早く、攫《さら》うべきだった――」

「……な、に？　――あっ、あぁぅ」

また根元まで呑み込まれる。強烈な刺激に苛《さいな》まれて、サロメの言葉を聞き逃した。

硬く立っても細いメルヴィネの茎に、竜の長い舌が巻きついてくる。巻かれた舌で激しく扱《しご》かれる。サロメの口の中で、クチュッ、クチュッ、と水音が立つ。別の生き物たちにそこを這われているみたいだった。

「ひっ……、ひぃ……、それ、いや、いやだ……ぁ」

こんなにも淫猥《いんわい》で激しい感触など、メルヴィネは知らない。サロメがこんな淫らなことを平気でするなんて知りたくもなかった。受け止めきれなくて泣きそうになる。

「あっ。だめ、もう――。……く、うぅっ」

達しそうになって、必死で下腹に力を込める。サロメの口腔《こうこう》に吐《は》き出すのだけは絶対に嫌だった。頭は我慢《がまん》しろと叫《さけ》んでいるのに身体が言うことを聞かない。先端の小孔を舌先でいじられて、竜の舌に従順なそこが蜜を漏らしながら開いていく。

「メル、怖《こわ》くありませんよ、出して大丈夫です」

「い、いやだ、出したく、ない」

射精が怖いのではない。サロメの口内に漏らすのが嫌でたまらなかった。懸命《けんめい》に堪《こら》えているのに、サロメに無理やり絶頂へ連れて行かれる。ねっとりした膜を張る魚の鱗をいやらしく撫でまわしながら、膨《ふく》れた茎をねぶってくる。

「サロ、メっ……本当に、おねがい、だから。……くち、汚《よご》れるっ、から……、っあ！」

どれほど懇願《こんがん》してもサロメは聞いてくれない。先端を、じゅうぅっ、とひときわ強く吸われて、我慢がきかなくなった。白い体液が細い管を迫《せ》り上がってくる。その快感に腰《こし》がびくびくと跳ねる。

「あぁぁ――、……」

下手に耐《た》えてしまったその反動は凄《すさ》まじく、信じられないほどの勢いで精液が放出された。腰がシーツから離《はな》れて浮《う》き上がる。頭が真っ白になったメルヴィネは、浮かせた腰を無意識にゆらゆらと揺《ゆ》らし、サロメの口蓋《こうがい》に先端をこすりつけながら白い蜜を漏らした。

「あっ、あ……、あ……！」

「とても上手です……メル、――」

恍惚《こうこつ》とした声が、震《ふる》える茎に直接響《ひび》いてくる。サロメが何度も上下させる喉《のど》の動きまで刺激になって、もう一滴《いってき》も残っていないと思っていた蜜がピュッと飛び出した。

「う……、ぅ」

絶頂が過ぎた途端《とたん》、我に返って腰を落とす。猛烈《もうれつ》な羞恥《しゅうち》とともに憤《いきどお》りを覚えた。

口内射精など絶対にしたくなかったのに。なんの経験も記憶もないメルヴィネにとって、あれは放尿《ほうにょう》と変わりない。何度もやめてくれと言ったのに、サロメはまったく聞いてくれなかった。あまりにも強引《ごういん》に過ぎる。

「メルヴィネ？」

「……」

限界まで開かされていた脚《あし》をゆっくりと閉じた。傍《かたわ》らに寝《ね》そべるサロメと距離《きょり》を取り、背を向けて横たわる。

本当は文句を言いたいけれど、言葉を交《か》わすのがつらかった。いっそのこと今からこの部屋を出ようかと考えたが、脱力感《だつりょくかん》と一緒《いっしょ》に強い眠気《ねむけ》が訪《おとず》れる。

今夜、眠れるか心配だったメルヴィネは、この眠気の波を逃《のが》すまいとまぶたを閉じた。

眠ってしまえばサロメと話す必要もなくなる。もうなにかをされることもない。

ぼんやりとしてきて、意識を手放そうとしたそのとき――。

「メル……」

「っ、……!?」

粘性の膜が消えた股座《またぐら》に、うしろから長くて硬《かた》いものが差し込まれた。それが勃起《ぼっき》したサロメの陰茎だとわかって、眠気が一気に吹《ふ》き飛ぶ。

「もう、いやだっ！　どうして？　こんな、ひどい――あ、ぁっ!?」

横臥《おうが》しているメルヴィネの腰の下に竜の腕《うで》が滑《すべ》り込んでくる。それが下腹部にまわされて、脱力している身体《からだ》がまた強張《こわば》った。水色の鱗が浮かぶ大きな手で、萎《な》えかけているメルヴィネの茎と、硬く反る竜のペニスがまとめて握《にぎ》られる。背に密着してくるサロメの胸板《むないた》は冷たいのに、その性器は驚くほど熱い。

「震えながら精液を漏らすメルがとても愛らしくて……私も、射精したくなりました」

「ひ……、やめて、サロメ！　……手を放して！」

長躯《ちょうく》の水竜と小柄《こがら》な人魚。体格差の分だけ陰茎の大きさもまるで違《ちが》う。サロメのペニスは、大きな手の中でメルヴィネの茎を押し潰しそうなほどに反り返っていた。

聖母みたいに綺麗《きれい》で淑《しと》やかなオンディーヌからはまったく想像ができない。その落差があまりにもひどくて、どくどくと脈打つさまが強暴にすら感じられた。

慄《おのの》くメルヴィネの耳元で、サロメの悩《なや》ましげな声がする。

「性器が硬くなるのは本当に久しぶりです。昔は人魚たちにどれだけ交尾《こうび》を求められても反応しなかったのに――」

「なに、それ……？　あっ！」

混乱に襲《おそ》われてサロメの言っていることが理解できなかった。恐怖《きょうふ》を齎《もたら》すその行為《こうい》は終わりを見せない。うしろから左脚《ひだりあし》の膝裏《ひざ》に手を入れられ、持ち上げるようにして広げられる。

メルヴィネに淫らな体位をさせて、サロメは腰を使いはじめた。竜の手の中でふたつの陰茎が激しくこすれ合う。

「あ、ぅ……、痛……っ、もう無理……」

強い腰が何度も尻《しり》にぶつかってくる。萎えた茎《くき》に快感はない。ただ痛くて恐《おそ》ろしいだけだった。サロメは明らかに先ほどよりも興奮している。膝裏にあった手が下がってきて、また魚の鱗《うろこ》を撫《な》でまわしてくる。

額に浮く汗《あせ》の粒《つぶ》を舐《な》め取られた。そうしてささやかれた言葉に戦慄《せんりつ》を覚える。

「メルのここに――柔《やわ》らかな鱗に、私の精液をかけたい」

「いや。本当に、いやだ。……こ、怖――」

サロメは、メルヴィネに二度と怖い思いをさせないと言ってくれたのに。今はサロメがたまらなく怖い。我慢できずにそう言いかけたとき、人魚の感知能力が働いた。額に触れている唇《くちびる》を介《かい》して、サロメの中が視《み》えてくる。

「……！」

それは一度見た風景だった。見渡《みわた》す限《かぎ》り濃紺《のうこん》色の海。海底との境目がはっきりしないほど濃《こ》い。綺麗だけれど怖いその場所に、なにか巨大《きょだい》なものが存在している。

長いあいだずっとそこにある、頑丈《がんじょう》な巌《いわお》のようなもの。一度見たときはその正体がなんなのか、わからなかった。でも今はわかる。わかりたくもないのに、よくわかる。

知ってしまって、ぶるっと身が震えた。

「サロメ。どうして——」

メルヴィネなら、とうに押し潰《つぶ》されて死んでいるような、強大な孤独《こどく》。

恐怖以外のなにものでもないそれが、サロメの中にはっきりと視えた。

「メル……。柔らかくて、温かい……メルヴィネ」

性器をこすり合わせることに夢中になるサロメは、己《おのれ》の中に巣くうものに気づいていないのだろうか。そしてメルヴィネは驚愕《きょうがく》する——サロメがメルヴィネの名を呼ぶと、絶対に崩《くず》れようのないその巨大な塊《かたまり》の、端《はし》がほんのわずか溶《と》けた。

それが視えたとき、乾《かわ》ききっていた魚の鱗が粘性《ねんせい》の膜《まく》を張る。

「あぁ……っ。いやだ、どうして？」

「綺麗な膜が……ここに、かけたい。大丈夫《だいじょうぶ》……怖くしませんん」

涙《なみだ》が滲《にじ》むメルヴィネの眦《まなじり》に、綺麗な唇が寄せられる。長い銀の髪《かみ》が身体に流れ落ちてくる。

そうしてサロメは絶頂へ駆《か》け上がるために猛烈な腰使いを始めた。

上げさせられた左の足先が揺れる。メルヴィネの肌の上で銀髪《ぎんぱつ》が激しく波打つ。最初から快感はない。サロメのことも怖い。それならどうして魚の鱗は粘性を帯びたのだろう。

一瞬《いっしゅん》だったとはいえ、この水竜の中に巣くう凄烈《せいれつ》な孤独をどうにかしたいだなんて、できもしないことを思ってしまったからだろうか——。

「あっ、あっ、サロメ……も、はやく……っ」

「メル、ああ……、メル、ヴィネ、——っ、……」

尻に密着する逞《たくま》しい腰を激しく震わせて、サロメが射精する。

魚の鱗にかけられた竜の精液の量は恐ろしく多い。どろりとしたその粘液は重みを感じるほどだった。そして鼻腔《びこう》をつく、強い魔物《まもの》の雄《おす》の匂《にお》い。

どれだけ綺麗で淑やかでも、サロメは雄の竜——それを体感した身がわなないた。

「や……、いや……」

サロメは浴びさせるだけでは飽《あ》き足りず、自身が放ったばかりの、まだ熱い白濁《はくだく》を魚の鱗に塗《ぬ》り込んでくる。抗《あらが》う気力が残っていないメルヴィネは、されるがままになった。

長い時間をかけて何度も塗り込んだサロメは満足そうな吐息《といき》をつき、ようやくそこから手を放した。上げさせられたまま痺《しび》れていた左脚が寝台《しんだい》におろされる。サロメは当然のように、メルヴィネの弛緩《しかん》した身体に長い腕をまわしてくる。

そして淑やかなサロメに戻《もど》りながら、とても落ち着いた声で——雄の竜の片鱗《へんりん》を示した。

「明日の夜は……、メルの中に私の精液をかけたい……」

「──っ」

恐怖を覚えるほどいやらしいそれを、耳朶《じだ》に口づけながらささやかれる。

ぶるぶると震えそうな身体に力を入れ、懸命に堪えた。

今、絶対に動いてはいけない。なにか反応しても、怒《いか》りとともに抗っても、明日の夜にしたいと言うそれを今すぐされるだけだ。魔物の直感がびりびりと働くようだった。

メルヴィネは息を殺してまぶたを閉じる。そうして淫《みだ》らな波が引くときをただひたすらに待ちつづけた。

4

メルヴィネは夢を見ている。

そこは、丸くて綺麗な月が浮かぶ夜の海。

現在も、魔物《まもの》狩りが始まるよりずっと以前も、満月の美しさは変わらない──そう感じたメルヴィネは、夢の中が昔の魔《ま》海域《かいいき》であることを知った。

月光を受けて煌《きら》めく浜辺《はまべ》に、ザァ……、ザァ……と黒い波が打ち寄せる。

柔らかな岩礁《がんしょう》に十数頭の人魚が群がっている。彼女たちの色彩《しきさい》豊かな鱗は粘性の膜を張り、満月の光を浴びてより一層妖《あや》しく艶《つや》めいていた。

頻繁《ひんぱん》に発情して交尾したがり、満月の夜はとりわけ繁殖《はんしょく》の欲求《よっきゅう》が強くなる人魚たち。その輪の中に、裸《はだか》の男が——否《いな》、一匹《いっぴき》の若い竜《りゅう》がいる。腰《こし》まで届く銀色の長い髪と、立派な角。引き締《し》まった裸体《らたい》に浮かぶ、水色の鱗。十数頭の人魚は、『サロメ、挿《い》レテ』『サロメ、精液チョウダイ』と、そこにいる皆《みな》が竜に交尾をねだっていた。

雄の下肢《かし》にくっつく習性を持つ人魚たちは、サロメの逞しい脚に手をかけ、あいだに入っていく。腰に腕をまわし、そこに煌めく水色の鱗を舐める。

『いけません。……さ、早く雄を探しに行きなさい。悪い人間には近づかないように。もし捕《つか》まるようなことがあれば、私を呼んでください。すぐに助けに行きますから』

サロメが綺麗に微笑《ほほえ》みながらあしらうと、人魚たちは『アラ、振ラレチャッタ』『雄ノトコロ行ッテクル。マタ明日ネ』とくすくす笑いながらサロメの元を去っていく。

静けさを取り戻した岩礁に、サロメと一頭の人魚だけが残った。

可愛《かわい》らしい桃色《ももいろ》の鱗と蜂蜜《はちみつ》色の長い髪を持つ彼女は、メルヴィネと同色の、青みがかった翡《ひ》翠《すい》の瞳《ひとみ》を潤《うる》ませてサロメに乞《こ》う。

『一度デイイノ……』

『許してください、ラーラ。私ではあなたが望む繁殖は叶《かな》えられません』

『ソレデモイイ』

『無理です。私はあなたたちを抱《だ》きたいと思わない。私にとって人魚たちは大切な友人であり同胞《どうほう》であり、守護したい魔物なのです。性行為《せいこうい》の対象ではない』

落ち着いたその声は、冷たさを通り越して冷酷《れいこく》にも聞こえた。ラーラと呼ばれた人魚は、その大きな瞳からぽろぽろと涙を落とす。

たまらなく切ない。ひどく悲しい――メルヴィネは、ラーラに強く共鳴してしまった。サロメは酷《ひど》い雄だ。物凄《ものすご》く冷淡《れいたん》だ。苦しいくらいに発情しているこの人魚が、サロメに恋《こい》をしているとわかっていながら突《つ》き放すなんて。

ラーラのことを思うと心が痛む。そして脳に痛みが走った。


「……っ」

一瞬の頭痛が、メルヴィネを眠《ねむ》りの淵《ふち》から引き上げる。

まぶたを開くと、また間近に聖母みたいな綺麗《きれい》な貌《かお》があった。しかしそれを見た瞬間に全身の肌《はだ》が粟立《あわだ》ち、力任せに飛び起きる。

「う、わぁ……っ」

勢いをつけすぎた。うしろへ下がった途端《とたん》に視界がぐらりと揺《ゆ》れて、寝台から落ちそうになる。それを、まだまぶたを閉じているサロメに止められ、抜《ぬ》け出せたばかりの竜の腕《うで》に引き戻された。

裸の硬《かた》い胸板《むないた》を思いきり押すメルヴィネもまた裸体だった。粘液まみれにされた身体《からだ》と、竜の体液を塗り込まれた下肢はすみずみまで清められている。それがいっそ恐ろしかった。眠っているあいだも身体の至るところに触《ふ》れられたということだ。

「いやだ、放して、……はな、せっ」

「メル……あなたは少し、寝相《ねぞう》が悪い。ちゃんと、私の腕の中で眠るようにしてください」

「なに言ってんの……！」

昨夜《ゆうべ》から会話がまったく嚙《か》み合わなくなった。ドラゴンギルドで目を覚ました最初の日は、落ち着いた声と丁寧《ていねい》な言葉でメルヴィネを導いてくれたのに。

色々な思いが同時に生じて、ひどい混乱に襲われる。

メルヴィネは、サロメと額を触れ合わせて眠っていた。ということは、メルヴィネは自身の夢を見ていたのではなくサロメの夢を共有していたことになる。

満月の夜。発情する人魚たち。求愛をすべて拒《こば》むサロメ。泣くラーラ——あれはサロメが見ていた夢であり、おそらく彼の記憶《きおく》そのものだ。

そしてメルヴィネは、サロメの夢の中にいたラーラという名の人魚に強く共鳴し、彼女を思うと頭痛がして目が覚めた。なぜ頭が痛くなったのだろう。ラーラが、失《な》くした記憶と関係しているとでもいうのだろうか。

「メル。傷口はもう痛みませんか？　仕事へ行く前に、もう一度よく見せてください」

「痛くないっ。——く、っ……やめ、て！」

サロメの言葉によって思考が遮《さえぎ》られた。伸《の》しかかってくる長軀《ちょうく》を全力で拒む。

昨夜の文句を言おうと思ったけれど、サロメがあの淫猥《いんわい》な空気をまだわずかに纏《まと》っているとわかってやめた。会話にしたらそれに拍車《はくしゃ》をかけてしまう。

夢の中の冷淡で薄情《はくじょう》なオンディーヌと、昨夜のいやらしいことをするサロメが同一の水竜とは到底《とうてい》思えない。どちらが本当のサロメなのだろう。否、それ以前に、昨夜の行為はどう考えてもおかしかった。

ただ傷口が痛くなっただけだ。それがどうしてあんな淫らな行為につながるのか、メルヴィネは理解できない。そして、行為の終わりに言われたあの言葉。

『メルの中に私の精液をかけたい』――熱の籠《こ》もったサロメの声を思い出し、総毛立った。

この部屋に一緒《いっしょ》になんていられない。絶対に今日から働く。そして一日が無事に終わったらリーゼに相談し、バトラーの宿舎を借りる。使えない魔物と判断されたら宿舎を借りることはできないだろう。死に物狂《ものぐる》いで働かせてもらうと決めた。

サロメの妖艶《ようえん》な雰囲気《ふんいき》には絶対に呑《の》み込まれない。そう決意したメルヴィネは、平静を装って言った。

「サロメ。起きよう。もう六時半を過ぎてるから着替《きが》えないと。ぼくも今日から働く」

するとサロメはメルヴィネを抱いたまま上体を起こした。寝台に座り、腕に力を込めてくる。

「いけません。三日間休むと約束しました」

「痛……。でも、もう身体は本当に平気だから。色々なことをしたほうが、思い出すきっかけが増えるでしょう」

「メルはなにもしなくていい。私が少しずつ思い出させます。私の巣から出てはいけません」

「この部屋にずっといても、なにも変わらないよ。外のほうが記憶を呼び戻すものがたくさんあると思う。働きたい。仕事がしたいんだ」

「仕事中に傷口が痛んだらどうしますか？　やはり休ませてくれというのは、通用しません」

「痛くならない。痛くなっても絶対に休まない。そのまま働く」

「脚《あし》を開きなさい」

「え、っ……」

まだ柔《やわ》らかさを残していたサロメの声が、にわかに低くなる。その声で告げられた言葉にぞくっと悪寒《おかん》が走った。今朝、目を覚ましてからは、昨夜の強引《ごういん》に過ぎた行為に腹を立てて、サロメに強く当たっていたのに。その気持ちが一気に萎《しぼ》む。

急にサロメが怖《こわ》くなった。淑《しと》やかで過保護なまでに優《やさ》しいオンディーヌは、美しい水色の鱗《うろこ》の下に冷酷さを隠《かく》し持っている。

「開きなさい。メルヴィネ」

「あっ？　──いや、だっ」

恐《おそ》ろしさに強張《こわば》る脚を無理やり開かされた。魚の鱗に長い指が食い込んでくる。赤いままの傷口は、今は痛みも熱もない。そこに視線を落とすサロメが自身のうなじへ手をまわした。うなじにまわされた手が、次は傷口へと伸びてくる。その指に、水色に煌めくものが見えたメルヴィネは小さな悲鳴をあげてしまった。

「ひ……！　なに、を」

傷口を、竜の鱗で塞《ふさ》がれた。脚の震《ふる》えが漣《さざなみ》のように全身へ伝播《でんぱ》する。

鈍色《にびいろ》に光る魚の鱗の真ん中で、美しく煌めく竜の鱗。それを見たサロメが満足そうな吐息《といき》を漏《も》らした。

「とてもよく似合っています。仕事をしてもいいですよ。鱗を通してメルヴィネがどこでなにをしているのか、すべて視《み》えますから。これで傷口が痛むこともありません」

「なに、それ……っ」

竜《りゅう》の鱗に透視《とうし》能力があるなんて聞いたことがない。こんなきわどいところにつけられた竜の鱗に、いつでも視られている——躍起《やっき》になって引っ掻《か》いたが、鱗はびくともしなかった。

「な、なんで取れないの？　どうなってるの」

「鱗はつけた竜しか外せません。それは二度と外しません。傷口が痛んではいけませんから」

「そんな……！」

本当は傷口など、どうでもいいのだろう。メルヴィネの身体につけられた竜の鱗。この一枚に、サロメの凄《すさ》まじい執着《しゅうちゃく》と束縛《そくばく》が宿っている。触れ合っているところから、それがびりびりと伝わってきた。

竜の魔力《まりょく》はどこまで強いのだろうか。たった一枚の鱗に全身を搦《から》め捕《と》られた気がした。

「朝の打ち合わせが始まります。脱衣室《だついしつ》へ行きましょう。制服は私が着せてあげます」

鱗をつけたことをきっかけに、サロメがふたたび過度の保護欲《よく》を見せてきた。

精一杯《せいいっぱい》暴れて抗《あらが》ったが「遅刻《ちこく》しますよ」と叱《しか》られる。初日から遅刻なんて絶対に許されない。

メルヴィネはおとなしくするしかなくなり、せっかく用意してもらった真新しい下着すら自分で穿《は》くことができなかった。

靴下《くつした》を履《は》かされ、スラックスを穿かされ、シャツのボタンを留められる。仕立ての良いテール・コートとウェスト・コートを着せられると、急にバトラーみたいになった。

竜の長い指で結ばれたリボンタイには、サロメの軍服にもあるドラゴンギルドの紋章《もんしょう》が刺繍《ししゅう》されている。同じ紋章が刻まれた金の懐中時計《かいちゅう》をポケットに入れられ、靴《くつ》まで履かされた。

「自分で歩けるから、おろして！」

軍服を纏《まと》ったサロメはメルヴィネを抱き上げて部屋を出る。働く場所へ自分の足で行けないなんて信じられない。メルヴィネのドラゴンギルド勤務は、不穏《ふおん》な幕開けを迎《むか》えた。


サロメが脱衣室と呼ばれる部屋に着く。そこにある肘掛椅子《ひじかけいす》にようやくおろされた。その椅子は一人掛けだが、やけに大きい。メルヴィネのような小柄《こがら》な魔物《まもの》なら二匹《ひき》は座れそうだった。サロメは左隣《ひだりどなり》の椅子に腰《こし》かける。

黙《だま》って座っていると、軍服を纏う竜たちが入ってきた。サロメのようにきちんと着たり、または着崩《きくず》したり、髪《かみ》がぼさぼさになっていたりとさまざまだった。

驚《おどろ》くことに、どの竜も物凄《ものすご》く大きい。皆《みな》、十五テナー（約二百センチ）前後ある。この部屋の扉《とびら》や肘掛椅子、調度品がなにもかも大きいのは、彼らに合わせて造られているからだろう。

午前七時――。コツコツと踵《かかと》を鳴らして筆頭バトラーが脱衣室に入ってくると、朝の打ち合わせが始まった。

リーゼに紹介《しょうかい》され、メルヴィネは緊張《きんちょう》しながらも大きな声で挨拶《あいさつ》をする。順番に紹介された竜は成体が十一機、バトラーはリーゼとメルヴィネを含《ふく》む八人だった。

その生存数の、あまりの少なさに驚愕《きょうがく》する。それだけ過去の魔物《まもの》狩りが凄惨《せいさん》だったということだ。ドラゴンギルドがなかったら、竜は本当に絶滅《ぜつめつ》していたかもしれない。

「──解散。各々《おのおの》現場で業務に入れ」

行動予定や連絡事項《れんらくじこう》の確認《かくにん》を終えたリーゼが出て行った途端、脱衣室が喧騒《けんそう》に包まれる。

メルヴィネは、右隣《みぎどなり》の椅子に座っていた竜とほぼ同時に立ち上がった。

大きな影《かげ》が落ちてきて、びくっとする。隣にぬうっと立つ火竜《サラマンダー》は、長軀ばかりの竜の中でもひときわ背が高い。そしてメルヴィネは最も背が低い。もうどれくらい身長差があるか知れない竜を恐る恐る見上げると、縦長の瞳孔《どうこう》をきゅっと狭《せば》めた鋭《するど》い金色の瞳《ひとみ》と視線が重なってしまった。

──こ、怖い。

それでも失礼になってはだめだと思い、ぺこりと頭を下げると、ナインヘルは真顔で言った。

「ちびだな」

赤い鱗の浮《う》かぶ大きな手が、ぽん、と頭に置かれたとき、喉《のど》から「ぎゅっ」というおかしな声が漏れてしまった。頭から顔半分を余裕《よゆう》で覆《おお》ってしまいそうな、とても大きな手だ。

「アナベルより、ちびだ」

がっしりとした掌《てのひら》が額にかかる。そのとき感知能力が働いて、ナインヘルの記憶が流れ込んできた。

煌《きら》めく金髪《ブロンド》を長い指で梳《す》いている。乱暴にしない、優しくしようと思いながら。そうして青玉《サファイア》よりも綺麗《きれい》な碧眼《へきがん》を飽《あ》きることなく見つめつづけていた。

──アナベルのことを、世界で一番きらきらした宝石だと思ってる。たったひとつの宝物で、

とても大切にしてる。

そう感知すると、サラマンダーのことが少しだけ怖くなくなった。しかし次の瞬間《しゅんかん》、視える風景が一変して驚く。視えたのは、まだ訪《おとず》れていない今日の午後だった。おそらくナインヘルの魔力が桁違《けたちが》いに強いからだろう。その影響《えいきょう》を受けて、初めて予知能力が働いた。

ナインヘルが火山活動による山崩《やまくず》れを制している。懸命《けんめい》に任務を遂行《すいこう》するナインヘルの頭上には崖《がけ》があり、そこには――。

「あの……。今日、ナインヘルさんが行くところに崖があって、そこから大きな岩が落ちてきます。気をつけてください」

「へえ。人魚の予知能力ってやつか」

ナインヘルは唇《くちびる》の片方をほんのわずかだけ上げ、「気をつける」と言ってゲートのほうへ歩いていった。彼が去って大きく開けた空間に、ほかの竜たちが入ってきてびっくりする。

「わあ、魔海域《まかいいき》の匂《にお》いだ。懐《なつ》かしいなあ」

「ぼくもいっぱい嗅《か》ぎたい。メルヴィネ、怖くないよ、もっと近くにおいでよ」

おっとりとした口調で言うのは、土竜のシャハトと水竜のキュレネーだった。

「なあ、きらきらしてる鱗、持ってないのか？　見せてくれ」

自身の琥珀色《こはくいろ》の鱗はとても輝《かがや》いているのに、バーチェスが夢中で頼《たの》んでくる。竜はきらきらしたものには目がなく、集める習性があるそうだが、先ほどのナインヘルといい、それは本当のようだった。

隣に物凄く可愛《かわい》らしいバトラーが立っていて驚く。しかし彼に角があることに気づいた。

メルヴィネがバトラーと勘違《かんちが》いしてしまったその風竜はオーキッドだった。

「ナインヘルくんだけ、ずるーい。ねえ、ぼくも予知能力で視てー。恋占《こいうらな》いがいいなあ」

「俺も、遠征先《えんせい》で危険がないか視てくれ」

風竜のガーディアンもやってきて、メルヴィネは高い竜の壁《かべ》に囲まれてしまった。

皆とても大きくて怖いし、なににどう対応すればいいのかわからない。困り果てていると、竜の壁のあいだから腕《うで》が伸《の》びてきて、腰をつかまれる。メルヴィネを抱《だ》き上げたサロメは弟たちを叱りつけた。

「やめなさい。メルヴィネを怖《こわ》がらせてはいけません」

「お、おろして、本当に、お願いだから」

サロメに抱き上げられて見えた竜の壁の向こうでは、アナベルたちバトラーがもう働きはじめている。ひどく焦《あせ》った。早く仕事を教えてもらいたいのに、また別の竜があらわれる。

それは息を呑《の》むほどの美男子だった。砂金を溶《と》かしたみたいに煌めく金髪を三つ編みにしている。記憶《きおく》に新しいその美貌《びぼう》は、感知能力が働いたときにリーゼの中で視たものだった。

「小《ち》っちゃいなあ、かわいいなあ。ねえ、サロメ、ぼくにも抱《だ》っこさせて？」

「だめです。サリバンだけには絶対に渡《わた》しません」

「えーっ！　なんで⁉　けち！」

「ええい、早く出動しろ！　俺がリーゼさんに怒《おこ》られるだろ！」

〝現場主任〟の紹介があったテオがそう叫《さけ》ぶと、竜たちはぼやきながら散らばり、任務地へ出動する準備に入る。サロメもメルヴィネをおろし、軍服を脱《ぬ》いで裸《はだか》になった。

竜というものは裸になることに恥《は》じらいがないようだった。特にこの部屋では、竜が裸でうろうろすることをバトラーも気にしていない。でもサロメの裸を見たメルヴィネは、思い出したくもない昨夜《ゆうべ》のことを思い出してしまった。

わずかに慄《おのの》きを覚え、動揺《どうよう》してしまう。今の物静かなサロメがいつもの彼だろうに、恐怖《きょうふ》を感じるほど激しくて、いやらしいことを躊躇《ちゅうちょ》なく口にしていた。

「……！」

「わ、っ」

頭《かぶり》を振《ふ》って昨夜の残像を打ち消していると、サロメに脱いだ軍服を渡された。竜のものだけあって大きいし重量もある。

「メルヴィネ。行ってきます」

「い、行ってらっしゃい。気をつけて……」

サロメは綺麗に微笑《ほほえ》んでゲートへ向かう。そのうしろ姿を見ながら、ほっと安堵《あんど》したのも束《つか》の間、いきなり尻《しり》を揉《も》まれて飛び上がりそうになった。

「ひっ」

「こりゃまた竜好みのカワイコちゃんが来たね……どうやって来たの？　ボスのスカウト？」

振り返って見たそこに、テール・コート姿のバトラーが立っていた。

どうしてかメルヴィネの尻を揉んできたその人は、細身で背が高く、アプリコットオレンジの髪が綺麗な人だった。頰《ほお》に触《ふ》れるくらいの髪を片側だけ耳にかけている。

驚いたのは、瞳の色が左右で違《ちが》っていることだった。右は淡《あわ》い紫色《むらさきいろ》、左は桃色《ももいろ》をしている。

それを隠《かく》すためなのかはわからないが、形の良い眼鏡をかけていた。

「あっ。メルヴィネと言います。よろしくお願いします。……あの、リーゼさんではなくて、サロメに連れてきてもらいました」

朝の打ち合わせで挨拶をしたけれど、もう一度、名を言った。おそらくボスというのは筆頭バトラーのことだろうと思い、そう返事をする。

鮮《あざ》やかな色の髪と、妖艶《ようえん》で不思議な瞳を持つ先輩《せんぱい》バトラーはとても知的で美しい。歳は二十代なかばのようだ。ドラゴンギルドには女性のバトラーもいるのだとメルヴィネは思ったが、まちがっていた。

「へえ、サロメか。あの仔《こ》もそんなことするんだねえ。――僕はジュスト。よろしくね。じゃ、時間も人数も足りてないからさっそく仕事に入ろうか」

「は、はいっ。お願いします！」

メルヴィネはぺこりと頭を下げる。勢いをつけすぎて、腕に載せていたサロメの軍帽《ぐんぼう》が転げ落ちた。

竜《りゅう》から渡された軍服一式の片づけかたを教わりながら、脱衣室《だついしつ》の説明を受ける。

「名前の通り、ここは竜たちが脱衣を行う部屋だよ。ドラゴンギルドの中枢部《ちゅうすう》だね。ここと発着ゲートはつながってるの。さっきみたいにみんな裸んぼになって、この部屋からゲートに向かうあいだに竜になって飛んで行くわけ。帰還《きかん》するときはその逆。ゲートに着陸した竜はそこで洗浄《せんじょう》とオーバーホールを受けたあと、脱衣室に入って髪や服装を整えるんだよ」

仕事の要《かなめ》となる部屋だけあって、脱衣室はひときわ広くて豪奢《ごうしゃ》な造りをしていた。

床《ゆか》には色鮮《いろあざ》やかなモザイクタイルが敷《し》き詰《つ》められ、壁や柱は焦茶色《こげちゃいろ》のウォールナット材が惜《お》しげもなく用いられている。陶器《とうき》製の大きな洗面台と真鍮《しんちゅう》の蛇口《じゃぐち》が等間隔《とうかんかく》に設置され、その手前には、朝の打ち合わせでメルヴィネも座った優美な猫脚《ねこあし》の肘掛椅子《ひじかけいす》があった。

談話用のゴブラン織りのソファに、大きな振り子時計。給茶のための小さなかまどまである。

壁と同色の大棚《おおだな》には大小さまざまのタオル、香油《こうゆ》や香水《こうすい》の瓶《びん》、櫛《くし》や歯ブラシが収められていた。そのほかにも大型の鏡、軍服を吊《つ》るすラック、アイロン台まで——すべてドラゴンギルドで働く竜のためだけに用意されたものだという。

教えられた通りにサロメの軍服をラックに吊るしていると、どうしてかうしろから両手でメルヴィネの腰骨《こしぼね》あたりを撫《な》でてくるジュストが言った。

「きみ、細いね。ところでメモ取らなくていい？　僕、一度言ったことは二度と言わないよ？」

「メモ、取りたいです。あっ、メモ帳が……」

取り乱すメルヴィネを気の毒に思ってくれたのだろうか、ジュストはその知性あふれる美しい顔に、にっこりと笑《え》みを浮かべる。

「訊《き》くのは、何回でも同じこと訊いていいよ。——まあ、二回目以降はうんとヤラシイお仕置きするけどさ」

「…………」

それはもうほとんど訊けないことと同義ではないだろうか。

そしてジュストは瞳《ひとみ》の色が妖艶だけれど、手の動きや言葉の端々《はしばし》にはもっと妖《あや》しさを感じる。不安な表情をしてしまったが、それを見たジュストはとても楽しそうに笑う。そうしてドラゴンギルドの紋章《もんしょう》が箔押《はくお》しされた小さな手帳とペンをメルヴィネにくれた。

竜たちの出動が完了《かんりょう》すると、エントランスホールと飴色《あめいろ》の大階段、脇《わき》にあるラウンジを数人のバトラーで掃除《そうじ》する。そのあとジュストと二人で広いドラゴンギルド内を一周し、幼生体の飼育小屋や中庭を案内してもらった。

ギルド内の施設《しせつ》の確認《かくにん》を終えると、午後の二時半を過ぎていたことに驚《おどろ》く。急いで昼食をとるために食堂へ走った。

「普段《ふだん》は一人で食べるよ。みんな忙《いそが》しいから、空いた時間を見つけて片づけちゃう感じかな。遅《おそ》くなっても必ず食べるようにしてね。ご飯は絶対に抜《ぬ》いちゃだめだよ。かなり体力を使う仕事だし、そんなことしてたら竜の相手は務まらないからね」

「はい。わかりました」

竜の帰還は毎日、午後二時から三時のあいだに始まる。余裕《よゆう》がまったくない。ジュストは昼食をとりながら説明し、メルヴィネも口を動かしながら手帳にメモを取っていった。

「これから毎日、竜と接触《せっしょく》するようになるけど、一番気をつけてほしいことを言っておくね。それは、あの仔《こ》たちが気づいてない小さな怪我《けが》に、絶対に触れないこと。誤って触れて死んでも、本人とその家族は労働基準監督署《かんとくしょ》に訴《うった》えられないよ。雇用契約《こようけいやく》書にそう書いてあるから」

「小さな怪我に触れて死ぬ……？　あっ、竜の血、ですか……」

「そう。メルヴィネは当然、知ってるよね？」

「竜の血は猛毒《もうどく》、涙《なみだ》は薬、精液は永遠の若さの源……、ですよね」

「うん。人間は即死《そくし》、魔物《まもの》は悶死《もんし》。魔女《まじょ》だけが竜の血に打ち克《か》つ肉体を持つ……ってね。アナベルがナインヘルの血を浴びても死ななかったのは、ギルドではとても有名な話だよ」

やはりそれはアナベルが魔女の一族の血を受け継《つ》いでいるからだ。そしてメルヴィネは実際にサロメの涙を見せてもらった。残るは、最後の――。

メルヴィネの思考を読みとったかのように、ジュストの色の異なる瞳が細くなる。

「竜が血を流すときっていうのは、必ず誰《だれ》かの攻撃《こうげき》を受けたときだよね。それは世界最強の魔物に流血させるほどの危険な存在ということ……死んでいく竜は、兄弟にもその危険が及《およ》ばないように、己《おのれ》の血を浴びせてその存在を殺す。だから竜の血は猛毒なんだよ。――っていう、これはただの僕の持論なんだけど」

ジュストはただの持論と言ったが、彼の話は説得力があるし、メルヴィネは同意の気持ちがとても強い。残りのふたつも訊《たず》ねたくなる。

「涙は、どうですか？」

「竜は自分では泣けないよね。自分の涙が万物《ばんぶつ》に影響《えいきょう》を及ぼす劇薬だって知ってるから絶対に泣かない。魔物に頼《たの》まれないと涙を落とせない。そんな竜がみずから落涙《らくるい》したり、『涙を流せと言え』って促《うなが》す相手っていうのは、そこまでして助けたい、治癒《ちゆ》したい、守りたいって存在なんじゃない？」

「………」

サロメは、メルヴィネに『私に涙を落とすよう言ってください』と促してきて、綺麗《きれい》な紺碧《こんぺき》の涙を傷口に落としてくれた。あの美しい竜の涙には、ジュストが言うような想《おも》いが宿っていたのだろうか。

そして、あとひとつ——メルヴィネが訊ねる前に、ジュストが唇《くちびる》を開いた。

「竜の精液は永遠の若さの源。これは噂《うわさ》の範疇《はんちゅう》を抜けきらないと言われてるけど、うちのボスを見れば噂じゃなく真実だってことがわかるよね」

「え⁉　リーゼさんが？　真実って……、ど、どういうことですか？」

「ボスは二十歳そこそこにしか見えないけど、もう五十近い親父《おやじ》だよ。妙《みょう》な色気と綺麗な貌《かお》で若い将校や金持ちの男をばんばん籠絡《ろうらく》してギルドに献金《けんきん》させてる。それで三十年もドラゴンギルドを運営してるんだから、〝サタン・オブ・ギルド〟って呼ばれるのも無理ないね」

「うそ！　そんなことがあるなんて……！」

メルヴィネが視《み》たリーゼの中。そこにいた三十年前の若いリーゼと、今の筆頭バトラーがまったく同じ容姿をしている意味がやっとわかった。そしてリーゼに若さを維持《いじ》させているのは、おそらくあの綺麗な緑色の鱗《うろこ》を持つ、とびきりの美男子——。

長きにわたって真偽《しんぎ》がわからなかったそれを体現している魔物がいるなんて信じられない。しかも、ジュストの話しかたから、ドラゴンギルドでは当然のことと認識されているのがわかる。それにも驚きを隠せなかった。

ジュストは竜の精液についても彼の持論を語る。それはメルヴィネには到底《とうてい》考えつかないものだった。

「竜は孤高《ここう》の魔物だよね。でもよく考えて。孤高っていうのは、孤独なんだ。竜はみんな孤独なの。一機残らずね。長い時を独りで生きるのは耐《た》えがたいことだと思うよ。いくらあの仔たちが世界最強の魔物だからって、そんなの無理。だから竜たちは抱《かか》えきれない孤独をぶつけられる相手と判断すると異様な執着《しゅうちゃく》を見せる。その者を束縛《そくばく》して支配して、所有するんだよ」

「……」

執着、束縛、支配、所有──巨体《きょたい》に収まりきらないほどの孤独を抱え、みずから落涙することも許されない竜たちの行動様式。聞き慣れないその言葉に、ずく、と鳩尾《みぞおち》が重くなった。

メルヴィネは、魔物の統率者《とうそつしゃ》である竜に憧《あこが》れを抱《いだ》いている。なにものも寄せつけないような威厳《いげん》、そして孤高。禍々《まがまが》しくもあり神々《こうごう》しくもある、世界で最も強い魔物。最強だからこそ、独りで生き抜ける──そう思ってきたが、違うようだった。

「竜たちは、所有した者に鱗をつける。そして自分が生きる分だけその者も生きられるように、体内に目いっぱい射精するんだ。自分が死んじゃったら相手がどうなるかなんて考えもしないでね。竜の生殖行為《せいしょくこうい》は、これ以上ないほど純粋《じゅんすい》でおぞましい行為だって僕は思ってる。僕は寂《さみ》しさを抱えて生きるあの仔たちが愛《いと》しくてたまらないんだ……」

紫《むらさき》と桃色《ももいろ》の瞳を潤《うる》ませて、ジュストはその綺麗な貌に恍惚《こうこつ》の表情を浮《う》かべる。形の良い眼鏡のフレームが光る。その様子を見つめながら、メルヴィネは恐怖《きょうふ》に震《ふる》えた。

左脚《ひだりあし》の内腿《うちもも》に貼《は》られた水色の鱗。それは紛《まぎ》れもない所有の証《あかし》だ。巌《いわお》のような孤独を抱えるサロメは、メルヴィネの中に精液をかけたいと言った。

──怖《こわ》い。

いったい、いつからなのだろう。どの瞬間《しゅんかん》にサロメはメルヴィネを所有の対象と決めたのだろうか。昨日の早朝に初めて言葉を交《か》わしたばかりだというのに。

竜の精液の真実を知りたいなんて思った自分が浅慮《せんりょ》だった。蒼《あお》ざめるメルヴィネに向かって、恍惚の表情を消したジュストがにっこりと笑う。

「メルヴィネも、ぼんやりしてたらその小さなおしりにサロメのペニス挿《い》れられちゃうよ？　気をつけてね」

「そ、そんな！　……ジュストさん！」

助けてください——真剣《しんけん》に頼もうとしたのに、ドスン……という轟音《ごうおん》を聞いたジュストが立ち上がる。

「竜たちの帰還が始まっちゃったね。ほら、行くよ、メルヴィネ。お仕事、お仕事」

考えなくてはならないことも、思い出さなくてはならないことも、山ほどある。

でもそれをするのは、今日教《はげ》えてもらった仕事をやりきってからだ。バトラーの宿舎を借り、そこでゆっくり考えることを励みにして、メルヴィネはジュストのあとを追いかけた。

『第二ゲートにシーモアが帰還《きかん》します。近くにいるバトラーはセーフエリアまで一旦《いったん》下がってください』

脱衣室《だついしつ》に戻《もど》ると、そのようなアナウンスが聞こえてきた。同時にジュストが説明を始める。

「帰還した竜《りゅう》の相手をするのもバトラーの大切な仕事だよ。これは当番制になってて、竜とバトラーの組み合わせは毎日変わる。誰がどの竜に付くかは朝の打ち合わせで最終確定するから、必ず聞くようにしてね」

「はい。わかりました」

「議会に出席する竜の同行もあるけど、もう少し慣れてからにしよう。今日メルヴィネは、シーモアくんに付いてもらうね。今、帰還するってアナウンスがあった仔だよ」

「相手というのは、具体的にどんなことをしたらいいですか……？」

アナベルからは、アフタヌーン・ティーやディナーの相手と聞いていた。竜の要望を断ってはいけないとも。

手帳とペンを持ってかまえていると、ジュストが怒濤《どとう》の指示を出してくる。

「まず中庭でアフタヌーン・ティー。シーモアくんは毎日ケーキをホールで食べるよ。厨房《ちゅうぼう》に行ってコックに『シーモアのケーキ』って言えば通じるから。そのあとは花壇《かだん》の土いじり。あの仔、土と花が大好きなんだけど、絶対に『花を摘《つ》もう』とは言わないで」

「どうして言ってはだめなのですか？」

「竜はね、草花を摘めないの。竜が摘んだ花には強い魔力《まりょく》が宿ってしまって、枯《か》れることができなくなる。それは自然《しぜん》の摂理《せつり》に反しているでしょう？　可憐《かれん》な花に憧れて、それを摘むことに躊躇《ちゅうちょ》するのはあの仔たちの癖《くせ》だね。シーモアくんは優《やさ》しいから、花を摘もうなんて言ったら落ち込んじゃう。一緒《いっしょ》に眺《なが》めてあげるだけで充分《じゅうぶん》だよ」

「はい。よくわかりました」

「シーモアくんのこと、よく見てあげてね。放っておいたらまわりの土を全部食べちゃうから。別におなか壊《こわ》したりはしないけど、食べすぎるとボスが怒《おこ》るからさ。途中《とちゅう》で止めてあげて。そのあとは食堂で夕食に付き合って、巣に帰ってお風呂《ふろ》。絵本を読んでくれって言うから読んであげて。でも三、四ページで寝《ね》ちゃうから、寝たらすぐに巣を出ること。鼓膜《こまく》が破れそうな鼾《いびき》をかくの。巣を出たら、メルヴィネの今日の業務は終わり」

今ジュストが言ったことを全部一人でできるだろうか。訊《き》くたびにいかがわしい仕置きをされるらしいから、メルヴィネは一度に確認《かくにん》することにした。

「ふ、復唱してもいいですかっ？」

「いいよ。どうぞ」

「シーモアはケーキをホールで食べる。そのあと土いじりに付き合う。花を摘もうと言ってはいけない、土の食べすぎは止める。夕食、風呂、絵本を読んで、寝たらすぐに巣を出る」

「ばっちりだね。頑張《がんば》って。初日だし一緒にいてあげたいけど、僕もほかの竜に付かなきゃんないからさ。必ず様子を見に行くから。わからないことができたら、そのとき訊いて」

「はい……」

「あはは、そんな不安にならなくても大丈夫《だいじょうぶ》。シーモアくんはすっごく優しいんだから。新人バトラーはみんな最初にあの仔《こ》に付くんだよ。それくらいイイ仔なの。仲良くしてね」

そのとき、洗浄《せんじょう》を受けたシーモアがゲートから脱衣室に入ってきた。

シーモアはとても大きくて、丸い。メルヴィネの四人分くらいある。

「メルヴィネ、はじめまして、こんにちはー」

「こ、こんにちは。よろしくお願いします」

一緒に脱衣室を出て、中庭でアフタヌーン・ティーの相手をする。シーモアは本当に大きなケーキを丸ごと食べてしまった。そのあとは花壇の土をいじったり均《なら》したりする。そこに植えられた花はまだ咲《さ》いていない。蕾《つぼみ》たちを一緒に眺めながら、ふと思いついたことを訊ねた。

「たとえば、ぼくが摘んだ花をシーモアの巣に飾《かざ》ったら、その花はどうなるんだろう？」

「うーん。たぶん、お花が持ってる命の分だけ咲いて枯れると思うよ。僕が途中で水をあげたりしたら、長生きしちゃうかもしれないけど」

「そしたら、この花が咲いたら、ぼくが摘んでシーモアの巣に飾るね。飾ってるあいだもぼくが水を替《か》えるから大丈夫だよ」

「ほんと？ 嬉《うれ》しいな！ メルヴィネは優しいね。ありがとう」

眦《まなじり》に琥珀色《こはくいろ》の鱗が浮かぶシーモアの笑顔《えがお》は、バターと蜂蜜《はちみつ》をたくさんかけたホットケーキみたいに丸くて甘い。そのあとも彼の土いじりに付き合っていると、中庭に竜とバトラーがあらわれた。

腰《こし》まで届く銀髪《ぎんぱつ》と水色の鱗。どくんと心臓が跳《は》ねたが、サロメではない。同じ水竜のフォンティーンだった。よく見れば、彼の髪《かみ》はサロメよりもさらにまっすぐだ。毛先も、定規を当てて切ったのではないかと思うほどだった。そしてサロメと同じように淑《しと》やかな佇まいをしている。フォンティーンに付いているのはジュストだった。

彼も竜に付くと言っていたことを思い出す。シーモアについて多くの情報をくれたジュストは、全機の竜の特徴《とくちょう》や趣味嗜好《しゅみしこう》を網羅《もうら》しているのだろう。ほんの少し妖《あや》しい人だけれど、知的で竜に詳《くわ》しくて、仕事も丁寧《ていねい》に教えてくれて、憧れる——そう思いながら見た光景に、メルヴィネは驚愕《きょうがく》した。

若い葉をつける楓《かえで》の樹の下へ二人は歩いていく。フォンティーンがその長軀《ちょうく》を幹に触《ふ》れさせ、ジュストは彼の前に立った。ジュストが高いところにある首に両腕《りょううで》をまわすと、フォンティーンは細い腰に両手をあてがう。そうして二人は激しい口づけを始めた。

信じがたい光景に、しばらく茫然《ぼうぜん》として見てしまう。二人は恋仲《こいなか》なのだろうか。しかしジュストはそのような気配をまったく見せなかった。『寂しさを抱えて生きるあの仔たちが愛しくてたまらない』と言っていただけで──。

下肢《かし》を密着させる二人は、見ているメルヴィネのほうが隠《かく》れたくなるような甘い口づけを延々とつづけていた。やがて二人のささやきが風に乗ってメルヴィネのところへやってくる。

──フォンティーンのココ、また硬《かた》くなってる。

──硬くもなる。おまえはたまらなく魅力《みりょく》的だ。

──ふふ。僕にそんなこと言うのもキスしたいって言うのもフォンくらいだよ？

──私だけでいい。この唇《くちびる》は私のものだ。兄弟には許すな。

「……‼」

「あれっ？　どうしたのメルヴィネ？　大きな虫が出た？　怖いなら僕が食べてあげるよー」

メルヴィネは勢いよく立ち上がるとシーモアの反対側の隣《となり》に移動して座り込み、その丸くて大きな身体《からだ》に避難《ひなん》した。二人の姿が見えなくなり、声が聞こえなくなってもまだどきどきしている。両腕で膝《ひざ》を抱《かか》え、顔を伏《ふ》せて考えた。

いったいなんなのだろう。よくわからない。よくわからないが、フォンティーンの要望にジュストが応《こた》えているような雰囲気《ふんいき》の会話だった。

『バトラーは彼らの要望を断ってはだめ』──アナベルの言葉を思い出す。しかしメルヴィネはできない。ああいうことは絶対にしたくない。でも仕事だからしなくてはだめなのだろうか。

サロメに要望されたら、断ってはだめなのだろうか。

頭が混乱しすぎて、ありもしないことを考えてしまっている。なにより仕事中だった。一度忘れたほうがいいと思い、伏せていた顔を上げて振《ふ》る。

そうして見えた地面には、大きな穴が開いていた。

「ああっ！　シーモアっ、土を食べすぎたらだめだよ！」


考えたいことと思い出したいことが多すぎるメルヴィネは、すでに飽和《ほうわ》状態だった。

それでも与《あた》えてもらった仕事を懸命《けんめい》にこなしていく。

シーモアの夕食に付き合って巣に帰った。大扉《おおとびら》を開けるとそこは土だらけの洞窟《どうくつ》みたいになっていて驚《おどろ》く。綺麗《きれいず》好きのシーモアは、ゲートで洗浄を受けたあとも自分の巣で風呂に入るそうだ。そうして身体が温かいうちに柔《やわ》らかな土の寝床《ねどこ》に入る。

頼《たの》まれた絵本を読むと、本当に二ページ目で寝てしまった。地鳴りのような鼾が始まったので駆《か》け足で巣を出る。不思議なことに、廊下《ろうか》に出て大扉を閉めると鼾はまったく聞こえなくなった。巣いっぱいに詰《つ》められたあの柔らかな土のおかげだろうか。

「シーモアくん、おねんねした？」

「わ、……は、はい。寝ました」

気がつけば廊下にジュストが立っていて、どきりとする。確認した懐中《かいちゅう》時計は午後七時十分をさしていた。初夏の宵《よい》特有の曖昧《あいまい》な薄暗《うすぐら》さが、ジュストの色の異なる瞳《ひとみ》をより一層妖艶《ようえん》に浮《う》かび上がらせる。

「ごめんね。途中で一度様子を見たかったんだけど、抜《ぬ》け出せなくて。特に変わったことや困ったことはなかった?」

「はい。大丈夫でした……」

「そう……。──メルヴィネ、顔が真っ赤だね。薄暗いのに、よくわかる」

「……っ」

そう指摘《してき》され、くすっと笑われて余計に顔が熱くなった。赤くなっている理由も当然のように見透《みす》かされる。

「僕たちのキスを見たの? あれはいつものことだよ。誰《だれ》も気にしてない。みんな普通《ふつう》に中庭を通るよ。シーモアくんなんて気づいてもいなかったでしょう?」

「……。あれは、フォンティーンの──竜《りゅう》の、要望なのですか?」

「まあね。メルヴィネは、サロメやほかの竜から同じことを要望されたら応えないとだめなのかって心配してるんでしょう? しなくていいよ」

「えっ? 竜の要望は断ってはだめなのではないですか?」

「基本はね。でも筋の通ってないことは断っていい。むしろ、ちゃんと断らないとだめだ。なんでもかんでも言うこと聞いてたら、本当におしり壊れるまで犯《や》られちゃうよ?」

「……」

ジュストが、艶《なま》めかしい所作でアプリコットオレンジの髪を耳にかける。形の良い眼鏡のフレームが光る。

「竜に惑《まど》わされないようにね。こっちがコントロールしてあげる、ってくらいの気持ちでいてほしいな。——サロメは……あの仔はちょっと、手強《てごわ》いけどね」

竜の扱《あつか》いに長《た》けている彼でさえそう言うのに、メルヴィネがサロメに敵《かな》うはずがない。

でも、ジュストの言葉が導いてくれるような気がした。竜に惑わされずに、意思表示を強くして、嫌《いや》なことはきちんと断る。

「今日のお仕事はおしまい。お疲《つか》れさま。気疲《きづか》れもしてるだろうから、よく休んでね」

「はい。ジュストさん。ありがとうございました。明日《あした》もよろしくお願いします」

『バトラーの宿舎は使ってもかまわんが、無駄《むだ》だと思うぞ』——リーゼからそのような言葉をもらったメルヴィネは今、宿舎の一室の寝台《しんだい》に横たわっていた。ずっと使われていなかったようで、ほんの少しほこりっぽい。でもメルヴィネにとっては申し分ない広さで、考えごとをして記憶《きおく》を取り戻《もど》す作業をするにはぴったりの場所だった。

サイドテーブルにはランプもあるが、つけていない。今夜は満月だから、窓から差し込む強い月光で充分《じゅうぶん》まかなうことができた。

「………」

ようやく理想の状況《じょうきょう》になったのに考えごとができない。この時間のために、今日一日を頑張ったというのに。やはり気を張りつづけていたせいで、自分が思う以上に疲れているのかもしれない。

気を抜いたらまどろんでしまいそうになる――。

「メル。巣に帰りますよ」

「‼」

驚愕と戦慄《せんりつ》で心臓が飛び出そうになった。まぶたを開けると、サロメが覆《おお》いかぶさってきている。疲れも眠気《ねむけ》も一気に吹《ふ》き飛んだ。

怖《こわ》くてしかたない。居場所を突《つ》き止められるのはまだ理解できる。鱗《うろこ》で視《み》られているのはわかっていた。でも部屋の内鍵《うちかぎ》をかけているのに。鍵が壊《こわ》される音も扉が開く音もしなかった。

「なんで⁉　どうやって入ったの⁉」

「水竜《オンディーヌ》は水にも変容できますから。どこからでも入れます。好んですることはありませんが」

落ち着いた声で告げられる。いろいろなことが脳内で処理できないうちに抱《だ》き上げられた。

「いやだっ。放せ！　おろせっ」

今朝からずっとサロメへの恐怖《きょうふ》が拭《ぬぐ》えない。仕事中に聞いた竜の精液の意味や、仕事終わりにジュストが言った『サロメは手強い』という言葉も恐《おそ》ろしさに拍車《はくしゃ》をかける。怖い思いが募《つの》るほどに強がる気持ちが見え透《す》いたものになってしまう。

「おろせって、言ってるだ、ろ……、――んっ！　んんっ」

必死で言葉を出しているのに、サロメの顔が間近に迫《せま》って乱暴に唇を塞《ふさ》がれた。おそらく過去の自分も経験がないそれは、フォンティーンとジュストが交《か》わしていたものとは違《ちが》う。

「……ん、――ふ、ぅっ」

竜の長い舌で口内をいっぱいにされた。硬く尖《とが》らせた舌先で粘膜《ねんまく》を引っ掻《か》くようにされて、縮こまる舌を捕《と》らえられ、痛いくらいに強く吸われる。

「はぁっ……、ぅ……」

「怒《おこ》るのも拗《す》ねるのもかまいませんが、言葉を使いまちがってはいけません。メルヴィネはそのような言葉遣《ことばづか》いができる子ではありません」

唇に仕置きをされたようになって、なけなしの強がりが脆《もろ》くも崩《くず》れ去る。でも、今日ジュストに気づかせてもらったことは実行しようと思った。竜に惑わされずに、意思表示を強くして、嫌なことはきちんと断る――。

「サロメ。お願いだから強引《ごういん》なことばかりしないでほしい。サロメには助けてもらって、記憶を失《な》くしたってわかったときも落ち着かせてくれて、本当に嬉《うれ》しかった。ありがとう。でも、強引すぎるよ。昨夜《ゆうべ》だって、何度もやめてと言ったのにやめてくれないサロメが怖かった」

ぴく、と竜の肩《かた》が揺《ゆ》れた。サロメはメルヴィネが恐怖を覚えることに敏感《びんかん》に反応する。自身が怖いと言われたことに動揺《どうよう》しているようだった。

「決めたんだ。ぼく、今夜からここで寝《ね》るね」

「それだけは許しません。どうしたら私の巣に帰りますか？」

「……帰ら、ない。この部屋にいる」

「メル。どうしたら私の巣に帰るか言ってください」

もうそれが強引だということをサロメはわからないのだろうか。

サロメの気づかないところで支配や所有の本能が強く働いているのかもしれない。それが凄《せい》絶《ぜつ》な孤《こ》独《どく》に因《よ》るものだと思うと、メルヴィネの心は揺れる。思い出す必要などないのに、昨夜サロメの中に視た巌《いわお》のような孤独まで勝手に思い浮かんできた。

「……」

結局、惑わされまいと思いながらも惑わされてしまっているような気がした。

大きな溜《た》め息に短い言葉を乗せる。

「なにもしないでほしい」

「約束します。なにもしません。——私からは、なにも」

その即答《そくとう》と含《ふく》みのある言いかたがひどく気にかかる。窓の外に浮かぶ満月を一見したサロメに思わず言質《げんち》を取るような真似《まね》をしてしまった。

「約束を破ったら？」

「もし、約束を破ったら、メルの脚《あし》につけた鱗を取ります」

落ち着いた声で言われたその言葉に、メルヴィネはまたぐらついた。今朝、二度と外さないと言ったサロメが、鱗を外す状況にみずから陥《おちい》ることは絶対にない。

働いた疲労感《ひろうかん》がじわじわと強くなっていることも判断を鈍《にぶ》らせる。長いあいだ言い合う気力もなく、早く横になりたいという気持ちに負けた。竜の鱗をつけられた部分が、痛むのではなくわずかに痒《かゆ》い。でも、それも気にならないくらい疲れている。

また竜に惑わされているし、嫌なことを断れなかった。せめて意思表示を強くすることだけは守りたい。メルヴィネは、先ほどから頻《しき》りに満月を見るサロメに言った。

「サロメ。おろして。歩いて行くから」


竜専用の大きな寝台に横たわるメルヴィネは、巣に戻ったことを早々に後悔《こうかい》していた。疲れきっているはずなのに、眠《ねむ》れない。ひどく目が冴《さ》えている。だからといって考えごとや記憶をたどる作業ができるのかといえば、それも叶《かな》わなかった。

丈《たけ》の長いシャツを借り、サロメに背を向けて横臥《おうが》している。本当に、ただ横になって呼吸とまばたきを繰《く》り返すだけになった。

「………」

そしておそらく、サロメはまばたきすらしていない。

身体《からだ》ひとつ分の空間を隔《へだ》てたところから、メルヴィネの背を凝視《ぎょうし》している。あの金色の瞳《ひとみ》から放たれる強い視線が、薄《うす》いシャツを貫《つらぬ》いて肌《はだ》に直接突き刺《さ》さるようだった。

大窓から満月の光が差し込んでいる。その月光は、先ほど宿舎で見たものより強くなっていて、竜の巣に浮遊《ふゆう》する塵《ちり》にまで月影《つきかげ》ができるようだった。まぶたを閉じることすら叶わないメルヴィネは、竜の巣に落ちてくる満月の光を青い翡翠《ひすい》の瞳に映しつづける。

ふいに、喉《のど》の渇《かわ》きを覚えた。しかしサイドテーブルに置いてある水差しに手を伸《の》ばすのが億劫《おっくう》だった。立ち上がって水を飲めば、ふたたび横たわるときにサロメと目が合ってしまう。

我慢《がまん》がきくうちに眠ってしまおうとまぶたを閉じた。

――熱い……。

サロメの強い視線を浴びつづけているせいだろうか、いつの間にか背が熱を持っていた。その熱が波紋《はもん》のようになって全身に広がっていく。汗《あせ》の気配がする。

「は、……」

嗄《か》れた声が勝手に漏《も》れて、驚《おどろ》いたメルヴィネはまぶたを開けた。

どうしてか息が乱れている。絨毯《じゅうたん》を照らす満月の光を瞳に映すたび、喉の渇きが強くなっていく。でもそこから目が離《はな》せない。巣を漂《ただよ》う初夏の夜気よりも熱くなった身体が汗を纏《まと》う。肌がやけに敏感になって、ちりちりと痛痒《いたがゆ》くなった。

「……、ぅ」

魚の鱗が痒くてたまらない。宿舎を出るときは気にならないほどだったのに。

静かな寝台に、はぁはぁという自分の嗄れた声だけが聞こえる。こんなにも息が乱れてはサロメに気づかれてしまう。なぜ急に身体が変調をきたしたのだろうか。

ふいに、見つめている風景に銀のヴェールがおりてくる。清らかな水の香《かお》りがした。

「あ、っ……！」

「メル。大丈夫《だいじょうぶ》ですか」

様子がおかしいことに気づかれた。身体ひとつ分を空けて寝ていたはずのサロメが間近にいる。長い銀髪《ぎんぱつ》が流れ落ちてきて、痒みを帯びる肌がそれに反応した。

「触《さわ》らないで、なにもしない約束」

「はい。約束しました。触《ふ》れていません」

サロメの水の香りは好きだが、鼻腔《びこう》をくすぐられるだけで喉は少しも潤《うるお》わないから余計に苦しかった。過敏《かびん》になった肌には、銀髪のさらさらとした感触《かんしょく》がたまらなくつらい。

「か……、髪《かみ》っ！　どけて」

「髪もいけませんか」

肌の上をするすると滑《すべ》って銀髪が視界から消えた。しかしサロメは触れないぎりぎりのところにいる。見られたくない。もう隠《かく》しようがないほど体調は悪くなっていた。

身体が熱くて汗が止まらない。鱗が痒い。渇ききった喉が痛む。水分を失った口腔《こうこう》の粘膜が、ふとした拍子《ひょうし》にくっついて気道を塞いでしまいそうだった。

急に心が弱くなる。風邪《かぜ》なのか、なにか食べた物があたったのか、わからない。医者に診《み》てもらいたいと思うほどに身体がおかしくなっていた。

「ずいぶん汗をかいていますね。身体が火照《ほて》っていませんか？」

「あつ、い……どう、して」

「メルヴィネは発情しています」

「なに、それ。意味が――」

静かな声で短く告げられたそれを信じるわけがないのに、どうしてか下腹がずくんと疼《うず》いた。

「人魚は頻繁《ひんぱん》に発情します。満月の夜は特に……肉欲《にくよく》が強くなります」

「そんなの、うそ」

喉の渇きが限界を超《こ》えて、それ以上声を出すことができなくなった。そしてメルヴィネは朝に見た夢を――共有したサロメの記憶《きおく》を思い出す。

夜色の波が打ち寄せる岩礁《がんしょう》。裸《はだか》のサロメ。彼に交尾《こうび》をねだる人魚たちの鱗は、粘性《ねんせい》の膜《まく》を張って妖《あや》しく艶《つや》めいていた。空には美しい満月が浮《う》かんでいて――。

「……っ」

下肢《かし》がピクンッと動く。発情など絶対に認めないメルヴィネに、早く受け入れて楽になれと身体が言ってくる。

先ほどのサロメが、宿舎の窓から頻りに満月を見ていた意味がわかった。あのときすでにメルヴィネの身体に変調が起こることを予想していたに違いない。

「メル。喉が渇いているでしょう。私の水を飲みますか」

声が出せない分、躍起《やっき》になって首を横に振《ふ》った。こうなることを全部わかっていながら『なにもしない』と約束して巣に連れ戻《もど》すなんて、騙《だま》されたような心持ちになる。

サロメの聖水など絶対に飲みたくない。でも、もう耐《た》えられなかった。水が欲しい。欲しいだけではなく、水分を摂《と》らなくては危険な状態に差しかかっていた。

「こちらを向いてください」

「……」

サロメの声を無視してサイドテーブルを見る。そこに置かれた水差しが果てしなく遠く感じられた。立って歩きたいのに、火照った身体は言うことを聞いてくれない。

「メルヴィネ。こちらを向いて」

自分からはなにもしないと約束したサロメは、それを守り抜《ぬ》くつもりなのだろうか。肩をつかんで無理やり向けさせることもできるのに、そうしない。予想通りメルヴィネが発情して、満足そうに笑《え》みをこぼしているのだろう。酷《ひど》い竜《りゅう》だ。その表情を睨《にら》みつけたくなって、横臥しているメルヴィネはゆっくりと仰向《あおむ》く。

「ぁ、う」

右脚《みぎあし》を動かしたとき、ぬちゃ……という嫌《いや》な音がした。脹脛《ふくらはぎ》にある魚の鱗《うろこ》が信じられないほどの粘液《ねんえき》を分泌《ぶんぴつ》している。膜どころの話ではない。視線だけを落とすと、何本もの透明《とうめい》の糸がシーツと右脚を結んでいた。

「ひ、……」

異常な喉の渇き、熱い身体と止まらない汗、鱗を苛《さいな》む耐えがたい痒み、夥《おびただ》しい粘液——自分の意思とは関係なく発情していることを思い知らされる。

粘液を滴《したた》らせる脹脛が気持ち悪い。見ていられなくて顔ごと逸《そ》らす。そうして視線をサロメへと移した。

サロメは、満足そうな表情をしていない。笑ってもいない。眉《まゆ》をひそめている。大粒《おおつぶ》の汗をかいて苦しみながらも水を拒《こば》むメルヴィネに困っているようだった。唇《くちびる》が少し開いている。綺《き》麗《れい》な唇だといつも思う。ここからサロメの水が出てくるのだと思うと目が離せなくなった。

触れそうなほど近くで、綺麗な唇が動く。

「私の水を飲みますね？　欲しいと言ってください」

サロメの水が欲しい。オンディーヌの強い魔力《まりょく》に操《あやつ》られるように、メルヴィネは唇を開いた。

「みず、ほし——」

すぐに唇が重ねられて、渇望《かつぼう》していた水が流れ落ちてくる。渇ききった喉が潤っていく。メルヴィネはサロメの首に両腕《りょううで》をまわし、ごくごくと喉を鳴らして水を飲んだ。サロメの水は甘くてわずかなとろみがある。長い舌が入ってきても気にする余裕《よゆう》がない。かまわず水を飲んで舌を吸った。やがて落ちてくる水の量が減り、サロメの舌だけが口内に残される。

「あ、どうして、……まだ」

サロメの聖水は怪我《けが》を治す力があるのに、身体の熱がまったく治まらない。とろみもあるけれど、それだけでは物足りなくなっていた。

──もっと、とろとろしたのが、いい……。

そのようなことを考える自分にぞっとする。信じられないものを求めていることに愕然《がくぜん》とした。身体だけではなく思考までもが人魚の発情に支配されはじめている。

解消されたのは喉の渇きだけで、呼吸も乱れたままだった。潤《うる》んだ瞳でサロメに縋《すが》る。

「身体が熱くて苦しいのが、治らない。どうして？」

「私の水は怪我の治癒《ちゆ》はできても、発情を抑《おさ》えることはできません」

「そんな……ぼく、どうしたら──」

小柄《こがら》な身を蝕《むしば》む毒物のような熱。疼く下腹と、淫《みだ》らな粘液を滴らせる魚の鱗。こんなものは自分の身体ではない。もっと粘《ねば》り気のあるサロメの体液が欲しいなんて、絶対におかしい。

でもまた喉が渇いてくる。もう水では満足できないことがわかる。

サロメは身を起こすと、色香《いろか》の漂う所作で帯をほどいた。着物を脱《ぬ》いで裸になり、寝台《しんだい》に幾《いく》つも積んであるクッションに凭《もた》れる。メルヴィネはそれをじっと見つめる。物欲しそうな顔をしてしまっただろうか。寝台に座ったサロメは自分の脚《あし》のあいだを指さした。

「ここに来てください」

「いや、だ……そんなの、変でしょう」

「人魚は、雄《おす》の下肢に抱《だ》きつく習性を持っています。別段おかしいことではありません」

サロメは人魚のことを熟知している。記憶を失《な》くしたメルヴィネなんかよりずっと詳《くわ》しかった。短く告げられた言葉はやけに説得力があり、メルヴィネは寝台をのろのろと這《は》うようにして近づいていく。

内腿《うちもも》に、ぬるりとした感触があった。脹脛と同じ状態になっている。嫌な感触に眉をひそめながら、サロメの脚に手をかけた。あいだに入っていき、引き締《し》まった硬《かた》い腿《もも》に頭を乗せる。

「――ふ、……ぅ」

まぶたを閉じ、深い吐息《といき》をつく。この感覚は上手《うま》く言いあらわせない。充足感《じゅうそく》といえばいいのだろうか。長い指で黒髪《くろかみ》を梳《す》かれると、たまらなかった。手をかけているだけでは物足りなくなって、サロメの腿に腕《うで》をまわし、頰《ほお》を何度もすり寄せる。

「人魚は雄の腿に頰を寄せたり、脚のあいだに入って腰《こし》に腕をまわしたりすることで精神的安定を得ます。髪を梳かれることも好みます」

人魚の習性そのままの行動を取っている自分が情けない。でもやめられなかった。

ふいに、濃厚《のうこう》な匂《にお》いが鼻腔をつく。サロメの髪の香りとは違《ちが》うものだが嫌《きら》いではない、どちらかというと好きな匂いだった。目を閉じていればよかったのに、匂いに誘《さそ》われるようにまぶたを開いてしまう。

「あ、……っ！」

目の前にあるサロメの性器が形を変えていた。とっさに顔を離《はな》そうとしたが、髪を梳くサロメの大きな手に阻《はば》まれる。否《いな》、サロメは手に力を入れていない。そこから動かないのはメルヴィネの意思だった。好きな匂いだと思ったそれがサロメの雄から匂い立つものだとわかって、顔が赤くなる。たまらなく恥《は》ずかしいのに一瞬《いっしゅん》も目が離せない。

そこに手が伸《の》びかけて、焦《あせ》って引っ込める。なぜ触れようとしたのか自分でもわからず、泣きそうになった。それをサロメが見逃《みのが》すはずがない。ふっ、と短い吐息が落ちてきた。

「触って大丈夫です」

「いや……。いらない……」

「メルヴィネはとても控《ひか》えめですね。人魚たちはもっと大胆《だいたん》に、力強く求めてきますよ。恥ずかしがってばかりだと余計いやらしく見えてしまいます」

その言葉になぜか胸が軋《きし》んだ。過去に触《ふ》れ合っていた人魚たちと比べられたからだろうか。サロメはどれほどの人魚たちから交尾をねだられてきたのだろう。そんなどうでもいいことがひどく気になる。

「私からはなにもしない約束ですから、メルから触《さわ》ってください。嫌ならすぐ放せばいいだけのことです」

言葉巧《ことばたく》みに誘導《ゆうどう》される。竜に惑《まど》わされる。持て余す熱と、よくわからない情動に突《つ》き動かされて、メルヴィネはそこへ手を伸ばした。

「あ……サロ、メ」

メルヴィネの片手では到底《とうてい》収まりきらない竜の陰茎《いんけい》が、びく、びく、と動く。掌《てのひら》で感じたその動きと熱、質量までもがメルヴィネの下肢に直接響《ひび》くようだった。また魚の鱗が粘液を分泌する。黒髪を繰《く》り返し梳くサロメの声も興奮を帯びてくる。

「メル……、私のペニスは嫌ですか」

「……ぁ、ぅ」

「触れてみて、どうですか。言ってください」

「か……、かた、くて、長い……。重たくて——反って、る」

言葉にさせられるとだめだった。熱い身体《からだ》がさらに反応して、自身の茎《くき》まで芯《しん》を持つ。昨夜も思った。サロメの陰茎は弓形《ゆみなり》に反っている。その形状に合わせて手を動かしてしまう。また手の中で雄が跳《は》ねて、先端《せんたん》から透明の体液があふれてきた。

「あっ、サロメ、これ——」

腿から顔を離してしまう。先走りが滴る性器にぐっと近づく。渇《かわ》いた喉《のど》がごくりと鳴った。サロメの水を飲めば潤《うるお》うけれど、物足りない。もっと粘り気のあるものが欲しい——。

「フェラチオしたいでしょう」

「——っ」

その直截《ちょくせつ》すぎる言葉にメルヴィネは顔を引いた。黒髪を梳く手に力が込められる。離れたはずのペニスが、鼻先が触れそうなほどに近づけられた。雄の匂いが鼻腔《びこう》を刺激《しげき》してくる。先端にある切れ目から透明の体液がどろりと漏《も》れてきた。早くくわえろとメルヴィネを誘ってくる。次々とあふれてきて、血管の浮《う》く太い茎を垂れ落ちていく。舐《な》め取りたくてしかたない。

「早く、口に含《ふく》んでください。そうしないとメルヴィネの手が濡《ぬ》れてしまいます……」

サロメもひどく興奮している。長い指が唇を撫《な》でてくる。強制はしない。ただ促《うなが》してくるだけだった。サロメは狡《ずる》いと思う。そう思いながら、メルヴィネは促されるまま口を開いた。

「ン……、ぁ、う……」

「メル、――」

口内に入れた瞬間《しゅんかん》、ペニスがびくびくと痙攣《けいれん》する。限界まで口を開いても、すべてを呑《の》み込むことはできない。口の中が、硬く反ったものでみっちりと埋《う》め尽《つ》くされる。

「んっ……ン、ん」

喉の奥へ嵌《は》まり込んだ亀頭《きとう》が、ビュッビュッと勢いよく先走りを飛ばす。それがとろとろと喉を通る瞬間に、求めていた快感があった。もっと喉を潤してほしい。メルヴィネは片手で茎をつかみ、もう片方の手で根元を持った。そうしておぼつかないなりに舌や唇を動かす。指にかかる銀色の下生えが、やけに生々しくて淫らだった。

「メル、……っ、メルヴィネ」

上手く息ができなくて苦しい。サロメもなぜか苦しそうに名を呼ぶ。涙目《なみだめ》になって見上げた貌《かお》は聖母みたいに綺麗だけれど、ぞくぞくするほど妖艶《ようえん》な表情をしている。

悩《なや》ましげに眉をひそめるサロメは、メルヴィネと瞳《ひとみ》を合わせながら、逞《たくま》しい腰を一度だけ大きく揺《ゆ》らした。濃厚な粘液《ねんえき》がどろりと喉の壁《かべ》を伝っていく。その感触《かんしょく》が凄《すご》くいい。連動するみたいにメルヴィネの茎からも蜜《みつ》液が漏れてくる。

「メルヴィネ、脚に乗ってください。腰を、こちらに」

「ぅう、ん……っ」

ペニスをくわえたことをきっかけに発情の箍《たが》が外れたようになった。拒みたいのに、身体がサロメの言うことを聞きたがる。

陰茎を頬張《ほおば》ったままのメルヴィネは、サロメの脚に横たわるような体勢にさせられた。裸《はだか》にされ、片脚を持ち上げられて、昨夜と同じように大きく開脚《かいきゃく》させられる。

「美しい膜《まく》を張っています。今夜は、やはり分泌《ぶんぴつ》量が多い……」

発情が齎《もたら》す独特の痒《かゆ》みがたまらなくつらい。サロメは竜《りゅう》の鱗《うろこ》が貼《は》られたところを何度もなぞり、粘液を掬《すく》い取った。それを茎や陰嚢《いんのう》に塗《ぬ》り込んでいく。ヌチュヌチュという粘り気のある水音が立つ。そうして痒いところを爪《つめ》ではなく指の腹で強く掻《か》いてくれた。

「ン……ふ、ぅ……」

凄く気持ちいいけれど、もどかしい。もっと痒いところがある。絶対に言えないところだから耐《た》えるしかない。しかし、人魚のことを熟知しているサロメの手が、そこへ伸びてきた。

脚を大胆に開いているせいであらわになった後孔《こうこう》に、粘液を纏《まと》う指が当てられる。一気に膨《ふく》れ上がった羞恥《しゅうち》と痒みで身体がびくんと跳ねた。口内から陰茎を抜《ぬ》く。

「あっ！　……ぃ、やだ……っ」

「襞《ひだ》も中も痒いでしょう？　体内の奥深くが最も痒いはずです」

その言葉にぞくりとする。指で孔《あな》を丸くなぞられる。たったそれだけで耐えられそうだったことが堪《こら》えられなくなった。サロメのせいで襞と内壁《ないへき》に疼《うず》きだけが増していく。

「いやだ……は、放して」

「痒くないのですか？　メルが痒いと言うなら、好きなだけ掻いてあげます」

「かっ……かゆい、けどっ――あ、あぁっ！」

答え終わるよりも先に指が入ってくる。疼く内壁を指で掻かれて、尻《しり》が揺れた。そちらばかりに気を取られているとサロメが陰茎をくわえさせてくる。

「あ、……んんぅっ」

指が二本に増やされると急に圧迫感《あっぱくかん》を覚えた。でも、ぴりぴりする内壁には圧迫感すらいい。多量の粘液が後孔に塗り込まれているから、痛みもなかった。メルヴィネは夢中でペニスをしゃぶり、サロメは指を激しく抜き差ししてくる。

「ん、あっ！　サロメ、そこ……そ、こ……あぁ」

身体の奥にむずむずするところがあって、そこに指が当たる。でも、せっかく当たったのに掻いてもらえなかった。人魚の発情に支配されてしまったメルヴィネは、羞恥をかなぐり捨てて思いきり尻を振《ふ》る。

「ん、ん、……さっき、の、とこ」

「メルヴィネ、っ……」

もう一度、同じところに指を当ててほしくて尻を動かしているのに、サロメが完全に指を抜いてしまった。

「あ！　いや、だ……ぁ、どうして――」

そこを掻いてもらわないと発情による熱と痒みは治まらない。あまりにもつらくて力なく横たわる。すぐに腰をつかまれ無理やり身体を起こされて、サロメの脚《あし》の上で膝立《ひざだ》ちにさせられた。支えがないと起きていられない。水色の鱗がくっきりと浮かぶ肩《かた》に両手を置く。

「もう、本当に、苦しい……」

「私もメルヴィネの中を掻きたい。しかしメルにつけた鱗を外すわけにはいかないのです。私からはできません。だからメルヴィネが言ってください。——挿《い》れて、と」

「——っ！」

躍起《やっき》になって首を横に振る。そんなこと言えるわけがない。メルヴィネの身体をさんざん昂《たか》ぶらせておきながら、どうしてサロメはそんな酷《ひど》いことを言うのだろう。

その言葉を回避《かいひ》して、身体を苛《さいな》む熱と疼きを発散させるためにはどうしたらいいのか、まったく働かなくなった頭で懸命《けんめい》に考える。

「約束、もういい、から」

「いけません。私からはできない。メル、挿れてと言ってください。早く」

サロメの声は強い興奮を孕《はら》んでいる。淑《しと》やかなオンディーヌは姿を消していた。息を乱しながら、メルヴィネの身体につけた水色の鱗を撫でまわしてくる。そうされるとまた魚の鱗が粘《ねん》膜《まく》を張って、疼きばかりが募《つの》っていく。

「おく、痒い、かゆい……サロメ」

「わかっています。私もメルヴィネの奥を掻きたい。だから言ってください」

「ひ、……ぁ、あ」

両手で尻の丸みをつかまれて、これ以上ないほど開かれる。剝《む》き出しにされた後孔に、左右の人差し指が入ってきた。くちゅ、と水音を立てて孔が拡《ひろ》げられる。そこにあてがわれたサロメのペニスは、すでに射精を始めていた。

「早く中に……中にかけたい」

「あぁ、――」

今になって思い出す。サロメは昨夜から、中にかけたいと言っていた。竜の鱗を絶対に外さないのは、所有の証《あかし》だから。

でも、今日の昼はあんなにも怖《こわ》いと思っていたのに、今は――メルヴィネは、竜に惑わされている。額を触れ合わせてくるサロメが、縦長の瞳孔《どうこう》をぎゅっと狭《せま》くした。

「メル。言いなさい」

金色の瞳に、支配される。発情した人魚の唇《くちびる》が勝手に動いた。

「いや、……も、――ぃ、挿《い》れ……て、――あっ、あ、ぁ！」

ぐしゅうぅ、という聞くに堪えない淫《みだ》らな音をさせて、サロメが射精しながら挿入《そうにゅう》してくる。その凄《すさ》まじい圧迫感に眩暈《めまい》がした。竜の長大な陰茎《いんけい》に内臓を押し上げられるようだった。

「ひっ……ひ、い……、ぅ」

「あぁ、メル、私のメルヴィネ、……っ」

互《たが》いに、堪えていたものが瓦《が》解《かい》したようになる。

サロメは狂暴《きょうぼう》なまでに突《つ》き上げてくる。硬《かた》く太いペニスは後孔を限界まで拡げながら、多量の粘液と精液によってなめらかな出入りを繰《く》り返した。

「サロメ、おく、奥っ……、あ！　そこ、かゆい、から……もっと、っ……」

自分に性行為《せいこうい》の記憶《きおく》や経験がないことも、これが雄同士《おすどうし》の交尾《こうび》であることも、相手が竜であることも忘れて、はしたなく口走る。でも、最も疼くところは身体《からだ》の奥深くにあって、そこに届くのはサロメの長い茎《くき》だけだった。

「メル、ここ、でしょう」

サロメもそれをよくわかっているから、狙《ねら》い澄《す》まして突いてくる。硬い亀頭が疼きの塊《かたまり》に当たる。ぐりぐりと押し潰《つぶ》すように捏《こ》ねられて、凄まじい快感が全身を巡《めぐ》った。

「あっ……ひ、ぃっ！　そこ、きもちい、っ……」

あれほど恐《おそ》れていた竜の執着《しゅうちゃく》をメルヴィネは完全に忘却《ぼうきゃく》した。発情した身体はサロメから与《あた》えられる快楽を貪《むさぼ》り、どうしてか心は身体以上に喜びに打ち震《ふる》えている。まるでサロメとこうなることをずっと望んでいたみたいだった。

――ずっと、なんて、おかしい……。

サロメとは会ったばかりなのに、どうして――考えたいのに、竜の突き上げに阻《はば》まれる。瑠璃色《るりいろ》のペンダントが激しく跳《は》ねる。膝立ちもままならなくなり、腰《こし》を落とした。結合がより一層深くなる。竜の鍛《きた》え抜かれた腹は、メルヴィネが放った白い蜜でしたたかに濡《ぬ》れていた。

「あぁ、ぅ」

己《おのれ》の腹に撒《ま》かれた精液を舐《な》めて、サロメが体位を変えてくる。寝台《しんだい》に寝《ね》かされ、魚の鱗が伸《の》びそうなほどに大きく開脚させられた。

サロメを誘《さそ》うように、腰を淫らにくねらせてしまう。誘いに乗った竜の長軀《ちょうく》が重なってくる。

「メルヴィネ、っ……」

「あっ、あっ、あっ」

弓形に反った性器の、先端《せんたん》から根元までを何度も出し入れされる。そのたびにグチュグチュと水音が立ち、内壁の形を変えられた。サロメのセックスは、夢で見た冷淡《れいたん》な姿からは想像できないほど濃厚《のうこう》で激しい。メルヴィネは容易に呑《の》み込まれてしまう。翻弄《ほんろう》される。

「あぁ、ぁ……！」

心も身体も喜んでいるのに、たまらなく切なくて怖い。怖いのは、誰《だれ》かを裏切っているような気持ちになっているからだった。

どうしてそんな思いに苛まれるのかも、それが誰なのかも、今はわからない。記憶を取り戻《もど》したらわかるけれど、心が痛むような事実が待っている。魔物《まもの》の直感がそう訴《うった》えてくるようだった。

「は、……ぅ、サロメ……」

一刻も早く記憶を取り戻したいと思っていたのに、急にそれが怖くなる。頭の中がぐちゃぐちゃになる。大事なことを考えられない。今はただ、制御《せいぎょ》できない熱と疼きをサロメにどうにかしてほしいだけだった。

「メル……もっと、かけたい――」

「ぅ、……ん」

発情している人魚の身体よりも熱い、竜《りゅう》の精液。それが内壁にかけられるたび疼きが薄《うす》くなっていく。それを知ったメルヴィネは、激しい動きで射精をつづけるサロメの腰にみずから脚をからませた。

5

サロメの言ったことは嘘《うそ》ではなかった。

メルヴィネの意思を完全に無視して、魚の鱗《うろこ》を持つ身体は頻繁《ひんぱん》に発情した。

否《いな》、正確には、発情するようになった、だろう。

これまで成体の雄特有の生理現象はあっても、抑《おさ》えられないほどの欲情《よくじょう》に駆《か》られたことなど一度たりともなかった。記憶がなくてもはっきりとわかる。脳は忘れていても身体が憶《おぼ》えていることは、正確にメルヴィネに教えてくれるようになった。

メルヴィネの制御できない発情は、サロメが放つ強い性的な匂《にお》いに誘発《ゆうはつ》されている。明確な証拠《しょうこ》はある——この約十日間の身体と、そして心が示していた。

朝から夕方にかけてはなんの現象も起こらない。そのあいだにメルヴィネは懸命に仕事を覚えていった。

帰還《きかん》する竜の洗浄《せんじょう》は大変だが、その分やりがいもあった。ゲート内に大量の水が溜《た》まっても防護服を着ていれば溺《おぼ》れることはない。それに、サロメを洗浄するとき、彼は必ず掌《てのひら》にメルヴィネを乗せて、足に水がつかないようにしてくれた。

メルヴィネは感謝の気持ちを仕事で返す。水紋《すいもん》を描《えが》く美しい水色の鱗をぴかぴかになるまで磨《みが》き上げた。それを見ていたほかの竜たちも、「掌に乗っていいぞ」と言ってくれるようになり、メルヴィネは彼らの鱗も光が反射するくらいに磨くようになる。

竜たちはデッキブラシのガサガサした感触《かんしょく》が好きみたいだった。メルヴィネはジュストに教えられた通り、ゲートに帰還した竜にまず「痒《かゆ》いところはないですか?」と訊《き》く。するとバーチェスに「奥歯」と返事をされて震え上がったことがあった。

「こら、可愛《かわい》いからって苛《いじ》めるんじゃあないよ。イケナイ仔《こ》だな」

「苛めてねえ、本当に痒いんだ。メルヴィネはちびだから口ん中に入れるだろ」

ジュストは止めてくれたけれど、それを聞かないバーチェスが「ぐあー」と言って、深くまで裂《さ》けた口を開けてくる。そこには短剣《たんけん》みたいな牙《きば》がびっしりと並んでいた。

ジュストの「お漏《も》らししてない? 大丈夫《だいじょうぶ》?」という声を背に受けて、メルヴィネは脚《あし》をガクガクさせながらデッキブラシで奥歯を磨く。バーチェスは「たまらねぇ」と満足そうにしていたので及第点《きゅうだいてん》はもらえたことにした。

自分が人魚である自覚は、サロメと肌《はだ》を重ねるほどに強くなっていく。

やはり水竜と人魚はどこか通ずるものがあるのだろうか。人魚の自覚を持ちはじめたメルヴィネは、サロメ以外の水竜であるフォンティーンやキュレネーとも波長が合うようになった。

フォンティーンも綺麗《きれい》で淑やかで、サロメ以上にまっすぐの銀髪《ぎんぱつ》を持っている。そして少し風変わりな竜だった。

彼は静寂《せいじゃく》とジュストの唇をこよなく愛していて、いつも哲学《てつがく》の本を片手に持っている。

アフタヌーン・ティーの相手をしたとき、長い銀色のまつげを伏《ふ》せながら「なぜ我ら竜は存在する……」と問われて返事に困った。どうやら哲学の本にもその答えは載《の》っていないらしい。

「広い世界と、そこに生きるすべてのものを守護するためじゃないかな。魔物も人間も、動物も植物もみんな……それができるのは竜だけだよ」

素直《すなお》に思ったことを伝える。するといつも物憂《アンニュイ》げなフォンティーンが、ふっと笑ってくれた。

『目がまわるくらい働かされるの』――アナベルが言っていたことは本当だった。

最近は〝人喰《ひとく》いヴェール〟という恐ろしい通り名を持つ猟奇《りょうき》殺人犯が帝都《ていと》に出没《しゅつぼつ》しているらしく、ギルドは通常任務のほかに夜間の帝都《ていと》警邏《けいら》も抱《かか》えている。それらをこなす竜たちの補佐《ほさ》でバトラーたちも常に動きまわっていた。

メルヴィネが働きはじめてからの約十日間、ドラゴンギルドの正門が閉まったときはほとんどない。朝の打ち合わせが終わると途端《とたん》に忙《いそが》しくなって、教わった仕事を必死で進めるうちに、あっという間に夕暮れが来る。

そうして陽《ひ》が完全に沈《しず》むと、身体が熱を帯びはじめる。長く働いて、どれだけ疲《つか》れていても。

朝から夕方にかけては平気なのに、薄暗《うすぐら》くなるにつれて呼吸が乱れ、肌が汗《あせ》を纏《まと》う。自分ではわからないが、いやらしい匂いも放ってしまっているようだった。

宵《よい》になるとメルヴィネを苛《さいな》む熱と疼《うず》きは、サロメと激しく交わることで霧散《むさん》し、朝には淫らな匂いも消える。

つらいのはサロメが警邏《けいら》のために帝都へ出てしまう夜だった。

人魚であるメルヴィネが特有の匂いを漏らしているのは、ほかの竜にもばれている。

『発情してるんだろ？　気持ちよくしてやるから巣に来い』――サロメがいない夜を見計らって、ガーディアンとバーチェスは何度も誘ってくる。これを単なる生理現象として処理するなら、相手はサロメでなくてもいい。どの竜と交合しても朝には熱と匂いが消える。

しかしガーディアンたちに誘われるたび、メルヴィネは必ず首を横に振《ふ》ってサロメの巣に逃《に》げ帰った。竜のことは皆《みな》好きだけれど、ほかの竜ではだめなのだ。

自分ではどうにもできない、発情したいやらしい人魚の身体《からだ》。

それをサロメに委《ゆだ》ねたいと、身体ではなく、なぜか心のほうが頻《しき》りに訴えてくる。

己《おのれ》の手で慰《なぐさ》めるのすら嫌《いや》だった。サロメが夜の帝都を警邏しているあいだ、メルヴィネは大量の汗をかきながら荒波《あらなみ》のような情欲《じょうよく》に耐《た》える。そして深夜の三時過ぎに帰ってくるサロメは軍服を脱《ぬ》ぎもせず魚の鱗が光る脚を開き、メルヴィネは彼の長い銀髪にすぐ手を伸ばすようになった。

警邏がない夜のサロメは、メルヴィネがたとえ発情していなくても、その官能を呼び起こすように抱《だ》く。持て余す熱を委ねたいだけだったのに、夜を重ねるごとに境界線が曖昧《あいまい》となり、メルヴィネはそれに抗《あらが》えなくなってしまった。

サロメと深くつながるたびに心と身体が喜んで、同時になぜか強い罪の意識に囚《とら》われる。大切な誰かを傷つけていると別の自分に責められるようだった。怖《こわ》いと思うほどの罪悪感があるのに、どうしてもサロメとの行為《こうい》をやめることができない。

メルヴィネが大きく開脚《かいきゃく》して初めて見える、竜の鱗と魚の鱗が重なるところ。激しい交尾《こうび》を終えても、サロメはそこに何度も口づけ、延々とねぶり、長い時間をかけて愛撫《あいぶ》した。そしてそのあと昔話をしてくれる。

紺地《こんじ》に白菊《しらぎく》という東洋の花が刺繍《ししゆう》された着物。それを纏うサロメに抱かれると、劣情《れつじよう》に苛まれていた身体が落ち着きを取り戻す。少しでも記憶《きおく》を引き起こすきっかけになるようにと、サロメは人魚のことを多く語ってくれた。

「彼女たちは多情な魔物とされていますが、そうではありません。危険を冒《おか》して人間に近づくのです。交尾の直後に相手を食べる、それだけを聞くと残酷《ざんこく》としか思われませんが、私は純粋《じゆんすい》な行動だと思っています。すべては生まれてくる我が子のためです」

「ぼくの母さんも、父さんを食べてまで、ぼくを産んでくれたってことだね……」

「そうです。人魚たちは、生まれてきた子を一族の皆で大切に育てます」

「人間の脚を持ってて……泳げない子供でも？」

「もちろんです。メルヴィネは、とても大切に育てられたのですよ。美しいペンダントがなによりの証《あかし》です。私は、メルを産み育ててくれた人魚たちに感謝してもしきれません。一刻も早く、守護を……」

ペンダントをくれたのは母親に違《ちが》いない。どんな人魚だったのだろう。

母親のことを早く思い出したいメルヴィネは、瑠璃色《るりいろ》のペンダントを握《にぎ》りながら、丁寧《ていねい》な言葉を紡《つむ》ぐサロメの腕《うで》の中でまぶたを閉じる。

すると群青《ぐんじよう》の海に浮《う》かぶ小さな島が見えた。メルヴィネはその島で暮らしていたのだろう。岬《みさき》もある。そこに毎日のように立って、母親や人魚たちが来るのを待っていた。ペンダントをかざしては、綺麗な紺碧《こんぺき》の水の向こうに誰《だれ》かを思い描いて――。

サロメの落ち着いた声に導かれて、メルヴィネは強い頭痛を起こすことなく、断片的《だんぺんてき》ではあるが記憶を取り戻していく。しかし、それはひどく切ない作業だった。早く思い出さなくてはならないという焦燥《しょうそう》が弱くなり、やりきれない思いが込み上げてくる。

メルヴィネはきっと、ペンダントの向こうに見ていた魔物をとても大切に想《おも》っていた。

どうして忘れてしまったのだろう。忘れたくなかった。文字を忘れて読めなくなっても、言葉を忘れて話せなくなってもいいから、その魔物《まもの》のことだけは記憶に残してほしかった。

どんな魔物だったのだろう。思い出そうとすると、頭ではなく心が痛むのはなぜだろう。

それは、罪の意識に似ている。想ってはいけない存在なのだろうか。

記憶が蘇《よみがえ》り、やるべきことを思い出し、それを果たしたら、メルヴィネはその魔物に会いに行くのだろうか。サロメと別れ、ドラゴンギルドを去って……。

焦《あせ》りと恐怖《きょうふ》、悲しみと切なさ——失くした記憶に近づくほどに、さまざまな感情が渦《うず》を巻くようになる。どうしたらいいのかわからなくて眉《まゆ》をひそめると、決まって綺麗な唇《くちびる》が額に押しあてられた。

さらさらと、長い銀髪の流れる音がする。清らかな水の香《かお》りに包まれる。

「メル……、私のメルヴィネ……」

サロメしか口にしないその短い名で呼ばれることには、いつまで経《た》っても慣れない。

それも、サロメがひどく甘い声で呼ぶから、たまらなく恥《は》ずかしかった。知らないあいだに所有を示す言葉も加わっていて、少し怖くなる。

でも、額を通してサロメの中を視《み》るたび、濃紺《のうこん》の深海みたいだったそこが青みを帯びた翡翠《ひすい》の色になり、透明度《とうめいど》を増していく。全体像がわからないほど巨大《きょだい》だったものは、ずいぶんと小さくなっていた。それを見せられると嬉《うれ》しくなって、恥ずかしい呼ばれかたや所有の言葉も気にならなくなる。

そのような生活をつづけるあいだにも〝人喰いヴェール〟が帝都にあらわれ、新たに二名の若者が犠牲《ぎせい》となった――。

【帝都警察、威信《いしん》をかけ〝七日のうちに人喰いヴェールを検挙〟と宣言】――そんな一面記事が載った新聞を手に、警察がドラゴンギルドに駆《か》け込んできたのは、メルヴィネが働きだして二週間が経ったころだった。

竜《りゅう》たちの帰還《きかん》がおおかた完了《かんりょう》した午後五時。議会出席の同行や、アフタヌーン・ティーの相手、夕食の準備などに追われて、七人しかいないバトラーは散り散りになっている。

そこにあらわれた警部と警部補を、リーゼの執務室《しつむ》へ案内したのはメルヴィネだった。

「なんの用です？　メルバーン子爵《ししゃく》から来訪の連絡《れんらく》は受けていませんがね」

多忙《たぼう》を極《きわ》める筆頭バトラーはウェスト・コート姿で、立派な黒革《くろかわ》の椅子《いす》に座っている。

そして書類の山のあいだから見知った男たちの顔を確認《かくにん》するなり、あからさまに機嫌《きげん》を悪くした。あとから聞いた話によれば、警部たちは、ドラゴンギルドに多額の資金を出資しているメルバーン子爵からの紹介《しょうかい》だそうで、リーゼも適当にあしらうわけにいかないのだという。

「ま、誠《まこと》に申し訳ない、緊急《きんきゅう》を要するものでありますから」

帝都の空気は日ごと熱を孕《はら》み、初夏から盛夏へと移ろいを見せている。蒸《む》すような暑さと、不機嫌《ふきげん》極まりない筆頭バトラーを前に、警部たちは流れ出た汗をハンカチで拭《ぬぐ》っていた。

なにか冷たいものを出そうと思って退いたとき、リーゼに止められる。

「茶なんぞ出さんでいい。おまえも座って話を聞け」

「は、はい……」

今から重要な話をするのは明らかだ。そんな席に自分がいてもいいのだろうか。かなり躊躇《ちゅうちょ》したが、言われた通りメルヴィネはリーゼの隣《となり》のソファに座った。

年季の入った焦茶色《こげちゃいろ》のパイプから多めの煙《けむり》を出してリーゼが話しだす。熟した果実にカラメルをかけたような、甘くて苦い薫《かお》りが漂《ただよ》ってくる。

「毎夜、四機の竜を派遣《はけん》し、人喰いヴェール出現の通報があった際は倍の八機を動員しています。弊社《へいしゃ》にこれ以上どうしろと？」

「巡回《じゅんかい》だけではいかんのです。こちらから捕《と》らえに行かねば……そこで、囮捜査《おとりそうさ》を」

「誰を囮にするつもりです？」

「署の若い者を行かせます。筆頭バトラーに協力をお願いしたいのは、その、竜の鱗《うろこ》でして」

「お断りします」

即答《そくとう》にメルヴィネはびっくりしてしまった。身体の丸い警部は気の毒なほど汗をかいている。

「ま、ま……、そうおっしゃらず……話を聞いてください」

「竜の鱗の透視《とうし》能力を使えば確かに犯人の顔も居場所もわかるでしょうが、囮は確実に死亡しますよ。そんなくだらんことに竜の鱗は渡《わた》せません。──被害者《ひがいしゃ》の遺体は？」

「遺体でありますか……えー、現在、病院で司法解剖《かいぼう》中です」

「病院まで案内願います。弊社のバトラーを連れて行きますので」

「えっ」

「筆頭バトラー、それはどういう──」

そのとき、バンッ、と大きな音を立てて執務室の扉《とびら》が開き、メルヴィネと警部たちは一緒《いっしょ》にびくっとした。大股《おおまた》で入ってきた軍服姿の竜がサロメだったことに、メルヴィネはさらに驚《おどろ》く。

「わ、……ちょっと、おろしてよっ」

次の瞬間《しゅんかん》には抱き上げられていた。客人たちの前でこの扱《あつか》いはいくらなんでも酷《ひど》すぎる。しかし腕の力は物凄《ものすご》く強くて痛いほどだった。長躯《ちょうく》のサロメと座るリーゼが鋭《するど》く睨《にら》み合う。

「おまえはいつからそんな行儀《ぎょうぎ》の悪い仔《こ》になったんだ？　ノックぐらいしろよ」

「犠牲者《ぎせいしゃ》の亡骸《なきがら》と会話させ、犯人像を訊《き》かせるつもりなのでしょう。メルヴィネは絶対に行かせません」

「……！」

サロメは、メルヴィネの脚《あし》につけた水色の鱗ですべて透視していたのだろう。まるで最初からここにいたような話しかたをする。そのサロメの言葉によって、リーゼが言ったことの意味を理解した。

人魚は、死者と会話することができる。そしてメルヴィネは過去、日常的に死体と会話していたことを思い出していた。会話の具体的な内容や、なぜ死体と話す状況《じょうきょう》になるのか、そこまではまだ思い出せていない。きっと暮らしていたあの小さな島で遺体に遭遇《そうぐう》していたのだろう。

状況がまったくつかめず、ぽかんとしている警部たちにリーゼが説明する。

「香水《こうすい》〝Veil〟は千五百三十ペルラー（約二十七万円）する非常に高価な代物《しろもの》です。それを十も二十も割る犯人は金を持った奴《やつ》だ。衣服もそれなりのものを着ているでしょう。このメルヴィネというバトラーは特殊《とくしゅ》な能力があり、死者との会話が可能です。彼に犯人の特徴《とくちょう》を訊かせます。それを元に似顔絵を描《か》いてばら撒《ま》くなり、犯人の着衣からその仕立屋《テーラー》を突《つ》き止め、顧客《こきゃく》名簿《めいぼ》を確認するなりしてください。無駄《むだ》な死人《しにん》は出すべきじゃない」

「リーゼっ、行かせないと言って――」

「これは業務命令だ。メルヴィネ、今から遺体を確認しに行け。俺も行く。人間同士のごたごたに、これ以上付き合ってられるか。――まぁ、犯人は魔物の可能性も高いがな。血を啜《すす》り臓器を食《く》らう奴など、もはや人間ではない」

「で、ではさっそく……正門に車を持ってきます」

そう言って警部と警部補はばたばたと出て行った。リーゼもパイプを置き、テール・コートを纏《まと》って執務室を出て行く。メルヴィネを抱《だ》いたままのサロメは苛立《いらだ》ちを隠《かく》さない。凄《すさ》まじい怒気《どき》に、長い銀髪《ぎんぱつ》が揺《ゆ》れたように見えた。

「メルヴィネ。やめましょう。私がリーゼに話をします」

「………」

ひどく、嫌《いや》な予感がした。

過去のメルヴィネは恐怖も躊躇もなく死者と会話していた。だが、今から会いに行く死者は、過去のそれとは確実に違う。それは猟奇《りょうき》的な殺されかたをしたからだけではなく、もっと得体の知れない不吉《ふきつ》さがあった。

本当は、会ってはならない。訊いてもいけない。魔物の直感がびりびりと働いている。でも、数少ない人魚の魔力《まりょく》が役に立つのなら、するべきだ。

それによりリーゼやドラゴンギルドに恩を返せるのなら、なおのこと。

メルヴィネは綺麗《きれい》な銀色の髪《かみ》を、ぎゅっと握《にぎ》る。

「ぼく、遺体に訊いてみる。でも、情けないけど……怖《こわ》いから、サロメに一緒に来てほしい」

「当然です。絶対に私の腕《うで》から出ないと約束してください。遺体も見てはいけません」

「うん、約束する」

帝都《ていと》は宵《よい》の色に染まりつつある。なまぬるい夜気を切り裂《さ》いて蒸気自動車は進む。

不安に揺れるメルヴィネの青みがかった翡翠の瞳《ひとみ》。そこに夥《おびただ》しい灯火《ともしび》を揺らすアルカナ大帝《たいてい》の宮殿《きゅうでん》群が映る。自動車は整備されたブリッジを走り、行儀よく立つオレンジ色のガス灯たちが次々と流れていった。そして、藍色《あいいろ》の空を衝《つ》くような巨大な時計塔《とう》が姿をあらわす。

車窓から見る初めての風景は美しいが、それ以上に恐《おそ》ろしかった。

――海が、どこにもないなんて。

メルヴィネが暮らしていた場所は、四方を美しい海が守ってくれていた。もちろん荒《あ》れるときもあった。でもそれは自然の営みだから、畏敬《いけい》はあっても怖くはなかったと思う。

メルヴィネは、暮らしていた海に――魔海域《まかいいき》に、とても大切なものを置いてきてしまった。

まだ思い出せない大切なそれを取りに行くために、メルヴィネはいつか海に戻《もど》りたい。

サロメと出会った夜、意識を失いながらも彼に伝えた『守って』という言葉。ともすれば魔海域に置いてきた掛《か》け替《が》えのないものを、サロメに守ってほしかったのではないだろうか……。

「着きました。安置室へ案内します」

自動車が止まったと同時に警部補の声がして、メルヴィネは考えることをやめた。

薄暗《うすぐら》い病院の中を、サロメとかたく手をつないで歩く。警部補が奥まった部屋の扉の前で止まり、鍵《かぎ》を開ける。すでに自力では立っていられないほど脚が震《ふる》えていた。

「う、……っ」

「メルヴィネ」

長く力強い腕がまわってくる。メルヴィネはサロメの腰に両腕をまわし、見慣れたドラゴンギルドの軍服に顔を強く押しつけた。

扉を隔《へだ》てているというのに、凄まじい恐怖《きょうふ》を感じる。それは、メルヴィネが感じているものではない。息絶えてもなおその亡骸に深く刻まれた凄烈《せいれつ》な恐怖だった。

扉が開かれる。血と死臭《ししゅう》と強い香水の混ざった悪臭が一気に流れ出てくる。警部と警部補につづきリーゼが中に入った。サロメがメルヴィネを持ち抱《かか》えるようにして入室する。

「あ、っ……！」

「メル、目を開けてはいけません」

怖くて開けることができない。こんなときになって鮮明《せんめい》に思い出す。暮らしていた島で死者たちと話すとき、メルヴィネは必ず目を合わせるようにしていた。そうしないと、彼らはとても寂《さみ》しがるからだ。それなのに、今は遺体を見てやることすらできないなんて。

『苦しい……、怖い……たすけて――』

「く、苦しい、怖いと言ってます」

「だろうな。速《すみ》やかに焼いてやるべきだ。さっさと済ませてやろう」

リーゼは平気なのだろうか。メルヴィネは、サロメの腕の中にいなかったら気を失っている。

警部たちはメルヴィネが死者と会話していることに驚愕《きょうがく》を隠しきれないようだった。

『なぜ、俺が……、俺の、目はどこ――、腹が空っぽだ……、返して、くれ……』

遺体は唸《うな》りつづけている。恐ろしい、でもそれ以上に可哀想《かわいそう》でならなかった。

亡骸というものは、もっと純粋《じゅんすい》でおとなしい。彼らは唸ったりなどしないで、家族の元へ帰れないことをひたすらに嘆《なげ》く。死者とはただ嘆くだけのものだった。

見てやることも触《ふ》れてやることもできない自分が情けなくてしかたない。死んでもなお恐怖を抱えている彼に長く語らせるのはつらいから、メルヴィネは勇気を出して願った。

「怖いですよね。助けられなくて本当にごめんなさい。でも、もうすぐ怖いのも終わります。エキドナの門を通ったら怖いことはなくなる。その前に教えてください。あなたをこんなにも酷い目に遭《あ》わせた者は誰《だれ》？　あなたが見たものを、ぼくにも見せてください。お願いします」

『早く……』

「サロメ、……彼の手を、ぼくの額に」

軍服に顔を埋《う》めたままそう頼《たの》んだ。サロメも、まったく恐怖を感じていない。躊躇なく遺体に手を伸《の》ばしたのがわかった。

悲しくなるほど硬《かた》く冷たい指先が額に触れてくる。

景色が、ぼんやりと視《み》えてくる。メルヴィネは恐怖に苛《さいな》まれながらも目を凝《こ》らした。

暗い路地、建ち並ぶ黒い建物。蒸《む》した夏の夜風。必死で走っている、でも捕《つか》まってしまう。

背後から伸びてきた手に顔面をつかまれてすぐ、腹を裂かれて——。

「ぐ、う……、マント、着てる……返り血がいっぱい」

「顔は？」

「視えま、せん……まだ」

石畳《いしだたみ》に倒《たお》れた。みるみる血があふれて、血溜《ちだ》まりができていく。犯人の足元が視える。踵《かかと》の高いロングブーツ。夜風《ふ》がまた吹いて、外套《がいとう》が揺れた。

「うそ、だ……軍隊の、服？　——ギルドの、ちがう」

「なに⁉　軍服の色は！」

「濃《こ》い、青」

「紺色《こんいろ》……海軍か！」

「それはまことですかっ⁉」

「そんな！　人喰《ひとく》いヴェールが、軍人……⁉」

リーゼと警部たちが口々に話しているけれど、よくわからない。メルヴィネは今、冷たい石畳に転がっている。血溜まりのなかに浸《つ》かっている。

「メルヴィネ、もういい、もう充分《じゅうぶん》です」

「待って、……あと少し、で……顔が、——う！　ぅっ」

血を啜られ、眼球を刳《く》り貫《ぬ》かれた。

景色が激しくぶれる。鮮血《せんけつ》の滴《したた》る眼球を手に、男は口を開けた。

「ああっ……誰⁉」

食べられる直前の眼球に映った、嗤《わら》う男のその顔を、メルヴィネは見たことがある。

石膏《せっこう》を固めて造ったような美貌《びぼう》。十三夜月の色に似た金髪《ブロンド》。

緑色の、海蛇《うみへび》みたいな瞳――。

「う、あぁっ！　痛い！　いた、い……！　頭がっ、割れる……！」

「メルヴィネっ」

「おい、大丈夫《だいじょうぶ》かっ、メルヴィネ！」

脳を鉄線で縛《いまし》められ、鉄鎚《かなづち》で何度も殴《なぐ》られたようになる。

血溜まりの中で両脚《りょうあし》が痙攣《けいれん》を起こす。赤い液体が、顔に纏わりついてくる。鼻孔《びこう》や口に侵入《しんにゅう》してくる。メルヴィネは泳げない。わずかな水位でだめになる。

「苦し、い……っ、血の、うみ、海が――、お、溺《おぼ》れ……」

「幻覚《げんかく》です！　メルヴィネ！　目を開けて、私を見なさいっ」

「う……う。あ……？」

大粒《おおつぶ》の汗《あせ》が噴《ふ》き出た額から、冷たい指先が離《はな》れた。乱暴に抱き上げられる。

懸命《けんめい》にまぶたを開く。聖母みたいな綺麗な貌《かお》と、いつもメルヴィネを包んでくれる銀髪が見えて、こちらが現実であることを知った。しかし強烈《きょうれつ》な頭痛は少しも消えず、朦朧《もうろう》としてくる。

「だれ？　知らない男……でもぼく、知ってる、絶対に……」

「メルヴィネっ、どうした、なにを視た⁉」

頭が痛い。これ以上起きていてはおかしくなる。リーゼにちゃんと伝えたいのに。危険を回《かい》避《ひ》する本能が働いて、抗《あらが》えない眠気《ねむけ》がやってくる。サロメをまた怒《おこ》らせてしまった。触れている胸板《むないた》から伝わってくる。

「リーゼ、これ以上は許しません。たとえあなたでも」

「わかった。先に戻ってくれ。俺はここに残る」

「待って、くださ……、──この男、は」

「メルヴィネ？」

伝えないといけない。この男は人間でも魔物《まもの》でもなく、ただ凶悪《きょうあく》だということを。

実体があるのかも定《さだ》かではない、ひどく不気味で不吉《ふきつ》な存在が、かつてない絶望と脅威《きょうい》を連れてくる。

汗が頰《ほお》を流れ落ちていく。意識が遠のく間際《まぎわ》、唇《くちびる》が勝手に動いた。

「バイロン王──」

サロメとリーゼが同時に目を見開いて、これ以上ないほど驚愕している。

どうしてそんなに驚《おどろ》いているのだろう。今、自分はなんと言ったのだろうか。

訊《たず》ねたかったのに目の前が真っ暗になった。

メルヴィネは夢を見ている。

そこは百年前の魔海域だ。眩《まばゆ》い蒼穹《そうきゅう》と、それを凌駕《りょうが》する紺碧《こんぺき》の海。

裸《はだか》の若い男は波に揺《ゆ》られながら海原《うなばら》を見霽《みはる》かす。

海の中で煌《きら》めく、男の長い銀髪《ぎんぱつ》。その髪先に、麗《うるわ》しい人魚たちが指をからませてくる。

『危険です。偉大《いだい》なる自然を弑《しい》する……罪深い行為《こうい》です。あなたたちを加担させたくない』

人魚たちが次々と集まってくる。彼女らはくすくす嗤いながら、男の濡《ぬ》れる肌《はだ》に頬を寄せた。

『ヘイキ。悪イ王、サロメト沈メル』

『ダイジョウブ。バイロン島、サロメト沈メル』

夥《おびただ》しい数の人魚が泳いでいる。新たな波を生み出すほどに。妖麗《ようれい》な海の魔物たちは男の腰《こし》に腕《うで》をまわし、背に抱《だ》きつき、行こう、沈《しず》めよう、と口々にささやく。

『………。——行きましょう』

男は海に潜《もぐ》ると同時に、一匹《いっぴき》の若い水竜《オンディーヌ》になった。

水紋《すいもん》が描《えが》かれた水色の鱗《うろこ》。鋭《するど》い鉤爪《かぎづめ》と半透明《はんとうめい》の蹼《みずかき》。海中にあっても眩く輝《かがや》く銀色の鬣《たてがみ》。

バイロン島を目指すオンディーヌの巨体《きょたい》のまわりを、何千頭という人魚が泳ぐ。

長い髪《かみ》を揺らめかせ、人魚たちはキャハハ……、アハハ……と嗤う。

光の差す瑠璃色《るりいろ》の海に、色とりどりの鰭《ひれ》が舞《ま》った。

百花繚乱《ひゃっかりょうらん》の海の先に、狂王《きょうおう》の住《す》む巨大《きょだい》な島が姿をあらわす。

オンディーヌは水竜巻《みずたつまき》を呼び、渦潮《うずしお》を起こした。人魚たちは歌うようにエコーを繰《く》り返す。

『行コウ、サロメ』

『沈メヨウ、サロメ』

アハハ……——、悪イ王ヲ、沈メヨウ——。

バイロンノ魔島《まとう》ヲ沈メヨウ、サロメ——。


「……」

メルヴィネが目を覚ましたそこは、見慣れた竜の巣だった。

寝台《しんだい》に横たわり、シャツと下着だけを纏《まと》う身体《からだ》は柔《やわ》らかなクッションに深く沈んでいる。

いつものように銀色の髪に包まれていて安堵《あんど》した。軍服姿のまま覆《おお》いかぶさってきているサロメの綺麗《きれい》な貌が間近にある。

額が触れ合っているから、今の鮮明《せんめい》な夢はサロメの記憶《きおく》そのものだったのかもしれない。

「メル……？　頭は痛みませんか？　私の水を飲みますか」

「うん。痛くないよ。お水が欲しい。喉《のど》が渇《かわ》いてる……」

すぐに唇が重なってきて、開かれたそこから水が流れ落ちてくる。サロメの水は、清らかで甘い。ほんの少しだけとろりとしているそれを、喉を鳴らして飲んでしまう。

「ありがとう……もう大丈夫、……ん、ぅ」

そう言うと水は落ちてこなくなり、代わりに長い舌が差し込まれた。それがいつもよりせわしなく動いて、口内をあやしながら奥まで入ってくる。

「ん……っ。は……」

綺麗な唇が、額や頰、顎《あご》から首筋へ押しあてられる。一瞬《いっしゅん》も途切《とぎ》れることなく触れてくる。

メルヴィネの身体にまわされた両腕《りょううで》に力が込められて、痛いほどに抱《だ》きしめられた。

「怖《こわ》い思いをさせないと誓《ちか》ったのに、私は――」

痛々しい声でつぶやく。そこでようやく気づいた。サロメの怒《いか》りは治まっていない。

メルヴィネは焦《あせ》って竜の長軀《ちょうく》を抱き返す。

「サロメがいてくれたから平気だったよ。ありがとう。大事なことを教えてくれたあの男の人は、もうエキドナの門を通れたかな……」

「あのあとすぐに、然《しか》るべき処置をされました」

「よかった……。――ぼく、自分で言ったことを思い出したよ。……バイロン王、って」

言葉にして、ぞくっとする。それに気づいたサロメが腕の力をより強くした。どうしてこんなにも恐怖《きょうふ》を感じるのだろう。竜の腕の中なら、なにも怖くないはずなのに。

「メルヴィネ……」

サロメが額に口づけてくる。メルヴィネの震《ふる》えが治まるのを待っているようだった。

呼吸を整えて、青みがかった翡翠《ひすい》の瞳《ひとみ》で見つめる。サロメは綺麗な唇をゆっくりと動かし、とても静かな声で言った。

「人魚たちに力を借り、バイロン島を沈めたのは私です。百年前、私はあの狂王を殺した」

「――うん。アナベルから聞いた。でもぼく、それを聞いたとき驚かなかったんだ。もうずっと前から知ってる気がして……」

「母親や、ほかの人魚たちに話を聞いていたのかもしれません」

「きっとそう。そしたら、記憶を失《な》くす前のぼくはサロメのことを知っていたんだね」

言葉にすると、複雑にからまっている記憶の糸が、ほどけはじめた気がした。

メルヴィネは、出会う前からサロメのことを知っていた。

とても嬉《うれ》しいことのはずなのに、泣きそうなほど切なくなるのはどうしてだろう。

折々にそう感じてきたその答えが、手を伸《の》ばせば届くまでに近づいているように思う。

アナベルから話を聞いたときのメルヴィネは戸惑《とまど》うばかりで、過去の自分がサロメをどう思っていたのかなんて、まったくわからなかった。魔島を沈めた恐《おそ》ろしい竜と決めつけていたかもしれない。そう考えたときもあった。

でもそうじゃない。今はわかる。よくわかっている——。

「サロメは、島を沈めたときのことを憶《おぼ》えてる？」

「憶えています。忘れたことはありません」

「どうして島を沈めたの？　怖くなかった？」

「自然の摂理《せつり》を捻《ね》じ曲げることは罪深いことです。でも恐ろしくはなかった。もしそれによって天からの罰《ばつ》があるのなら、受けるつもりでいました。島を沈めるときに、人魚たちが傷つくのが怖かった。でも彼女たちはとても上手に泳いでくれたので、誰《だれ》も傷つかずに済みました」

その言葉から、サロメが人魚たちを大切にしていたことがよくわかる。でも、その優《やさ》しさの裏には、巨大な島をひとつ死滅《しめつ》させるという竜の冷酷《れいこく》さが確かに潜《ひそ》んでいた。

見つめた金色の瞳は、縦長の瞳孔《どうこう》が狭《せば》まっている。人間と似た姿形をしていても、まったく違《ちが》う魔物の瞳。残虐性《ざんぎゃくせい》を孕《はら》むその輝きにぞくりとする。

「バイロン島を沈めたのは、あの男の命をただ奪《うば》うだけでは気が済まなかったからです。狂王は九十九の絶望と苦痛を知って当然だった。あの島で殺《あや》められた九十九にもおよぶ子供たちの無念を晴らしたかった。私が守護できなかった命です」

軍服越《ご》しに触《ふ》れる、サロメの広い背中。そこにある水色の鱗が逆立っていた。

それを懸命に撫《な》でながらメルヴィネは考える。

サロメにとって、バイロンの魔島は過去の記憶でもなければ伝説でもない。

今もずっとつづいている自責の念ではないだろうか。

世界最強の魔物として守護の使命を帯びながらも、守ることが叶《かな》わなかったものたち。

どれだけ心を痛めても、みずから落涙《らくるい》することが許されないサロメ。

百年、二百年の歳月が過ぎても、失った彼らのことを忘れないでいるために、サロメは巨大な島を沈めたのかもしれない。皆《みな》がバイロン王を忘れ、殺された子供たちを忘れて、事実が御《お》伽話《とぎばなし》になってしまっても、守護できなかった命を自分だけは忘れないでいるために――メルヴィネはそこに、凄烈《せいれつ》な孤独《こどく》を課せられてまで守護の本能に随従《ずいじゅう》する、悲しくなるほど強い竜の姿を見出《みいだ》した。

そしてメルヴィネは思い出す。大好きな人魚から教えてもらったことを。

オンディーヌは、この世界で最も美しく冷酷な碧水《へきすい》の竜――。

「メルヴィネは、島を沈め王を殺した私が恐ろしいですか」

サロメの問いに、メルヴィネは背を撫《ふ》でる手を止めた。

そしてしっかりと首を横に振《ふ》る。もうわかっている。今も、そして過去の自分も、島を沈めた恐ろしい竜だなんて思っていない。

怖いところはもちろんあるけれど、それにすら惹《ひ》かれてしまう。

過去と今の自分が同じ気持ちだったらいい。そうでありますようにと願いながら、唇を動かして想《おも》いを紡《つむ》ぐ。

「怖いときもあるけど、ぼく、怖いサロメも好き……」

「メル、──」

サロメは、甘い声とは裏腹に嚙《か》みつくような口づけをした。メルヴィネの口の中は竜の長い舌でいつもすぐいっぱいになる。

「ん、ぅ……」

シャツと下着だけで寝《ね》かされていたから、舌を強く吸われているうちに裸体《らたい》にされた。魚の鱗が光る脚《あし》を広げられる。ベルトを外す音がした。長軀が重なってきて、陰茎《いんけい》が尻《しり》のあいだに差し込まれる。

「や、……あっ、あ!」

サロメは先端《せんたん》だけを後孔《こうこう》に埋《う》めて射精する。そうして精液を放ちながら中に入ってくる。

二週間それればかりをされてきた身体は、中にかけられるとすぐ開くようになった。

「あ、……あっ、ぁ……」

「メルヴィネ……」

なめらかになったそこに先端から根元までを出し入れしながら、サロメは低い声を出す。

メルヴィネは声だけでわかるようになった。サロメは、まだ怒《おこ》っている──。

「なぜ殺人犯の顔を視《み》たメルがバイロン王の名を口にしたのか……なにが関係している……？」

その名にふたたび肌《はだ》が震える。恐れなくていい、あのおぞましい王は、百年前に死んでいる。人魚たちに食べられて、骨すら残っていない。

ならばなぜ、メルヴィネは遺体の中に視えたあの男をバイロン王と呼んだのだろう。

造り物のような美貌《びぼう》、闇《やみ》の色を帯びる金髪《ブロンド》と、緑色に光る海蛇《うみへび》の瞳。知らないけれど知っている。記憶を失くす直前のメルヴィネが頻《しき》りに訴《うった》えてくる。あの男が、百年という時空を超越《ちょうえつ》して、かつてない絶望と脅威《きょうい》を連れてくると――。

「あっ、あ！　サロメっ、……強、いっ」

にわかに腰《こし》を激しく打ちつけられて視界が揺《ゆ》れた。聖母みたいな貌《かお》が迫《せま》る。長い銀のまつげに覆われた金色の瞳が冷酷に光る。

「メル。あなたは幻覚《げんかく》の血の海で、溺《おぼ》れましたね。そのあと私ではなく狂王の名を呼んだ」

「ち、がうっ……そんな、の、あ……ぁ！」

「腹立たしい――」

さらに声が低くなった。逞《たくま》しい腰で尻を何度も叩《たた》かれる。反ったペニスで中を掻《か》き混ぜられて、ぐちゅっ、ぐちゅっと水音が立つ。

「あっ、あっ、あっ」

「溺れるのは私の腕《うで》の中だけにしなさい。ほかは許さない。たとえ幻《まぼろし》であっても」

そんなことを言われなくても、メルヴィネはとうにサロメに溺れている。

それは海で溺れるよりも、幻想《げんそう》の血溜《ちだ》まりで溺れるよりも、もっとずっと苦しい。

「すべて忘れさせます。今日視た恐ろしいものも、狂王も、すべて」

「あ、ぅ……サロ、メ……」

本当に溺れたときのように、はぁはぁと息が切れ切れになる。汗《あせ》を纏う身体をきつく抱きしめられる。わずかに開けた唇《くちびる》に熱い舌が入ってきて、ひときわ奥まで突《つ》き上げられた。

「んんぅ……！」

「メル。私のメルヴィネ」

名を呼びながら、サロメが長い射精を始める。身体の最奥《さいおう》に竜《りゅう》の体液がどぷどぷとかけられていく淫《みだ》らな刺激《しげき》に、頭が真っ白になった。綺麗《きれい》な銀の髪《かみ》を握《にぎ》り、まぶたを閉じる。

「あぁ……」

白くなった頭の中に風景が広がる。それは魔海域《まかいいき》に浮《う》かぶ小さな島だ。

メルヴィネは毎日のように〝帰らずの岬《みさき》〟に立ち、母親が来るのを待っていた。

瑠璃色《るりいろ》のペンダントをかざし、会ったことのない魔物《まもの》の姿を碧《あお》い水の向こうに思い描《えが》いて。

メルヴィネはその魔物のことをとても大切に想っていた。

想うたび、大好きな母親へのうしろめたさに苛《さいな》まれて、懸命《けんめい》に気持ちを抑《おさ》え込む。

そして彼女が来なくなった夜、メルヴィネは小さな舟《ふね》で島を出た。

もうすぐ思い出せる。記憶《きおく》が戻《もど》ってくる。焦燥《しょうそう》と恐怖、悲しみと切なさを引き連れて。

記憶が蘇《よみがえ》ったそのとき、かつてない脅威が待っている。怖《こわ》い。でも早く思い出さなければいけない。

メルヴィネは魔海域にとても大切なものを置いてきてしまった。

すべてを思い出したら、必ず取りに行く。

サロメに、ドラゴンギルドに、大切なそれを守ってもらうため――。

6

翌日、朝の打ち合わせにサロメの姿はなかった。

行動予定の確認《かくにん》が一通り終わったあと、リーゼが書類を挟《はさ》んだクリップボードに視線を落としながら言う。

「今日は緊急案件《イレギュラー》が多い。各々《おのおの》対応よろしく頼《たの》む。――解散」

その緊急案件を受け、サロメは夜明け前に出動していた。ほかの竜も出ているようで、いつもより数が少ない。

『昨日意識を失ったのですから、今日は休んでおきなさい』――サロメにそう言われたけれど、ようやく慣れはじめた仕事を休むのは嫌《いや》だった。あとでサロメに怒られるのは覚悟《かくご》している。

筆頭バトラーが脱衣室《だついしつ》を出ると、いつも通りすぐに騒《さわ》がしくなった。

メルヴィネは今日、オーキッドに付く。彼は午後から議会に出席し、メルヴィネはそれに同行する予定になっていた。サロメは緊急案件を処理したあと、そのまま通常の任務地に飛ぶ。

手帳にメモしたばかりの行動予定を確認していると、ジュストの手が腰にまわってきた。

「メルヴィネ、防護服を着て第一ゲートに行くよ。シャハトくんが帰還《きかん》する」

「えっ、今から帰ってくるんですか？　シャハトの行動予定は……任務地直行……？」

「あの仔《こ》も緊急案件を受けて真夜中に出動したけど、今、一度帰還したいって連絡《れんらく》があったの。任務地へ直行できないくらい身体《からだ》が汚《よご》れちゃったんだよ、きっと。よく洗ってあげなきゃね。ほぉら、テキパキ動くー」

　いつものことではあるが、ジュストに尻を叩かれるのではなく奥まったところをグニュグニュと揉《も》まれて、脱兎《だっと》の勢いでロッカールームへ走る。ジュストとメルヴィネは、泥濘《でいねい》と化学薬品まみれで帰還したシャハトをオーバーホールし、彼はわずかな休憩《きゅうけい》を取ってふたたび別の任務地へ飛んだ。

　そのあとエントランスホールやラウンジの掃除《そうじ》をする。終わらないうちから洗濯《クリーニング》屋が来る時間になって、大量に納品される軍服やシーツ類の確認に追われた。

　短い時間で昼食をとり、午後からは軍服を脱衣室のハンガーラックに吊《つ》るし、竜の巣をまわって掃除や備品の補充《ほじゅう》、シーツの交換《こうかん》などをする。メルヴィネは昨日の強烈《きょうれつ》な頭痛やバイロン王のことも忘れて仕事に励《はげ》んだ。

　午後にも予定外の依頼《いらい》が入った。さらに午後三時を過ぎると、ゲートは出動する竜と帰還する竜が入り乱れ、いよいよ七人のバトラーではまわらなくなる。

　現場主任のテオが「非常事態《エマージェンシー》っ!!」と叫《さけ》ぶと、筆頭バトラーの加勢を求めに執務室《しつむ》へ走る。

　これは新入りであるメルヴィネの仕事だった。執務室の扉《とびら》をノックすると「どうぞ」と返事があったので入室する。リーゼは分厚い書類にサインを量産しながらぼやいた。

「あいつ何年ここにいるんだ。これしきのことで限界だエマージェンシーだと叫ぶなよ」

「す、すみません」

「議会が始まるな……出席する竜と同行バトラーは？」

そう訊《き》かれ、メルヴィネは焦《あせ》って手帳を開く。

「フォンティーンとテオさん、キュレネーとアナベル、オーキッドとぼくです。でもキュレネーは帰還がかなり遅《おく》れることになったので、出席を見送るとテオさんが言っています」

「ちょうどいい。俺がフォンティーンに付く。テオとアナベルは現場。そう伝えろ」

「イエス・サー」

ドラゴンギルドと岩山を挟んで背中合わせに建つアルカナ大帝《たいてい》の宮殿《きゅうでん》群。その一角で定例議会は開かれている。メルヴィネたちが議事堂に入ったときには、おおかたの議員や将校が席に着いていた。

フォンティーンとオーキッドも着席する。付き添《そ》いであるバトラーに席は用意されない。リーゼは議事堂の一番うしろへ行き、そこの壁《かべ》に凭《もた》れた。メルヴィネは彼の隣《となり》に立つ。

議長が席に着いて開会されると、メルヴィネにはわからない議論の応酬《おうしゅう》が始まった。

フォンティーンは銀色のまつげを伏《ふ》せて議論に耳を傾《かたむ》けている。隣席《りんせき》のオーキッドはとても退屈《たいくつ》そうな表情で、兄竜の長い銀髪《ぎんぱつ》を指にからませて遊んでいた。その様子を見ていると、腕を組んだリーゼが話しかけてくる。

「昨日はご苦労だったな。警察は海軍に絞《しぼ》って捜査《そうさ》をやり直すそうだ。今朝、メルバーン子爵《ししゃく》から早々に礼状と、花束まで届いてたぞ。犯人は検挙されてないんだが……でもこれが〝人喰《ひとく》いヴェール〟検挙に直結すれば、おまえの警察への貢献度《こうけんど》は計り知れないものになる」

気が早くて浮かれぎみのメルバーン子爵にリーゼは苦笑《くしよう》し、メルヴィネもつられて笑う。

血と死臭《しゆう》と香水《こうすい》が混ざった悪臭、眼球と臓器を抜《ぬ》かれた亡骸《なきがら》、恐《おそ》れ慄《おのの》きながら死者と会話し、失神するメルヴィネ——昨日のあれは異様に過ぎた。リーゼはまったく恐怖《きようふ》を感じていないようだが、彼なりに労《ねぎら》ってくれているのだとわかる。

「犯人は、捕《つか》まるでしょうか……」

「たぶんな……『警察が軍を捜査する』という構図に少々無理を感じるが。——帝都《ていと》警察は本来、物的証拠《しようこ》好きで、魔力《まりよく》や特殊《とくしゆ》能力など形に見えないものは信じにくい傾向《けいこう》にある。それでも竜の鱗《うろこ》を求めてギルドを訪ね、おまえが視たものを頼《たよ》りに捜査方針を変えるのだから、本気で捕《と》らえにいくつもりなんだろう。実際、いいかげん決着をつけんことには、帝都警察の威信《いしん》はガタ落ちだ。郊外《こうがい》へ避難《ひなん》する者も続出……このままだと帝都から人がいなくなる」

本当に早く逮捕《たいほ》されてほしい。昨日視たあの光景と同じものを二十人近くの犠牲者《ぎせいしや》が見ているのかと思うと胸が痛くなる。自分の視たものが少しでも役に立ってくれることを願った。

リーゼが片眼鏡をカチャリと鳴らす。メルヴィネではなく、前方の議席あたりを睨《にら》みつけながら話をつづける。

「昨日、強い頭痛を発症《はつしよう》していたようだが？」

「はい。無理やり思い出そうとすると頭がすごく痛くなります。でも、昨日どうして頭痛がしたのか、よくわかりません。遺体と会話してただけで、なにかを思い出そうとしたわけじゃないのですが……」

「解《げ》せんのは、遺体との会話の最後で頭痛を発症したおまえが狂王《きようおう》の名を呼んだことだ……」

「ぼく、も……よくわからないんです……」

やはりリーゼも気にしている。今日の午前中は忙《いそが》しくて忘れていたその名を思い出すとまた胸騒《むなさわ》ぎがした。脳の中心にちくりと痛みが走り、焦ったメルヴィネは考えることをやめる。

「記憶は？　少しは戻ったのか？　どこから逃《に》げてきたとか」

「それはまだ思い出せてないんですけど、ぼく、やっぱり魔海域にある島で暮らしていたと思います。昨日の夜、寝《ね》る前にも風景が浮かんできて……。島に人魚が来てくれるのを待ったり、流れ着いた死体と話をしてたんだと思います」

「どこから逃げてきたかさえわかれば対策も立てられるんだがな……。でも思い出してきてはいるわけだ」

「はい。――昨日はすみませんでした。死体のことを怖いだなんて思ったことないんです。それもはっきり思い出しました。ぼく一人だけあんなに怖がって、取り乱してしまって、情けないです」

「不慮《ふりよ》の海難事故で亡《な》くなって島に流れ着いた者と、惨殺《ざんさつ》されて血を啜《すす》られ、臓器を根こそぎ取られた者とでは訳が違《ちが》う。それに、俺たちに視えていないものがおまえだけに視えていたのだから恐れるのもしかたない」

議席を睨みつづけるリーゼはそこで言葉を切り、声を一段と低くして訊《たず》ねてきた。

「――本当に、犯人は紺色《こんいろ》の軍服を着ていたんだな？」

議事堂は非常に広く、議員たちの声は大きい。リーゼの声はメルヴィネにしか届いていなかった。その問いに黙《だま》ってうなずく。絶対に見まちがっていない。今も鮮明《せんめい》に思い描ける紺色の軍服。初めて見たのに、まるで過去に見たことがあるかのようだった。

「この中にも海軍将校は多くいる。おまえが視《み》た男と似たような奴《やつ》はいないか？　海軍将校は前方の右寄りに固まって座っている」

その言葉に、リーゼが今日の議会同行を引き受けた理由を知る。〝人喰いヴェール〟と思《おぼ》しき人物を一緒《いっしょ》に探すためだ。メルヴィネがその姿を見たことは、犯人は知らない。状況《じょうきょう》としては、堂々と探せるギルド側が非常に有利だった。

今ここで金髪と緑の目をした海軍将校を見つけられたら、リーゼが警部たちに連絡してくれる。彼らはその人物をマークするだろう。本当に、なにもかもがうまくいけば、数日のうちに検挙できる可能性も出てきた。

しかし議事堂の一番うしろに立っているメルヴィネたちからは、顔がまったく見えない。多くの議員の背にも阻《はば》まれて、紺色の上着がちらちらと見える程度だった。目を凝《こ》らして見るメルヴィネの隣でリーゼが小さく舌打ちをする。

「ゲルベルトもいやがる。この数日は議会に出てなかったのに。また帝都に滞在《たいざい》してるのか」

「えっ」

その名に反応して、どくんと心臓が跳《は》ねる。それはメルヴィネがドラゴンギルドに来た日に一度だけ聞いた名だった。しかし今まで完全に忘れていたし、もちろん本人と会ったこともない。なぜ心臓が痛くなるほど驚《おどろ》いたのだろう。

サロメとリーゼが話していたことを思い出す。

『──ゲルベルト中将《ちゅうじょう》を司令官として艦隊《かんたい》を編制するという噂《うわさ》』

『艦隊で魔海域《まかいいき》へ侵入《しんにゅう》するつもりなのですか？　そのようなことをしたら人魚たちが──』

『わからん。ただの噂に過ぎない。しかし俺はあのゲルベルトという若造が気に食わん。若い将校の中で、俺を呼び出さないのもギルドへ挨拶《あいさつ》に来ないのも、あいつだけだ。二十六歳で中将というのもおかしい。異様な昇級《しょうきゅう》の早さだ。……なにか裏がある』

あのときは会話の内容がよくわからなかったけれど、今はひどい胸騒ぎがする。

もし、本当に艦隊が魔海域に入ってしまったら、メルヴィネが置いてきてしまった大切なものたちが──。

そんな酷《ひど》いことを考える人間はどんな顔をしているのだろう。メルヴィネは躍起《やっき》になって爪《つま》先立《さきだ》ち、限界まで背伸《せの》びをする。

「どんな人ですか？　どこに座ってますか？」

「おまえ、思いのほかちびだったんだな……見えるか？　前から二番目の、若いほう──」

そのとき議事堂の扉が音を立てずに開いた。そっと入ってきたのがテオだったことに驚いて、リーゼとメルヴィネは議席の観察を即座《そくざ》にやめる。二人が立っているところまで駆《か》けてきたテオは、心配になるほど逼迫《ひっぱく》した表情をしていた。

「リーゼさんっ、緊急《きんきゅう》案件《きんりん》です。大規模な山火事……消防隊が数名死亡。風が強くて延焼が速いです。逃げ遅れた近隣住民も多数いるみたいで、水竜《オンディーヌ》の出動要請《ようせい》がありました」

「サロメとキュレネーは」

「二機とも帰還《きかん》してません。ギルドにいる水竜はフォンティーンのみ」

今日は本当に緊急案件が重なりすぎている。それが胸騒ぎに拍車《はくしゃ》をかけた。

リーゼがフォンティーンを見る。聞こえたのか察したのか定《さだ》かではないが、遠く離《はな》れたところにいるフォンティーンが静かに席を立った。すらりとした長軀《ちょうく》に向かって、頬杖《ほおづえ》をつくオーキッドがバイバイと手を振《ふ》る。

「あと三十分もすれば議会は終わる。おまえは残れ。オーキッドと帰ってこい」

「はい」

リーゼは懐中時計《かいちゅう》を確認《かくにん》してそう言い、フォンティーンとテオを連れて議事堂を出て行った。

メルヴィネはそのあとも懸命《けんめい》に海軍将校たちが座っている一帯を見つづける。

しかし結局、殺人犯に似た者を見つけることができず、ゲルベルト中将が誰《だれ》なのかもわからずに議会が終わってしまった。

オーキッドと一緒にドラゴンギルドへの道を歩く。

「はーぁ、つまんなかった。お兄さまかナインヘルくんが隣に座ってないと、すっごく長く感じるんだあ。――フォンティーンどこ行っちゃったの？」

「大きな山火事があって、それを消しに行ったよ」

「ふうん。なんか、今日はそんなのばっかりだね」

オーキッドには「堅苦《かたくる》しい話しかた好きじゃないの」と言われてから、それを守るようにしている。彼は、竜とは思えないほど可愛《かわい》らしい。大きな瞳《ひとみ》と薔薇色《ばらいろ》の頰《ほお》。綺麗《きれい》な金髪《ブロンド》は、短いくるくるの巻き毛だ。身長は竜の中で最も低く、十三テナー弱（約百七十センチ）しかない。

小さくて可愛らしいオーキッドだけれど、身長が十五テナー（約二百センチ）を優に超《こ》える、少し怖《こわ》いナインヘルの兄なのだから、竜の兄弟たちはとても不思議だとメルヴィネは思う。

天使みたいな魔物《まもの》は「ウゥ～ン」と言いながらその細身《ほそみ》を伸《の》ばし、訊ねてくる。

「ねえ、メルヴィネは馬車を呼べる？」

「うん、教えてもらったから手配できるよ」

「じゃあ、ギルドに戻《もど》ったら馬車を呼んでよ。一緒に帝都に出よ？　美味《おい》しいファッジのお店があるの」

「えっ、でも……」

先日〝人喰《ひとく》いヴェール〟が出現したばかりだ。いつまたあらわれるか知れないのに、オーキッドとメルヴィネだけでそのような場所へ行くのは危険ではないだろうか。陽《ひ》もずいぶん傾いている。メルヴィネが不安の表情をすると、オーキッドはにっこりと笑った。

「リーゼくんに言っといて、明るいうちに帰ってくれば大丈夫《だいじょうぶ》。あのお店のファッジ、本当に美味しいからメルヴィネに食べてほしいんだ。それに、街の女の子はみんなぼくの言うこと聞くんだから。『人喰いヴェールが出る前に早くおうちに帰ってね』って言いに行くの」

小悪魔《こあくま》みたいな笑顔《えがお》と仕草に、メルヴィネは思わずどきっとしてしまった。

この愛らしさに満ちた魔性《ましょう》に抗《あらが》える者はいない。街の乙女《おとめ》たちが彼に夢中になるのも本当によくわかる。それに、美味《うま》い菓子《かし》の店へ行くのは、なかなか記憶《きおく》が戻らないメルヴィネのことをオーキッドなりに励《はげ》ましてくれているのだと察した。

とても嬉《うれ》しくなったメルヴィネは心から笑顔を返す。

「ありがとうオーキッド。じゃあ、ギルドに戻ったら馬車を――」

「おい！　そこのバトラー、止まれ！」

そのとき背後から野太い声がして、メルヴィネは心臓が飛び出そうなほど驚いた。

しかも今、バトラーと聞こえた気がする。自分のことだろうか。オーキッドと一緒に振り返ると、三人の水兵が立っていた。

「ゲルベルト中将がお呼びである。バトラーのみ、ついてこい！」

怒鳴《どな》りつけられたその言葉に息を呑《の》む。すでに胸がどくどくと早鐘《はやがね》を打っているのに、追い打ちをかけられる。

ゲルベルト中将――リーゼが警戒《けいかい》している海軍将校。メルヴィネに正体不明の胸騒ぎを齎《もたら》すその名。なぜ、なんの面識もない男にメルヴィネが呼び出されるのだろう。

それ以前に、二週間ほとんどドラゴンギルド内にいたメルヴィネのことを、ゲルベルトはどのようにして知ったのだろうか。

震《ふる》えはじめた小柄《こがら》な身体《からだ》を、オーキッドが背で隠《かく》してくれた。

「なに言ってんの？　ルールを忘れちゃった？　バトラーへの直接命令は禁止だよ」

「黙れ！　バトラー、なにをしている！　前へ出ろ！」

腹に響《ひび》く怒号《どごう》にメルヴィネは慄《おのの》いたがオーキッドはまったく動じなかった。

しかし三人の水兵は明らかに様子がおかしい。目が異様に血走っている。これ以上抵抗《ていこう》するとオーキッドまで拘束《こうそく》されそうだった。それだけは絶対に避《さ》けたい。恐《おそ》ろしいが男たちの言う通りにしようと思ったとき、オーキッドがうなじをぽりぽりと掻《か》きながら言った。

「あーぁ。もう、やんなっちゃう」

うなじを掻く手がおろされる。その指先には、若葉のように綺麗な黄緑色の鱗《うろこ》があった。

メルヴィネが着ているテール・コートのポケット。そこに、オーキッドがうしろ手で自身の鱗を忍《しの》ばせてくる。透視《とうし》能力を持つ、竜の鱗——。

「しつこいおじさん大っきらい。好きにすれば？　ぼく先に帰るね」

オーキッドは心底うんざりしたように振り返る。金色の瞳と一瞬《いっしゅん》だけ視線がからむ。花びらみたいな唇《くちびる》が「できるだけ時間を稼《かせ》いで」と動いた。

オーキッドは急ぐこともなく歩いてドラゴンギルドへ帰っていった。メルヴィネは男たちに連れられて、出てきたばかりのアルカナ大帝《たいてい》の宮殿《きゅうでん》群へ戻る。

男たちが向かったのは議事堂ではなかった。建物の雰囲気《ふんいき》から、帝国《ていこく》軍に関《かか》わる場所だとわかる。不安と極度の緊張《きんちょう》で、心臓が壊《こわ》れそうなほど高鳴っていた。長い廊下《ろうか》を奥へ進むにつれ霧《きり》が濃《こ》くなっていくような錯覚《さっかく》に陥《おちい》る。否《いな》、実際に、水兵たちが足を止めたそこには奇妙《きみょう》な臭《にお》いが目に見えそうなほど重く澱《よど》んでいた。

「ゲルベルト中将。バトラーを連れて参りました」

中から温度のない声で「バトラーのみ入室を許可する。あとは下がれ」と返事があった。

水兵が顎《あご》で扉《とびら》を指し示してくる。でも、入りたくない。

わかる。この扉の向こうに、絶望と脅威《きょうい》がある——。

「早く入れ」

脚《あし》も手も嫌《いや》になるほど震えていた。そのぶるぶるする手でノブをまわし、扉を開ける。

血と死臭《ししゅう》と強い香水《こうすい》の混ざった悪臭が流れてきて、吐《は》き気を催《もよお》した。

大きな窓がある広い室内は耳鳴りがするほど静かで、椅子《いす》が整然と並んでいる。

そのひとつに、金髪《ブロンド》の男が背を向けて座っていた。

紺色《こんいろ》の軍服を着ている。そして記憶に新しい、この臭い。肌《はだ》が一気に粟立《あわだ》つ。

「ぼくに……なにか、用件が……？」

そんなこと訊《き》かずに今すぐ逃《に》げろと魔物の本能が叫《さけ》んでいる。息がしづらくなるほど恐怖《きょうふ》が増幅《ぞうふく》する。カチャ……、と扉が閉まる音と同時に男が立ち、振り返った。

「ひぃ、……！」

全身の血の気が引いていく。恐ろしさに腰《こし》が抜《ぬ》けて立っていられなくなる。

男の顔は、昨日遺体が見せてくれた猟奇《りょうき》殺人犯に酷似《こくじ》していた。

否、違《ちが》う、魔物の直感がびりびりと働く。この男にあるものは、殺人犯という恐怖だけではない。

もっと、得体の知れない、醜悪《しゅうあく》で不吉《ふきつ》な、なにか――。

「二週間ぶりだな」

意味不明なことを言う初対面の男は静かに嗤《わら》っている。

しかしメルヴィネは、初めて見るその美しく不気味な微笑《びしょう》をよく知っている。なぜなら脳裏《のうり》に強く焼きついているからだ。――そう、あのときは、丸い月に照らされていた。

石膏《せっこう》を固めて造ったような白い美貌《びぼう》。十三夜月の色に似た金髪。

緑色の、海蛇《うみへび》みたいな瞳――。

「ようやった、メルヴィネ」

「う、あぁ……、――‼」

氷海みたいな色も温度もない声で名を呼ばれて、脳が凄《すさ》まじい痙攣《けいれん》を起こしたようになる。

不思議と頭痛はしない。ただ、なにかに強く引っ張られる。

メルヴィネは、激しく渦巻《うずま》く記憶再生の潮流に投げ込まれた。

「……っ‼」

後頭部から噴《ふ》き出る血の音、ラーラに届くはずだった指、水槽《すいそう》に浮《う》かぶイオーたち。

裸《はだか》にされて、魚の鱗を見られた。そして男の外套《がいとう》に包まれた。

その中は奇妙な香水の匂《にお》いと異様に濃い血肉の臭いで満たされていた。

黒い海に浮かぶ巨大《きょだい》な戦艦《せんかん》。その舳《へ》先《さき》に吊《つ》るされた、二十を超える人魚の頸椎《けいつい》。

カラカラ……、カラカラ……と頸椎のぶつかり合う乾《かわ》いた音がする。

「う、ぅ――ラーラ……！」

メルヴィネはその日も〝帰らずの岬《みさき》〟に立ち、母親が来るのを待っていた。

茜空《あかねぞら》にペンダントをかざし、会ったことのないサロメの姿を碧《あお》い水の向こうに思い描《えが》いて。

夕陽《ゆうひ》が沈《しず》んでもラーラは来なかった。だから島を出た。

サロメに、ドラゴンギルドに、人魚の一族の守護を求めるため――。

「どうした。メルヴィネ、近《ちこ》う」

「うぁ、……あ」

メルヴィネの名を親しげに呼び、眠《ねむ》っていた脳を揺《ゆ》さぶってくるこの男は、人間でも魔物でもない。ただ凶悪《きょうあく》だ。

それは、夜な夜な帝都《ていと》を跋扈《ばっこ》して若者の臓物を食《く》らう〝人喰いヴェール〟。

人魚たちを捕《と》らえ、その腐肉《ふにく》を食らう恐ろしい人間。

百年前、サロメと人魚たちに島ごと沈められた狂王《きょうおう》。

百年もの時を経《へ》て、かつてない絶望と脅威を連れてくる、悪魔《あくま》のようなバイロン王——。

「うん？　腰でも抜けておるのか？」

バイロン王はくつくつと嗤う。メルヴィネは知らぬ間にその場にへたり込んでいた。

両脚《りょうあし》が攣《つ》ったようになっている。コツ、コツ、とロングブーツの踵《かかと》を鳴らして近づかれるたび、黒い漣《さざなみ》の幻影《げんえい》がじわじわと両脚を侵《おか》してくる。

溺《おぼ》れてはいけない。たとえ幻《まぼろし》であっても。サロメとそう約束した。

でも、鮮明《せんめい》に蘇《よみがえ》った記憶の、その残酷《ざんこく》さに負けて溺れてしまいそうになる。

「立て、メルヴィネ」

立ちたい、今すぐ立って逃げ出したい。でも脚に力が入れられなかった。

絶対に、なにがあっても忘れてはならない多くの大切なこと。メルヴィネはそれらを本当に忘却《ぼうきゃく》してしまっていたのだ。大好きな母親を喪《うしな》ったことも、命を懸《か》けてドラゴンギルドを目指していたことも、大事な仲間をあの恐ろしい戦艦に置いてきてしまったことも。

会ったことのないサロメへの想《おも》いさえも。すべて忘れてしまっていた。

そして、思い出したくなかった、己《おのれ》に課せられた役目——。

『そなたがサロメ殺害に失敗すれば人魚の一族は即座《そくざ》に滅《ほろ》ぶと思え』

人魚の一族の存続と魔海域《まかいいき》の存続、憧《あこが》れてやまないサロメの大切な命、バイロン王による百年越《ご》しの復讐《ふくしゅう》――そのすべてがメルヴィネの細い肩《かた》に伸《の》しかかっている。それを思い出した。

「自力で立てぬのなら余に寄りかかるとよい」

「は、はな、せ……放して、っ……」

バイロン王に手首と腰をつかまれ、無理やり立たされた。死人《しびと》のような指の冷たさに戦慄《せんりつ》が走る。そのまま腰に腕《うで》をまわされて、身体を密着させられた。濃い血肉の臭いと強烈《きょうれつ》な香水の匂いに鼻孔《びこう》を侵《おか》される。呼吸がしにくい。まるで溺れているみたいだ。頬《ほお》を次々と流れる冷や汗《あせ》が、その錯覚をより現実的なものにする。

間近に迫《せま》る、造り物のような美貌。若くて美しい軍人の皮をかぶった狂王は、満悦《まんえつ》の笑《え》みを浮かべた。

「なにをそんなに恐れる必要がある？　そなたは余の予想に反して、素晴《すば》らしく巧《たく》みに潜伏《せんぷく》したではないか。賛辞を贈《おく》りたい。そなたが着ているこれは、ドラゴンギルドの制服だな？　よう似合《にお》うている。――さぁ、サロメの外見を言うてみろ」

「あ……ぅ、……」

「どうした、メルヴィネ。サロメに会っておらぬわけではあるまい？」

名を呼ばれるたび、支配の色が濃くなっていく。自分の名がまちがいなく〝メルヴィネ〟であることを思い知らされる。

メルヴィネの手首を握《にぎ》ってくるバイロン王の力は凄まじい。

この死人みたいな冷たい手は、メルヴィネの手首だけをつかんでいるのではない。残り少ない人魚たちの心臓と、サロメの心臓までも握っている。

「メルヴィネ。言え」

「……ぎ、銀の、長い髪《かみ》……水色の、鱗」

「そうだ。だが銀髪《ぎんぱつ》の水竜はほかにもおる。断じてまちがえるな」

バイロン王はメルヴィネの手首を放し、軍服の胸ポケットからなにかを取り出す。

それは繊細《せんさい》な彫刻《ちょうこく》が施《ほどこ》された、小さなクリスタルの瓶《びん》だった。ラベルには三叉槍《トリアイナ》を持つ美しい人魚が描かれ、〝Veil〟の銘が記されている。しかし中は香水ではない。

小さな瓶の中に詰《つ》められた液体は、暗闇《くらやみ》の色をしていた。

魔石を溶《と》かした、竜のみに効く猛毒《もうどく》――。

「ひ……！」

「見てみよ。美しい黒珊瑚《くろさんご》のようであろう？　これだけを精製するのに七年の歳月を要した。世界にふたつとない宝石だ。アルカナ大帝陛下とて所蔵されてはおるまい。丁重《ていちょう》に扱《あつか》え」

禍々《まがまが》しいその真っ黒な小瓶が、ドラゴンギルドの制服のポケットに入れられる。

とても小さいのに、ひどく重く感じられた。メルヴィネの大切な竜を奪《うば》う恐ろしいそれを、今すぐポケットから出して棄《す》ててしまいたい。

しかしそれは叶《かな》わずに、次の瞬間《しゅんかん》にはうなじをつかまれた。震《ふる》える脚のあいだに海軍将校の長い脚が入ってくる。

「なに、するっ……放せ！」

「そう暴れるな。竜殺しの、最終確認《かくにん》をしておこう」

そんなことはしたくない。メルヴィネに竜は殺せない。震える手で、それでも拳《こぶし》を作り、身体《からだ》を縛《いまし》めてくる腕を殴《なぐ》る。上体を限界まで反らせて距離《きょり》を取った。嗤うバイロン王が、うなじをつかむ手に力を込めてくる。

ぞくぞくと全身に悪寒《おかん》が走った。ギシ、と骨の軋《きし》む音がして、頸椎を抜かれそうになる。

「うああっ！　いやだぁっ」

助けてサロメ──そう叫びそうになり、必死で唇《くちびる》を噛《か》んだ。恐怖によって脱力《だつりょく》してしまった身体にバイロン王の手が這《は》う。凄まじい嫌悪感《けんおかん》に胃液が迫り上がってくる。

「よう聞け、メルヴィネ」

それでも、傍《はた》から見れば睦《むつ》み合っているとしか思われないのだろう。唇と唇が触《ふ》れ合いそうなほど近くで、バイロン王は甘くささやく。

「極《きわ》めて簡単だ。今宵《こよい》、眠る彼奴《きやつ》の唇に、黒珊瑚を垂らすだけでよい」

「く……、ぅ」

「サロメを殺せ。殺した証《あかし》に鱗《うろこ》を剝《は》ぎ、角を折って余の元へ帰ってこい。そなたが戻《もど》る場所はこの部屋だ。明日の日没《にちぼつ》まで待ってやろう。あと少しで、人魚の一族と魔海域は保護される」

そんなものは嘘《うそ》だ。この男は艦隊《かんたい》を魔海域へ進め、人魚の一族を絶滅《ぜつめつ》させると言った。

メルヴィネがサロメ殺害に失敗すれば、即座に滅ぼすと。そんなことを言う者が、人魚たちを守護するはずがない。明日、メルヴィネがサロメの鱗と角を持ってこの部屋へ来なければ、日没とともに海底帝国《ていこく》を壊滅《かいめつ》させるのだろう。

「人間が魔物《まもの》を殺し、竜が守護する時代は終焉《しゅうえん》のときを迎《むか》える。人間が魔物を守護する新たな時代を、そなたの手で拓《ひら》くのだ」

「い、っ」

嫌《いや》だ、そんなことは望んでない！　魔物を守ってくれるのは、竜だけだ――。

そう叫《さけ》びかけたとき、バリンッ、ガシャン！　と音を立てて窓ガラスが割れ、水竜巻《みずたつまき》が入ってきた。それは凄まじい轟音《ごうおん》をあげて、驚愕《きょうがく》する二人に襲《おそ》いかかってくる。

「うわぁ……っ」

「――ッ!?　なん、だっ……」

激しく渦《うず》を巻く水竜巻から、その一部がメルヴィネに向かって伸びてくる。水に触れられる直前に見えたのは、綺麗《きれい》な水色の鱗が浮かぶ大きな手だった。

「あっ……？」

「ぐ、うっ！」

ゲルベルト中将《ちゅうじょう》は水竜巻に撥《は》ね飛ばされ、鱗の浮かぶ手がメルヴィネだけを攫《さら》う。水の中に入っても苦しくないし濡《ぬ》れもしなかった。水竜巻がほどけて、人の形を成していく。

メルヴィネを抱《だ》き上げる腕は、ドラゴンギルドの軍服に包まれていた。腰《こし》まで届く銀色の髪が軍帽《ぐんぼう》から流れ落ちてくる。そして、美しく猛々《たけだけ》しい竜の角。

「サロ、メ……？　――危ないっ！」

「おのれ……」

強力な水竜巻に撥ねられたにもかかわらず、ゲルベルト中将はすぐに体勢を立て直し、拳《けん》銃《じゅう》を向けてくる。

この距離で発砲《はっぽう》されたら絶対に当たってしまう。サロメの頭と心臓を守るためにしがみついたとき、ふたたび、バンッ！　と派手な音が鳴って部屋の扉《とびら》が開いた。

次の瞬間、細身の竜がサロメとメルヴィネの頭上を飛び越《こ》える。

「……オーキッド！　だめだよっ、離《はな》れて！」

金色の巻き毛を逆立てたオーキッドはゲルベルトの至近距離に着地した。体勢を低くしたまま、ジャキッ、と鋭《するど》い音をさせてサーベルを抜《ぬ》き放ち、海軍将校の首を狙《ねら》う。

「ずいぶんと舐《な》めた真似《まね》をしてくれるものですな。閣下」

コツコツと踵を鳴らし、リーゼが大股《おおまた》で入ってくる。その手には銀色の拳銃があった。

リーゼはほかの軍人が入ってこられないよう扉の内鍵《うちかぎ》をかけるとサロメを追い越し、オーキッドの肩越《かたご》しにゲルベルトを狙う。

「誰《だれ》だおまえは？　……ああ、筆頭バトラーか」

サロメに拳銃を向けてくるゲルベルト、サーベルをかまえるオーキッド、ゲルベルトを狙うリーゼ、そしてサロメ――皆《みな》が一直線に並び、狙い澄《す》まし牽制《けんせい》し合う。

明らかに劣勢《れっせい》となっても海軍将校は嗤《わら》うことをやめない。リーゼが撃鉄《げきてつ》を起こした。

「挨拶《あいさつ》に来ない、バトラーに干渉《かんしょう》する、竜に銃口を向ける……つくづく非常識な野郎《やろう》だな。――竜を殺したらどうなるか知らんのか若造！」

落雷《らくらい》にも似た筆頭バトラーの怒号《どごう》に、部屋に重く澱《よど》んでいた恐怖《きょうふ》と悪臭《あくしゅう》が霧散《むさん》した。

サロメの腕に強く抱かれて、ようやくメルヴィネの震えと冷や汗も治まる。

そいつが人喰《ひとく》いヴェールです――そう叫びたいのに叶わない。言ったところで証拠《しょうこ》はなく、海軍将校を愚弄《ぐろう》したとみなされドラゴンギルドの立場を不利にするだけだった。バイロン王であることも、メルヴィネが言えばその時点で人魚たちが殺される。

サロメに銃口を向けたまま、ゲルベルトも撃鉄を起こした。リーゼを睨《にら》みつける。

「そのような細腕《ほそうで》で撃《う》つ弾《たま》が当たると思っているのか？」

「当たるさ。俺の拳銃には風竜《シルフィード》の鱗を弾芯《だんしん》にした魔弾《まだん》しか入ってないんでな……風竜の魔弾はしつこいぞ？　狙ったものを貫《つらぬ》くまで絶対に止まらない。天井《てんじょう》に向かって撃ってもおまえの心臓に当たる。試《ため》してみるか？」

もうどちらが発砲してもおかしくない。一触即発《いっしょくそくはつ》の緊張《きんちょう》状態の中、オーキッドが、すん、と鼻を鳴らす。

「リーゼくん。なんか、変。すごくおかしな臭《にお》いがする。……このおじさん、人間なの？」

「なに？」

「血と、香水《こうすい》と……ほかにもなにか混ざってる。ずうっと昔の臭い……──こ、子供？」

「香水？　子供だと？」

「よくわかんない。こんなの嗅《か》いだことないよ、魔物でも人間でもない臭いだ。気味が悪い」

オーキッドはサーベルで海軍将校の喉元《のどもと》を狙いつづけている。リーゼがその細い腰に腕をまわし、後退させた。ゲルベルトは目を剝《む》き、異様なほど口角を上げる。

「賢明《けんめい》な判断だ、筆頭バトラー。そしてその小さな竜の嗅覚《きゅうかく》に称賛《しょうさん》を贈《おく》ろう。どれだけ香水を強くしても、不思議と周囲の人間は私の匂《にお》いに気づかない」

それは、やはりこの男に実体がないからではないだろうか。

気づいてほしい。否《いな》、メルヴィネが言わなくても、ここにいる魔物たちは皆、必ず気づく。

間近にあるサロメの瞳《ひとみ》が見開かれる。縦長の瞳孔《どうこう》がぎゅっと狭《せま》くなる。

ゲルベルトと長いあいだ睨み合い、やがてサロメは綺麗な唇を動かした。

「――バイロン王、か？」

その瞬間にゲルベルト中将の表情ががらりと変わった。造り物のような美貌《びぼう》を歪《ゆが》ませ、くつくつとバイロン王は嗤う。感知能力など使わなくてもわかる、拳銃を持つ手が激しく震えているのは恐怖のせいではない。

強烈《きょうれつ》な憎悪《ぞうお》、怒り《いか》、怨恨《えんこん》。そして大いなる歓喜《かんき》――。

「久しいなサロメ。おまえとふたたび相見《あいまみ》えるまで百年もの歳月を費《つい》やした」

その言葉の重さにメルヴィネは息を呑《の》む。リーゼとオーキッドも同様のようだった。時も場所も超越《ちょうえつ》して、ここが百年前のバイロン島のような錯覚《さっかく》に陥《おちい》る。

サロメだけは動揺《どうよう》も驚愕もしていない。バイロン王と同等の、否、それ以上の怒りがある。

「なぜおまえがメルヴィネに触れる？」

「はは、オンディーヌどのは百年のらりくらりと生きて呆《ぼ》けられたか？　――おまえは、よう知っておるだろう。余が若者の生き血と臓物をこよなく愛していることを。その雄《おす》の人魚、腐《ふ》肉《にく》にすればさぞや旨《うま》かろう」

最後の言葉が事実なのか、サロメを煽《あお》るための虚言《きょげん》なのかは、わからなかった。

メルヴィネが触れているドラゴンギルドの軍服。その下にある竜の鱗が、ばっと逆立つ。

サロメが鋭い牙《きば》を剥き、シャーッ！　と咆哮《ほうこう》した。そこに聖母のような美しいオンディーヌの貌《かお》はない。禍々《まがまが》しい竜《りゅう》が守護と所有の本能を剥き出しにする。

ふいに、大量の水の気配がした。ゴ……と地鳴りがして、眩暈《めまい》を覚える。

サロメが河水や地下水を揺《ゆ》らしていた。巨大《きょだい》な水竜巻を喚《よ》ぼうとしている。

「サロメ、だめだよ！　そんなことしたら帝都《ていと》がめちゃくちゃになるっ」

牙を剥いたままの水竜を強く抱き、逆立つ鱗を懸命に撫《な》でる。

サロメが喚んでいる水は、把握《はあく》できないほどの量だった。おそらく帝都は水没《すいぼつ》し、この古い歴史を持つアルカナ大帝の宮殿《きゅうでん》群は壊滅してしまう。

「やめろ！　メルヴィネを連れてギルドに戻れ！　これは業務命令だ！」

リーゼも見ない姿なのだろうか、そう叫ぶ声にはいつにない焦燥《しょうそう》が含《ふく》まれていた。

筆頭バトラーの命を受けたサロメは、バイロン王を殺せないことに牙を軋ませながら部屋を出る。残して出たくない。リーゼとオーキッドをこれ以上バイロン王に近づけていたくない。

でもリーゼたちの姿はすぐに遠くなってしまった。

見えなくなる間際《まぎわ》、筆頭バトラーの声が聞こえた。

「百年も前のことでいつまでもくよくよしてんなよ。あと、あいつを怒《おこ》らせんな。すげえ怖《こわ》くなるのはおまえが一番よく知ってるだろ？　——次は撃つ。うちの従業員に二度と近づくな」

夕陽《ゆうひ》は完全に沈《しず》み、わずかな茜色《あかねいろ》を残す宵《よい》の空には星も瞬《またた》きはじめていた。

サロメは連なる宮殿群の屋根を駆《か》けていく。

「サロメ、お願いだよ、戻《もど》って！　リーゼさんとオーキッドだけ残すなんてできないっ」

「大丈夫《だいじょうぶ》です。今、兄弟が行きます」

「え……？」

　サロメが言い終わらないうちから、耳元で夏の夜風を切る音がした。

　ふたつの大きな影《かげ》とすれ違《ちが》う。サロメの肩越しに見たそのうしろ姿は、ドラゴンギルドの軍服を纏《まと》うサリバンとナインヘルのものだった。あっという間に見えなくなった彼らが、バイロン王とリーゼたちのあいだに立ってくれたことを知る。

　巣に戻ったサロメはメルヴィネを抱いたまま、応接セットのソファに腰をおろした。長くしなやかな腕《うで》で痛いほどに抱《だ》きしめてくる。

「あの男、現世に転生していたとは……必ず殺す。私のメルヴィネに触《ふ》れるなど──」

「……」

　一度に多くのことが起こりすぎて考えが整理できない。なにから話せばいいのか、わからなかった。軍服越《ご》しに触れる鱗《うろこ》はまだ逆立っている。メルヴィネは黙《だま》ったままサロメの肩《かた》に頬《ほお》を寄せて、広い背をゆっくりと撫でつづけた。

　そうして鱗が平たくなると、サロメはいつもの淑《しと》やかな水竜《オンディーヌ》に戻る。メルヴィネは顔を上げ、金色の瞳を見つめた。

「サロメ。助けに来てくれてありがとう」

「あの男になにをされたのですか？　言葉にするのが怖いかもしれませんが、全部言ってください。恐《おそ》ろしいことは私がすべて忘れさせますから」

「ううん……なにもされてない。サロメの腕の中にいたら、なにも怖くないよ」

最初はただ強くて怖いだけだった水竜の腕は、いつの間にかメルヴィネに安堵《あんど》と心の強さを齎《もたら》してくれるものになっていた。それを素直《すなお》に伝えると、つい先ほどまで牙を剝き出しにして激怒《げきど》していたサロメが、見蕩《みと》れてしまうほど綺麗《きれい》に笑う。

「もう私の腕から出しません。出てはいけませんよ。ずっと……。約束してください、メル」

「うん。約束、する……」

胸がいっぱいになる。想《おも》いがあふれて、思考と言葉が置き去りになる。

それでも伝えたい。きちんと伝えて、メルヴィネが命を懸《か》けて島を出たその目的を果たしたかった。でも、どうしても言えないこともある。人魚の一族を質に取られ、バイロン王に時間まで拘束《こうそく》されていると言ってしまえば、せっかく元に戻ったサロメがふたたび激昂《げきこう》して、今すぐあの男を殺しに向かうのは明らかだった。

「サロメ。ぼくの話を聞いて」

メルヴィネは、サロメの長くて綺麗な指をぎゅっと握《にぎ》る。惑《まど》いながらも精一杯《せいいっぱい》、言葉を選んで紡《つむ》いでいった。

「ぼくの名前は、まちがいなくメルヴィネだったよ。母さんの名前は、ラーラっていうんだ」

「……記憶《きおく》が戻ったのですか」

サロメは、いつも伏《ふ》せがちの瞳を大きく開いて驚《おどろ》いた。メルヴィネはしっかりとうなずく。

「ここでの記憶は？　消えていませんか」

「大丈夫だよ。それも全部憶《おぼ》えてる。サロメと、リーゼさん、アナベルたちみんなのおかげで記憶が戻ったよ。ありがとう。——サロメは、ラーラのことを憶えてくれてる?」

その問いに、サロメは困惑《こんわく》の表情をした。憶えていないのだろうか。いつもラーラからサロメの話ばかりを聞いていたメルヴィネは、それを寂《さみ》しく思い、彼のことを少しだけ冷たいと感じてしまった。

でもすぐに思い直す。今と違って当時の海には数万頭という人魚がいた。数多《あまた》の人魚たちに求愛されてきたサロメは、憶えていたくても憶えきれなかったのだと察知する。

サロメはわずかのあいだ押し黙って、百年近くも前のことを懸命に追憶《ついおく》してくれた。

「桃色《ももいろ》の鱗と……蜂蜜《はちみつ》色の髪《かみ》。少女のようで——私の髪に触れたいと、よく言っていました」

「うん。ラーラは、サロメの綺麗な髪を珊瑚《さんご》の櫛《くし》で梳《す》いてたって、教えてくれたよ」

「思い出しました。よく交尾《こうび》を求めてくる人魚たちの中に、彼女がいたと思います。何度も断るのが心苦しかった……人魚はすぐに別の雄を見つけるものなのですが、ラーラはそうしようともせずに、よく泣いていましたから」

サロメがラーラの名を呼んだことに、メルヴィネはどきりとしてしまった。自分が存在しない昔に、彼らが実際に話したり触れたりしていたのだとわかったことにも、わずかな動揺を覚えてしまう。

ラーラは皆《みな》に愛される人魚だった。エンプレスも殊更《ことさら》に彼女を可愛《かわい》がっていたことを知っている。愛らしさをそのまま体現した、桃色の鱗と甘い蜂蜜のような髪。長い髪に真珠《しんじゅ》や珊瑚を鏤《ちりば》めて、いつも綺麗にしていた。まっすぐに切り揃《そろ》えられた前髪《まえがみ》と、ほんの少しのそばかす。銀髪《ぎんぱつ》と水色の鱗を持つサロメと、少女のようなラーラは、とても似合いの水竜と人魚なのに。

それでもサロメにとってラーラは、数多といた人魚たちの一頭に過ぎないようだった。

メルヴィネがそのことをひどく切なく感じるのは、サロメに対して、ラーラと同じ感情を持っているからにほかならない。

強い共鳴を覚えるほどの恋心《こいごころ》。否《いな》、今のメルヴィネはもうラーラ以上に、サロメのことを——。

「サロメ、これ……このペンダント」

焦燥感《しょうそうかん》に駆られながら、瑠璃色《るりいろ》のペンダントを引っ張り出す。メルヴィネの手の中で、紺碧《こんぺき》の水と七色の光を纏う真珠は変わらず美しく煌《きら》めいていた。

サロメは、メルヴィネを抱《だ》き直して腰《こし》に腕をまわしてくる。そうしてペンダントを持つ手に、鱗の浮《う》かぶ大きな手を重ねてくれた。

「やはりこれは人魚の涙《なみだ》。ラーラの涙ですね」

「うん。碧《あお》い水は、サロメの涙だよ」

「私の……？　海底帝国《ていこく》の水ではないのですか」

「それも、憶えてない？」

サロメはまた押し黙り、長い銀色のまつげを伏せて追憶を始める。

メルヴィネは思い出してほしくて、ラーラがどれだけサロメを想っているのかをわかってほしくて言葉をつづけた。

「ラーラはずっとサロメと結ばれることを夢見ていたんだよ。でも絶対に叶《かな》わなくて、もう二度と会えないとわかった日に、サロメにお願いして涙をもらったんだ。だからぼくが生まれた日からつけてるこのペンダントは、サロメの涙とラーラの涙でできてる。ラーラは、サロメを想って真珠の涙を落としたんだ。このペンダントには、サロメと一緒《いっしょ》にいたいっていう、ラーラの気持ちが籠《こ》められているんだよ」

「…………。当時は……竜の涙を欲しがる魔物《まもの》は多くいました。私たちの涙を原料にしてさまざまな魔薬《まやく》を作る魔女《まじょ》は当然のこと、ほかの魔物たちも。メルのように身につけたり、住処《すみか》に置いて護符《ごふ》にすることが多かったようです。私は自分の涙でも小さな魔物たちを守護できるのならと、涙を望む魔物には必ず渡《わた》すようにしていて――」

求愛を繰《く》り返し拒《こば》んで泣かせていたことも、涙を渡したことすらも忘れていた自身を薄情《はくじょう》だと思ったのだろうか。言葉の最後が掻《か》き消えるようになった。

しかたのないことだとわかっていても、胸がしくしくと痛む。サロメはなにも悪いことをしていない。寧《むし》ろ、とても誠実だと思う。ただ、ひとつの恋《こい》が叶わなかっただけのことだ。ただそれだけのことが、堪《こら》えきれないほど悲しくて切ない。ラーラの烈《はげ》しい恋心は、まだ背骨に宿ったままのように思えてならなかった。

ラーラの強い想いを知って驚いたのだろうか、サロメが少し戸惑《とまど》いながら訊《き》いてくる。

「メルヴィネの父親は？　魔物ですか、人間ですか」

「人間だよ。でも詳《くわ》しくは知らないんだ。ラーラは父さんの話になると悲しそうにする。悲しい顔をさせたくないから、あまり聞けなくて。サロメにそっくりの、黒髪《くろかみ》の、東洋の王子だって言ってた。一晩だけ一緒にいて、食べるのは我慢《がまん》して浜辺《はまべ》に帰したって」

「東洋の王子……？」

「うん。ぼくが人魚なのに髪が黒いのは、父さんの血が強いからだと思う」

恋をしているサロメと別離《べつり》した夜だったから、偶然《ぐうぜん》サロメにとてもよく似ていたから、ラーラは国外の人間と交尾をしたのだ。サロメに似ていなかったら、ラーラはきっと海底帝国に逃《に》げ帰っていた。

メルヴィネの父親にそっくりだというサロメは、己《おのれ》の涙の中で揺《ゆ》れる真珠を見つめる。

そうして落ち着いた声で、はっきりと言った。

「このラーラの涙は、私を想って流したものではないと思います」

その言葉に、胸がかっと熱くなった。

どうしてサロメがそのようなことを言いきれるのだろう。

今日まで存在を忘れていた人魚の心を、なぜサロメがわかるのだろうか。

「どうして？　そんなことない。この真珠はサロメを想って落とされたものだよ。だってラーラはいつもぼくにサロメのことを話してた。恋人《こいびと》のことを話すみたいに。ぼくはずっとサロメの話を聞いてきたんだ。小さいころから、もうずっとだよ。想ってはだめだって抑《おさ》えても惹《ひ》かれてしまうくらいに、サロメのことばかり聞かされてきたのに――」

「メルヴィネ」

よくないとわかっていながら、捲《まく》し立てるように言ってしまった。サロメがペンダントから手を放し、両腕《りょううで》で強く抱きしめてくる。綺麗な唇《くちびる》が額に押しあてられる。

また感情や想いのほうが強くなり、思考と言葉がついてこなくなった。伝える順番をまちがってしまっている。命を懸けて魔海域を出たその理由をちゃんと伝えなくてはいけない。

「メル……、メルヴィネ……」

でも、甘く名を呼ばれ、繰り返し額に口づけられると、どうしてもサロメへの想いばかりが唇からこぼれてしまう。

「本当に、ラーラは島に来るたびにサロメの話をしていたんだよ。バイロンの魔島を沈《しず》めたときの話も聞いた。ぼくはサロメに憧《あこが》れて、ラーラにお願いして何度も話してもらったんだ。話を聞いてるうちに、サロメに会いたくてたまらなくなった。ぼくは毎日ペンダントを空にかざして、オンディーヌはどんな姿をしているんだろうって、想像して……とても、つらかった」

身体《からだ》にまわされた腕《うで》の力が一層強くなる。さらさらと銀髪の流れる音が聞こえる。

ずっと額に触《ふ》れていた唇が下がってきて、唇に重ねられた。泣きそうになるのをぐっと我慢する。優《やさ》しく触れただけの唇が離《はな》れていく。メルヴィネはひどく切ないのに、どうしてかサロメは綺麗に笑っていた。

「私はとても嬉《うれ》しいです。でも、メルヴィネにつらい思いは絶対にさせたくない。メルはどうしてつらいと思うのです？」

「母さんと同じ竜《りゅう》を好きになったんだよ？　とてもつらいよ。大好きなラーラを裏切ってるような気持ちになる。それにぼくは雄《おす》でしょう。ラーラみたいに可愛らしい人魚でも叶わないのに、ぼくみたいなのがサロメを好きになったって、どうしようもない……」

サロメと肌《はだ》を重ねるたび罪の意識に囚《とら》われるその理由がわからなかったけれど、記憶が戻《もど》った今は嫌《いや》というほどよくわかる。瑠璃色のペンダントの向こうに思い描《えが》いていたのはどんな魔物だったのか、それを思い出そうとすると、頭ではなく心が痛んだそのわけも。

サロメへの恋心を語るラーラのそばで、メルヴィネもまたサロメを想《おも》ってしまっていた。ラーラに感知されないよう、心のずっと奥深くに隠《かく》すほどに、恋情《れんじょう》は膨《ふく》らむばかりになる。ペンダントをかざし、会ったことのないサロメの姿を碧い水の向こうに思い描く作業は、切なさに満ちていた。でも、どうしてもやめることができない。

夢のように美しいというオンディーヌに会いたくて会いたくて――。

「会ってはいけなかったんだ。だってもう会う前からずっと恋してた。会ってしまったら、二度とそばを離れたくないって思うに決まってる。でもぼく、どうしようもないね。記憶《きおく》を失《な》くしても、またサロメを好きになるなんて」

もしかしたら運命なのかもしれない――そんな身のほど知らずのことを思ってしまう。

でもメルヴィネはまた記憶を失ったとしてもサロメに恋をする。その確信があった。

最初は怖《こわ》いと思うだろうし、冷淡《れいたん》なのに強引《ごういん》なサロメから逃げ出したくなるかもしれないけれど、怖いのにどうしようもなく惹かれてしまうのは、何度出会いを繰り返しても変わらない。

メルヴィネの黒髪を撫《な》でてくるサロメの、綺麗《きれい》な笑顔《えがお》が消えた。妖《あや》しく揺れる金色の瞳《ひとみ》が、青みがかった翡翠《ひすい》の瞳をとらえてくる。そうされると心がきゅっと痛くなる。メルヴィネは、誰《だれ》よりも強い想いを持っている。それをサロメにわかってほしい。

「ラーラは骨になったけど、今でもサロメのことが好きだよ。でもぼく、ラーラがサロメを想ってるよりも、もっとずっと、サロメのことが好き。ごめん、なさ――」

ごめんなさい、ラーラ――そう言おうとしたけれど、唇を塞《ふさ》がれて言えなかった。口の中を竜の舌でいっぱいにされながらソファに寝《ね》かされる。すぐに長軀《ちょうく》が重なってくる。

「メルヴィネ……」

「ん、っ……ぁぅ」

くちゅっ、と激しい音を立てて口内を掻きまわされた。脱《ぬ》がされたテール・コートとウェスト・コート、ほどかれたリボンタイが絨毯《じゅうたん》に落とされていく。メルヴィネの舌を強く吸った唇が、頬《ほお》から首筋を伝う。耳元で、少しだけ息の乱れた声がした。

「ラーラが骨になったというのは、どういう意味ですか？　あの夜、メルヴィネはなぜ後頭部に重傷を負い、裸《はだか》で海に浮かんでいたのか……私のメルヴィネにそのようなことをしたのは誰なのか、教えてください」

見つめた金色の瞳は冷酷《れいこく》に光り、縦長の瞳孔《どうこう》がこれ以上ないほど狭《せば》まっている。恐《おそ》ろしくはなかったが、たまらなく嫌だった。今すべてを話せばサロメはまちがいなくあの男のところへ行ってしまう。それは絶対に避《さ》けなくてはならないし、ただ純粋《じゅんすい》に離れたくなかった。メルヴィネは両腕をサロメの背にまわして願う。

「今日はもうどこにも行かないで。バイロン王を殺しに行かないって約束して」

「約束します。メルヴィネ、全部話しなさい」

「……ぼくはもうずっと、竜と人魚が断絶してるのが悲しくて、耐《た》えられなくて。だから、エンプレスに殺される覚悟《かくご》で魔海域を出たんだ。サロメに人魚の一族の守護を求めるために、ドラゴンギルドを目指してた。その途中《とちゅう》でバイロン王の——ゲルベルトの戦艦《せんかん》に捕《つか》まって……自分だけ、逃げ出したんだ。ぼくを魔海域の端《はし》まで送ってくれた仲間は戦艦に捕まったままで、ラーラは……ラーラの背骨は、戦艦の舳先《へさき》に吊《つ》られてる……」

「……、っ」

竜の鱗《うろこ》が一斉《いっせい》に逆立つ。軍服も、背に触れているメルヴィネの手も撥《は》ねるほどに。綺麗な唇の奥で、牙《きば》の軋《きし》む音がした。メルヴィネは竜の背にまわした腕に思いきり力を入れ、逆立つ鱗を強く撫でる。

そうして、長いあいだ胸に秘《ひ》めつづけてきた希望を言葉にする。この瞬間《しゅんかん》のために命を懸《か》けて島を出た。忘却《ぼうきゃく》なんて絶対にしたくなかったけれど、ちゃんと思い出せた。

青い翡翠の瞳で、金色に輝《かがや》く竜の瞳をまっすぐとらえる。

「お願い、サロメ。人魚たちを助けて。魔海域に生きるすべての魔物を守って。ぼくはずっと、竜と人魚が一緒《いっしょ》に海を泳ぐ風景を夢に見てきたよ。断絶なんて悲しいことはもうやめて。人魚の一族がどれだけ竜を拒んでも、守ってあげて。だってサロメは世界最強の魔物でしょう？」

「メルヴィネ」

逆立った鱗が平たくなっていく。サロメの金色の瞳に、鮮烈《せんれつ》な守護の炎《ほのお》が宿る。

美しくも冷酷な竜の瞳に、メルヴィネの胸は壊《こわ》れんばかりに高鳴った。

身体に力強い腕がまわってくる。水竜《オンディーヌ》と人魚《セイレーン》は同時に額を重ね合う。

そうしてサロメはメルヴィネが生涯《しょうがい》忘れない大切な言葉をくれた。

「メルヴィネに誓《ちか》う。竜は、人魚の一族と魔海域に生きるすべての魔物を必ず守護すると」

「本当に……？　みんなを守ってくれる……？」

「はい。必ず守ってみせます。もう一頭も失くさない。私の小さな人魚に誓います」

憧れつづけたサロメに会えて、ようやくわかったことがある。

メルヴィネを抱《だ》きしめてくる長くしなやかな腕は、これ以上ないほど強靭《きょうじん》だ。瑠璃色《るりいろ》のペンダントの向こうに思い描いていたものよりも遥《はる》かに強い。この竜の腕が、どんな脅威《きょうい》からも魔物たちを守ってくれる。

心が震《ふる》える。胸が熱くなる。あふれそうになる涙《なみだ》を、サロメは優しく拭《ぬぐ》ってくれた。

今日はずっと怒《おこ》らせてしまっていたけれど、ようやく淑《しと》やかなオンディーヌの姿を見せてくれる。いつものように銀のまつげを揺らして、見蕩《みと》れてしまうその綺麗な貌《かお》に微笑《びしょう》を浮《う》かべた。

「まずはエンプレスと対話し、許しを得ましょう。リーゼが必ず彼女の心の蟠《わだかま》りを拭い去ってくれます。そうすればドラゴンギルドは魔海域《まかいいき》を守ることができる」

「本当に、すごく嬉しい……夢みたいだ……。ありがとう、サロメ」

「できるだけ早く対話の場を設けたいです。艦隊が魔海域へ侵入《しんにゅう》するより前に。ゲルベルトの戦艦に捕《と》らえられている人魚とラーラたちの頸椎《けいつい》も取り戻さなくては。……メル、教えてください。あのゲルベルトがバイロン王であり——人喰《ひとく》いヴェールでもあるのですね？」

「うん。でも、どうしよう。証拠《しょうこ》がまったくないんだ。あの男が持ってる血と香水《こうすい》の臭《にお》いに人間は気づかない。あんなにも強く臭ってるのに」

「問題ありません。バイロン王の始末も人喰いヴェールのことも、すべてリーゼと話をして、ドラゴンギルドが動きます。メルヴィネはなにも心配しないで私の巣にいてください」

「でも、あの男、は……」

バイロン王は、危険すぎる。あの男はサロメと人魚の一族を消すことしか考えていない。サロメとリーゼが話をする前に確実に動いてくる。メルヴィネに残された時間はほとんどなかった。

不安で瞳が揺れてしまっただろうか、サロメが眦《まなじり》に口づけてくる。

「もう忘れなさい。メルヴィネの頭の中にあの男がいることを、私は絶対に許すことができない。今すぐ殺しに行きたくなる。今この瞬間も耐えているのですよ」

「だ、だめっ……そんなの絶対だめ」

サロメが優しく微笑んで言うその言葉に偽《いつわ》りはない。メルヴィネがバイロン王に時間を支配されていると知れば、本当に今すぐ巣を出て行ってしまう。どうすれば――。

「もう忘れて……メルの中を私だけにしてください。頭も心も、身体の奥まで、すべて」

「あ、っ」

しかし耳元でささやかれて、身体が一気に燃え上がった。頭が思考することを放棄《ほうき》する。

サロメは時折こうして発情を促《うなが》してくる。メルヴィネはそれに抗《あらが》えたことがない。

「メル。早く」

「うん……」

夜ごとそうしてきたように、ドラゴンギルドの軍服に手を伸《の》ばす。メルヴィネがベルトを外し、金の飾緒《しょくしょ》やボタンを外すあいだ、サロメはいつものように思うまま口づけてくる。

唇《くちびる》や頰、額や耳朶《じだ》へ唇を落としていくサロメは、首筋に顔をうずめると、そこで感極《かんきわ》まったようにつぶやいた。

「メルヴィネ……、やはりあなたは私を導く小さな人魚だった――」

「サロメ？」

上着とシャツを脱がせて絨毯に落とす。水色の鱗が煌《きら》めく肩《かた》や逞《たくま》しい胸板《むないた》を撫でた。

サロメは首筋から顔を離すと、メルヴィネのシャツのボタンを外しながら言う。

「メルヴィネの記憶が戻ったら訊《たず》ねようと思っていたことがありました。しかし記憶が戻っても、当時のことは憶《おぼ》えていないかもしれないと……ずいぶん幼いときでしたから」

「幼いとき？　なんだろう。教えて。ぼくが答えられることだったら嬉《うれ》しいな」

サロメも脱がせたシャツを絨毯に落とし、胸元《むなもと》で煌めく瑠璃色のペンダントに一度だけ口づけて、顔を上げた。

「メルは四、五歳のころ、浜辺《はまべ》で気を失っていた私を介抱《かいほう》してくれました。憶えていますか」

「うそ……！」

落ち着いた声で伝えられたその事実に驚愕《きょうがく》する。まさかそのようなことがサロメの口から語られるとは思いもしなかった。

二週間ほど前、ドラゴンギルドを目指して出てきた、懐《なつ》かしい魔海域の島を思い出す。

岬《みさき》にはいつも死者が流れ着いた。『帰りたい』と嘆《なげ》く彼らを宥《なだ》めながら、メルヴィネはその亡骸《なきがら》に錘《おもり》をつけ、海底帝国《ていこく》へ沈《しず》める。岬に漂着《ひょうちゃく》した者は二度と帰れない。

だから〝帰らずの岬〟。メルヴィネがそう名付けた。

でも、たった一匹《いっぴき》だけ、漂着しながらも生きて岬を去った者がいる。

「うそだ……あの大きな魔物《まもの》が、サロメ？」

「憶えていてくれましたか？」

「う、ん……本当に大きくて動かせなかったから、浜辺に毛布を持って行ったんだ。とても綺麗な銀髪《ぎんぱつ》だったけど、でも、サロメだってわからなかった。ぼく、まだ小さくて、記憶が曖昧《あいまい》になってて……ごめんなさい」

声が萎《しぼ》むようになってしまった。嬉しくてたまらないのに、物凄《ものすご》く悲しい。竜《りゅう》と人魚が断絶状態にある中、奇跡《きせき》的な出会いを果たせていたのに憶えていないなんて。泣きそうになる。瞳が潤《うる》むのを見たサロメが強く抱きしめてくる。

「謝らないでください。どうして悲しそうにするのです？　私は憶えていてくれただけで嬉しいのに」

「悲しいよ。もっとちゃんと憶えていたかった。あの魔物がサロメだってわかってたら、毎晩サロメのことを思い出しながら眠《ねむ》れていたのに。毎日ペンダントをかざして会ったことのないサロメを想像するのは、とても切なかった」

どうしてあのとき眠ってしまったのだろう。ちゃんと起きていたら、意識を取り戻《もど》したサロメと言葉を交《か》わせていた。そのあとすぐに離《はな》れなくてはならなかったとしても、心でつながることができていただろうに。

我慢《がまん》できずに落ちてしまった涙をサロメが舐《な》め取ってくる。強く抱き返して訊ねた。

「どうしてサロメは魔海域の島に来たの？　あのときのことを教えて。もしかしたら、なにか思い出せるかもしれない」

発情によって火照《ほて》った身体《からだ》がつらいけれど、それでも話を聞きたかった。サロメはまた綺麗《きれい》に笑う。メルヴィネを完全に裸体《らたい》にすると、脹脛《ふくらはぎ》にある魚の鱗に一度だけ口づけた。

そうして冷たくて心地《ここち》いい手で肌《はだ》を撫《な》でながら語りだす。

「あの日、私は魔海域の近くで魔物狩《まものが》りに遭遇《そうぐう》しました。魔物たちを逃《に》がすことには成功しましたが、自分が船の碇《いかり》に当たってしまい、気を失ったのです。目が覚めると汀《みぎわ》に横たわっていました。身体には毛布がかけられ、額には冷たいハンカチがありました。胸のあたりが丸く盛り上がっていたので、毛布をめくると、そこに小さなメルが眠っていたのです」

「サロメの身体が冷たかったから、どうにかして温めようとしたのかな……」

「はい。メルヴィネは私の手を抱いて温めてくれていました。当時の私は、魔物狩りとギルドの設立、人魚の一族との決別など、多くの困難を抱《かか》え、疲《つか》れ果てていて……あの汀でメルとともに横たわっている時間が、唯一《ゆいいつ》の安らぎでした。叶《かな》うならずっと私の胸で眠っていてほしかった。しかしそこが魔海域であることに気づき、急いでメルヴィネを小屋に運び、そのあとすぐに島を出たのです」

断絶さえなければ、当然のように一緒に過ごすことができていた。当時の確執《かくしつ》は、今とは比べものにならないほど酷《ひど》いものだっただろう。長い時を生きるサロメが『唯一の安らぎ』と言ってくれたのに、それがままならなかったことにメルヴィネは心が痛くなる。

多くの困難を抱えていたことも知らないで、安易に思い出させてしまった。後悔《こうかい》するメルヴィネの目の前で、どうしてかサロメは綺麗に笑う。

「小屋にあった寝台《しんだい》に寝《ね》かせたとき、メルは『んー』という可愛《かわい》らしい寝言を言って、毛布の中から勢いよく右脚《みぎあし》を出しました。あなたは幼いころから少し寝相が悪かったようですね。今もときどき私の腕《うで》から出ようとして、私を困らせます。寝言も言っていますよ」

「………」

寝言についてはなにを口走っているのか気になるが、聞いたところで責任が取れない。そして、どれだけメルヴィネの寝相が悪くても、あの強靭な腕から抜《ぬ》け出すことは不可能だと思う。そう反論しようと思ったが、サロメがずいぶんと嬉しそうに話すのでやめておいた。

「寝息を立てる小さなメルヴィネは溜《た》め息が出るほど愛らしかったです。毛布から飛び出た右脚の脹脛に、魚の鱗《うろこ》が見えたときは驚《おどろ》きました。でもメルの鱗は、当時も今もまったく変わりません。とても美しくて柔《やわ》らかだった……」

「え！　さ、触《さわ》ったの⁉」

「はい。いけませんでしたか」

島に来てくれる人魚は多くいたけれど、メルヴィネの鱗に触《ふ》れた人魚はほぼいない。鈍色《にびいろ》に光る鱗が好きになれなくて、物心がついたころにはラーラにも触れさせていなかったのに。

当時の感触《かんしょく》を思い出してうっとりとするサロメに、竜の所有行為《こうい》の片鱗《へんりん》が見えた。最初は恐《おそ》ろしいだけだったそれは、今は少しも怖《こわ》くない。世界最強の魔物だけが持つ寂《さみ》しさに因《よ》るものだと思うと、愛《いと》しさすら感じられた。

「私のメルヴィネ」

サロメは繰《く》り返し優《やさ》しく黒髪《くろかみ》を梳《す》く。青みがかった翡翠《ひすい》の瞳《ひとみ》の、その奥を見つめてくる。

「メルは私に、毛布だけではない、たくさんのことを与《あた》えてくれたのです。掛《か》け替《が》えのない温《ぬく》もりはもちろんのこと、人魚の一族を守護することが、竜という魔物に生まれた私の使命であり望みである――それを、あなたの温もりが思い出させてくれました」

「望み……？　サロメは、人魚の一族を守りたいと思ってくれていたの？」

「はい。私はずっと人魚たちの守護を切望してきました。同胞《どうほう》であり友人である彼女らとの別《べつ》離《り》は耐《た》えがたいものでした。もう二度と守護することは叶わないと諦《あきら》めていたのです。しかし小さな人魚が……メルヴィネの存在が、私の守護の本能を強く呼び起こしてくれました。いつの日かふたたび人魚たちを守ってみせると――それを叶えてくれたのもメルヴィネでしたね」

「ぼくが……？」

「そうです。メルヴィネは命を懸《か》けて、私に人魚の一族の守護を求めてくれました。二十年におよぶ竜と人魚の断絶を終わらせてくれるのは、あなたです。メルヴィネ」

　小さくて非力な自分は、なにもできない存在だと思っていた。でも、勇気を出して起こした行動はまちがっていなかったとサロメが教えてくれる。今のメルヴィネなら、エンプレスの三叉槍《トリアイナ》に貫《つらぬ》かれても誇《ほこ》りを持って死んでいけると強く思った。

　サロメと額を触れ合わせる。感知能力は働かなくていい。サロメの綺麗な唇で紡《つむ》がれる言葉を一言も逃《のが》さずに聞き、心に刻み込む。

「あなたを魔海域《まかいいき》に置いて去ったことを後悔しない日は一日もありませんでした。メルヴィネを思い出しては、もう私の巣に連れ去っても泣かないだろうかと、考えて……」

「ぼくも毎日必ずペンダントをかざして、サロメのことを想《おも》っていたよ。一日だって欠かしたことない」

　大きな水竜と小さな人魚は、遠く離れた場所で、毎日のように互《たが》いを想い合っていた。

　メルヴィネは十年近く、サロメに至っては十五年近くも。それはとても長い歳月だ。

そうわかったとき、「ちゃんと出会えてよかった……」と自然に唇からこぼれ落ちた。

本当に、出会えてよかった。サロメを想って瑠璃色《るりいろ》のペンダントをかざす、ひどく切ない日々にも愛しさが込み上げてくる。

大好きなラーラを傷つけるのは、たまらなくつらい。でもきっと、母親はメルヴィネの気持ちに気づいていたと思う。背骨を取り返したら自分の言葉できちんと伝えよう。

汀で一緒《いっしょ》に過ごしたあの日から、すでに始まっていた。サロメはメルヴィネを想い、メルヴィネはサロメに恋《こい》をして、たとえ記憶《きおく》を失《な》くしても、また恋をして——。

「ねえ、サロメ……ちゃんと出会えたこと、運命だって、思ってもいい……？」

「私はもうずいぶん前からそう知っていましたよ。私のメルヴィネ——」

サロメはとても淑《しと》やかに、この上なく綺麗に笑う。それは涙《なみだ》が滲《にじ》むほどに愛しい。

メルヴィネの濡《ぬ》れた眦《まなじり》に唇《くちびる》を落とし、触れるだけの口づけをしたサロメがゆっくりと下がっていく。シャラ、と音が聞こえて、胸に載《の》っていたペンダントトップがそっと除《よ》けられる。

「ぁあ……、んっ」

胸の突起《とっき》を吸われ、もう片方は摘《つ》ままれて、燻《くすぶ》っていた人魚の身体が熾火《おきび》のように燃え上がった。竜の重たい舌で転がされたそこがすぐに硬《かた》くなる。凝《しこ》った乳首《ちくび》を強く吸われると、魚の鱗が恥《は》ずかしいほど反応した。

「本当に美しい膜《まく》です。メルの鱗はいつも柔らかい……」

「あ、っ」

鈍色にしか光らない鱗をサロメは飽《あ》きることなく愛《め》で、夜ごと言葉にして褒《ほ》める。それが十五年近くも前からずっとつづいていたと思うと、魚の鱗が切なく震《ふる》えて、滴《したた》るほどに粘液《ねんえき》を分泌《ぶんぴつ》した。陰嚢《いんのう》や尻《しり》の割れ目にまで伝う粘液を、そこに顔をうずめたサロメが舐め取っていく。

「あっあ、——きもち、い……」

魚の鱗を吸われ、脚《あし》のあいだを余すところなくねぶられる。メルヴィネに脚を持たせて、サロメは後孔《こうこう》をくすぐり、袋《ふくろ》を繰り返し柔く食《は》んだ。屹立《きつりつ》を呑《の》み込み、長い舌を巻きつけてくる。

「ぁ、……ん。サロメ……ぼく、も……したい」

発情した人魚の身体はいつも、堪《こら》え性《しょう》というものを簡単に忘却《ぼうきゃく》した。メルヴィネが互いの性器を愛撫《あいぶ》したがることをサロメはよく知っているから、とろけた瞳でねだれば必ず望み通りにしてくれる。サロメは軍服のパンツを脱《ぬ》いで裸体になるとソファに仰臥《ぎょうが》し、メルヴィネはその長軀《ちょうく》に跨《また》がった。

「んん……」

弓形《ゆみなり》に反った竜《りゅう》のペニスを口いっぱいに頰張《ほおば》る。硬くて太い茎《くき》に浮《う》かぶ血管の、その力強い脈動を舌で感じて、魚の鱗が新たな膜を張った。

「っふ、……ぁ、あ」

後孔に竜の舌がぬるぬると這《は》う。ひどくいやらしい動きで、そこに唾液《だえき》をたっぷりと塗《ぬ》り込まれた。簡単にほころぶようになった孔《あな》に、サロメが長い舌を出し入れしてくる。たまらなく切なくて気持ちがいい。それを伝えたくて、同じように感じてほしくて、メルヴィネは夢中でサロメの性器を愛撫した。銀色の下生えを撫で、硬い亀頭《きとう》をしゃぶりながら太い茎を何度もこする。互いにくちゅくちゅと水音を立てさせて、激しい行為に溶《と》け合っていく。

「――っ、メル……」

「ん……あ。――いく、サロメ、いくっ。おねがい、手……」

唾液と先走りで濡れた手をうしろへ伸《の》ばすと、サロメはちゃんと手を取ってくれる。こうしてつなげられるところをすべてつなぐと、身体以上に心が快感に溺《おぼ》れることを知った。

「あ、ん……んんぅっ――！」

サロメの雄《おす》を頬張り、後孔に舌を深く埋《う》められたまま、メルヴィネはためらいもなく竜の腹に白い蜜《みつ》を撒《ま》く。鱗の浮かぶ大きな手を握《にぎ》りしめながら、ペニスの先にある小孔を思いきり吸い上げた。

「メル、ヴィネ、っ」

射精を耐えるサロメが長軀を起こす。絶頂を過ぎてくったりするメルヴィネを四つん這《ば》いにさせてくる。頭にクッションをあてがわれたメルヴィネは、尻を上げて脚を開いた。サロメがそこに覆《おお》いかぶさってくると同時に、唾液にまみれた後孔がぐうっと拡《ひろ》げられていく。

「ん……あぁ、――」

柔らかくなった体内は長大な陰茎《いんけい》を難なく受け入れる。その反った形も克明《こくめい》に感じることができた。長い腕が身体《からだ》にまわってくる。汗《あせ》ばむメルヴィネの首筋に顔をうずめて、サロメは抽《ちゅう》挿《そう》を繰り返した。

「メルっ、メルヴィネ……っ、愛しい、私だけの人魚……」

「あっ、あっ、サロメ、好き……す、きっ――あ、ぁっ！」

ひときわ腰《こし》を突《つ》き出して、サロメが射精を始めた。精液を放出しながら、メルヴィネの尻を押し潰《つぶ》すようにして、身体の最奥《さいおう》を拓《ひら》いてくる。

「や、……あ！　……すごい、おくっ、入って――」

「まだ……もっと奥に、……もっとかけたい。私のメルヴィネ……」

竜の凄《すさ》まじいまでの所有行為は終わりを見せない。これ以上は届かないと思っていたその先に、サロメがペニスを差し込んでくる。メルヴィネはわずかな恐怖《きょうふ》と大きな喜びに身体を震わせながら、際限なく注がれる竜の精液を受けつづけた。


真夜中になって、メルヴィネは目を覚ます。夢は見ていなかった。

長くつづいた交合の果てに、ソファで気を失うように眠《ねむ》ってしまったけれど、今は寝台《しんだい》に横たわっている。汗と体液にまみれた身体は清められていて、触れ合っている水竜の肌《はだ》の冷たさが心地《ここち》よかった。

いつものように、サロメの腕《うで》の中にいる。

頭の下には竜の腕があり、もう片方は背にまわされていた。銀色の長い髪《かみ》までもがメルヴィネを守るみたいに、さらさらと肌に流れ落ちてきている。

メルヴィネは、サロメの寝顔《ねがお》を見つめた。眦に浮かぶ、水紋《すいもん》のような綺麗《きれい》な鱗《うろこ》。長く豊かな銀のまつげ。雄の竜とは思えない美しさと淑やかさ。

記憶を失くして混乱するメルヴィネに落ち着きを齎《もたら》してくれた、あの静かな声と丁寧《ていねい》な言葉。

過保護なほどに甘くて優《やさ》しい。それでいて強く、冷酷《れいこく》なところもあるサロメが、メルヴィネは本当に好きだった。

「…………」

無防備ともとれる綺麗な寝顔に、メルヴィネは不安を覚える。

サロメは、バイロン王とメルヴィネのやりとりを鱗で視《み》ていた。そうでなければ、あの部屋には来ることができていない。メルヴィネがなにを受け取ったのか、これからなにをしなければならないのかも、わかっているはずなのに。なぜ、サロメはこんなにも穏《おだ》やかな顔をして眠っているのだろう。

あのときのサロメは、地下水を呼び起こし帝都《ていと》を水没《すいぼつ》させてまで、即座《そくざ》にバイロン王の命を奪《うば》おうとしていた。それは激しい憎悪《ぞうお》以外のなにものでもない。メルヴィネは、そのバイロン王の配下みたいな真似《まね》をしようとしている。サロメがそれを許すはずがなかった。

それなのに、サロメはメルヴィネを責めない。今も、見つめるメルヴィネのほうが泣きそうになるくらいに、とても綺麗な寝顔をしている。牙《きば》を剝《む》き出しにして咆哮《ほうこう》した水竜とは思えないほどだった。

――サロメ。どう思ってるの……。

メルヴィネは感知能力を上手《うま》く制御《せいぎょ》できない。額に触《ふ》れられて、なにも視えないときもあれば、怒濤《どとう》のようにその者の思考や記憶が流れ込んでくるときもある。自分以外の誰《だれ》かのことをのぞき見するようなこの能力を、メルヴィネは積極的に使う気になれない。自分から視たいと思うことは今まで一度もなかった。

でも、どうしても気になる。サロメが、バイロン王から毒薬を受け取ったメルヴィネのことをどうとらえているのか。

『今宵《こよい》、眠る彼奴《きやつ》の唇に、黒珊瑚《くろさんご》を垂らすだけでよい』――あの言葉も聞いているに違《ちが》いないのに、なぜこんなにも穏やかに眠っているのか。

今回、たった一度きりと強く心に決める。サロメの思考を知るために、メルヴィネはみずからその綺麗な額に自分の額を重ねた。

サロメの中が、閉じたまぶたにゆっくりと浮かんでくる。

バイロン王への憎悪の嵐《あらし》が視えるのではないかと心配したけれど、違う。

額に口づけられるたびに見せられ、伝えられてきたのに、浮かんできた風景はメルヴィネが初めて見るものだった。

「……!」

濃紺《のうこん》の海がない。少しずつ小さくなっていたあの黒い塊《かたまり》もない。

暗い海底に何百年と座する巌《いわお》のような孤独《こどく》が、跡形《あとかた》もなく消え去っている。

煌《きら》めきを帯びるそこに広がるのは、たった一色。青みがかった翡翠《ひすい》の色。

メルヴィネの瞳《ひとみ》の色だ。

そこはメルヴィネでいっぱいになっていた。

サロメの中のどこを見ても、どれだけ奥をのぞき込んでも、そこにはメルヴィネしかいない。

その想いがあふれて、美しい色の波となってメルヴィネの中に流れ込んでくる。

暗黒色の毒薬など、どうでもいい。メルヴィネが腕の中にいればそれでいい――。

「……っ」

メルヴィネは逃《に》げるようにサロメの腕から抜《ぬ》け、寝台を出て、ソファへと駆《か》ける。甘く激しい情事の跡《あと》が残るそこに縋《すが》りついて顔を伏《ふ》せ、微笑《ほほえ》んで、泣いた。嬉《うれ》しくて嬉しくてどうしようもなく泣けてくる。サロメの中に巣くっていた、恐《おそ》れを感じるほどの凄烈《せいれつ》な孤独は、今はもうない。

穏やかに眠っているそのわけをようやく理解する。心の中をメルヴィネでいっぱいにしたサロメは、幸福の直中《ただなか》を生きていた。それはメルヴィネにとってもなによりの幸福であった。

「いやだっ……。殺せ、ない……」

殺せない、殺したくない！　一緒《いっしょ》に生きていきたいのに――。

ソファのまわりに散らばった、ドラゴンギルドの軍服とバトラーの制服。メルヴィネはそこへ手を伸ばし、テール・コートを引き寄せた。ポケットに手を突っ込んで小瓶《こびん》を取り出し、割るために振《ふ》りかざす。

「サロメ、……サロメ」

瑠璃色《るりいろ》のペンダントの向こうに思い描《えが》いてきたサロメは果てしなく遠くて、どれほど焦《こ》がれても届かなかった。会いたいと願いつづけてきたけれど、本当に会えるとは思っていなかった。母親が想いを寄せる美しいオンディーヌ。同じ雄。竜と人魚のあいだにある大きな隔《へだ》たり。想い合える日が来るなんて、想像もできなくて――。

「ぅ、……っ」

小瓶を投げつけることができないメルヴィネは、そのまま腕をゆっくりと下げる。

手を開いて見た、黒い液体の揺《ゆ》れる瓶《びん》。ラベルに描かれた、三叉槍《トリアイナ》を持つ美しい人魚。バイロン王は、人魚に竜を殺させることに異様に拘《こだわ》っていた。それはこのラベルを見てもよくわかる。でもメルヴィネには、ラベルの中の人魚が持つ三叉槍が、竜ではなくバイロン王に向けられているように思えてならなかった。

この猛毒《もうどく》は、竜にしか効かないという。しかし世界最強の魔物《まもの》を滅《めっ》するほどの威力《いりょく》があるのなら、生身の人間にもなんらかの強い影響《えいきょう》があるはずだ。

――これを、サロメじゃなく、バイロン王に……。

メルヴィネにあの男を殺《あや》めるまでの勇気はない。それでも、二度とサロメと人魚たちを脅《おびや》かすことができないくらいには、追いやることができる。この猛毒を使って。

そう思うと、恐ろしい暗黒の色をしている液体が、本当に綺麗な黒珊瑚のように見えてくる。

サロメはこれから先、人魚の一族と魔海域《まかいいき》に生きるすべての魔物を守護すると誓《ちか》ってくれた。メルヴィネが命を懸《か》けて島を出たその目的は果たされる。ドラゴンギルドとエンプレスが対話する日は近いうちに訪《おとず》れ、長いあいだ夢に見つづけてきた希望が現実のものとなる。

こんなにも幸せなことはない。もう充分《じゅうぶん》だった。

残る唯一《ゆいいつ》の危惧《きぐ》は、メルヴィネに課せられた、『明日の日没《にちぼつ》まで』という時間の緊縛《きんばく》――。明日メルヴィネがバイロン王のところへ行かなければ、その時点で人魚の一族は絶滅《ぜつめつ》させられる。サロメが誓ってくれたのに、なにもかもが無駄《むだ》になってしまう。

必ずバイロン王のところへ行かなくてはならないのなら、それを利用するしかなかった。

明日の朝、サロメに鱗をもらう。角は要《い》らない。バイロン王には、硬《かた》くて折れなかったと言う。そして日没までにあの部屋へ行き、猛毒をバイロン王に飲ませる。飲ませることができなくても、瞳や顔に浴びせるくらいは必ずしてみせる。

恐ろしくはない。自分でも気づかないうちに、サロメの腕の中で少しずつ気概《きがい》が培《つちか》われてきたようだった。

——今くらいの勇気があれば、一人で島を出られたのに。

バイロン王に深手を負わせることができたそのあとを想像する。思い浮《う》かんできたのは、たったひとつ——それはドラゴンギルドに戻《もど》る自分ではなく、メルヴィネのせいで怖《こわ》い思いをさせてしまっている、イオーたちの姿だった。

「メル……。メル、どこです……」

「あっ。サロメ、ちゃんといるよ、ソファの近くにいる」

メルヴィネがいないことに気づいたサロメが目覚めてしまった。手早く軍服と制服を吊《つ》って寝台に戻り、綺麗な水色の鱗が浮かぶ腕の中におさまる。

「怖い夢を見たのですか……私がいます、怖く、ない……」

サロメはまぶたを閉じている。ほとんど眠っていて、寝《ね》ぼけているようだった。

でも、腕の力は強い。最初は痛くて怖かっただけのこの力強さが、今はとても好きだった。

「怖い夢は見てないよ。軍服と制服に皺《しわ》がついたら明日が大変だから、吊っておきたくて」

「ありがとう。でも、腕の中から出ては、いけません……、——」

「うん。気をつけるね。おやすみなさい」

柔《やわ》らかな唇《くちびる》が額に押しあてられる。サロメの中に広がる、青く煌めく翡翠の海を見つめながら、メルヴィネもゆっくりと眠りについた。

7

翌朝、時刻は午前六時三十分——。

メルヴィネは、ドラゴンギルドの紋章《もんしょう》が入ったリボンタイを結び、テール・コートを纏《まと》う。そしてサロメに軍服を着せていく。ロングブーツを履《は》かせ、軍人用の手袋《てぶくろ》を嵌《は》めさせる。長躯《ちょうく》を屈《かが》めてくれるサロメに軍帽《ぐんぼう》をかぶせると、そのままメルヴィネは彼のしなやかな体軀《たいく》を抱《だ》きしめた。サロメはすぐに抱き返してくれる。

「サロメに、お願いがあるんだ」

「なんですか？」

「少し、恥《は》ずかしいけど……やっぱりバイロン王が怖くて。仕事中はサロメと離《はな》れてるから余計不安になる。だから、鱗《うろこ》をちょうだい。お守りにするんだ……」

自分で言っていて情けなくなるくらいの見え透《す》いた嘘《うそ》だった。でもメルヴィネのことを疑おうともしないサロメはとても嬉しそうにして、綺麗《きれい》に笑う。

「何枚にしましょうか」

「三枚ほしいけど、もらいすぎかな……」

「たったそれだけですか？　もっとたくさん渡《わた》しておきたいです。メルになら何枚でも」

「ううん。三枚で大丈夫《だいじょうぶ》だよ」

サロメはうなじに手をまわして鱗を取り、メルヴィネに持たせてくれた。

手を広げると、鱗と鱗が触れ合って、キン……と澄《す》んだ音が鳴る。メルヴィネが持つ魚の鱗とはまったく違う。大きくて硬くて、きらきらと煌めいていた。透き通った水色に、ほんの少しの藍色《あいいろ》と紫色《むらさきいろ》が水紋《すいもん》を描くように入っている。オンディーヌの鱗は夢のように美しい。

「綺麗だな……、ありがとう」

「また欲しくなったら、すぐ言ってください」

「うん。またお願いするかも……」

あまりの美しさに、思わずそう言ってしまった。

本当に、持っているだけで力が湧《わ》いてくる。でも、ここに戻らない覚悟《かくご》を決めるのに、物凄《ものすご》く勇気が必要だった。

バイロン王との対峙《たいじ》は怖くないが不安はある。毒を盛ることに失敗すれば、その場で殺されるだろう。なにがあっても成功させなくてはならない。そして、上手《うま》くバイロン王に深手を負わせることができたら、イオーたちが捕《つか》まり、ラーラたちの背骨が吊られている戦艦《せんかん》を目指す。

勝手な行動を取るメルヴィネをリーゼは絶対に許さない。それ以前に、イオーたちを魔海域に帰すことができたとき、メルヴィネはエンプレスの三叉槍《トリアイナ》に貫《つらぬ》かれるだろう。

「………」

「メル？　まだ怖いですか。今日は巣にいますか？」

メルヴィネは首を横に振る。すらりとした長軀の腰《こし》に両腕《りょううで》をまわし、軍服に顔をうずめて、そこにある清らかな水の香《かお》りを目いっぱい吸い込む。

サロメの中に広がる、青みがかった翡翠色の海は、世界で一番綺麗な海だ。

一緒に生きていきたいと切に願う。夜ごと額を触《ふ》れ合わせ、同じ夢を見て眠《ねむ》りたかった。

それが叶《かな》わないのはたまらなく悲しい。彼の中の海がまた色を濃《こ》くするのかと思うと、それがどうしようもなく恐ろしかった。

もう会えないなんて信じられない。これが最後の別れになるなんて、信じたくなかった。

「サロメ」

二匹《ひき》の魔物のあいだには大きな身長差がある。それを少しでも縮めたくて、メルヴィネは顔を上げ、背伸《せの》びをして言った。

「今日、早く帰ってきてね……」

たとえ今日が別れの日ではなく、なにげない日々のうちの一日だったとしても、メルヴィネはそう願う。サロメはこれ以上ないほど優《やさ》しく微笑《ほほえ》んで、髪《かみ》を撫《な》でながら言ってくれた。

「はい。すぐに帰ってきますよ」

そうしてサロメとメルヴィネは脱衣室《だついしつ》へ向かった。

朝の打ち合わせに姿をあらわした筆頭バトラーは、クリップボードを片手に、いつも通り粛々《しゅくしゅく》と行動予定を確認《かくにん》していく。昨日の極限状態をまったく思い起こさせない。メルヴィネは打ち合わせが終わってすぐにリーゼのところへ駆《か》けていき、頭を下げた。彼は「サロメと話をする。おまえは通常勤務」という短い返事をくれた。

オーキッドにも礼を言う。昨日、強靭《きょうじん》な竜《りゅう》の姿を見せてくれた彼は天使みたいな魔物に戻っていて、薔薇色《ばらいろ》の頬《ほお》を膨《ふく》らませ「ファッジのお店、絶対行くからねっ」と言った。

竜たちの出動を見送り、いつも通りジュストに尻《しり》を採《も》まれたり真面目《まじめ》に仕事を教わったりしながら午前中を過ごす。昼食の時間に固定はなく、合間を見つけて手短に食べるのが常になっていた。入ったばかりのメルヴィネは、いつも最後に食べることにしている。

午後二時――。

「遅《おそ》くなっちゃったね。お昼、行ってきな」

「はい。行ってきます」

先輩《せんぱい》バトラーたちが順番に昼食を終え、ジュストがそう言ってくれる。返事をしたメルヴィネは、食堂には行かず、そのままドラゴンギルドを出た。

「眩《まぶ》しいな……」

昼下がりの空は、もうすっかり夏の色をしている。綿菓子《わたがし》みたいな雲が浮いていた。

魔海域の海原《うなばら》は、この時季が最も美しくなる。太陽の光を受けて透明度《とうめいど》を上げ、紺碧《こんぺき》になったり青藍色になったり、星屑《ほしくず》を撒《ま》いたようにきらきらと輝《かがや》く。

海に帰りたい。懐《なつ》かしい潮の匂《にお》いを胸いっぱいに吸い込みたかった。

――サロメは任務地で怪我《けが》してないかな。お昼ご飯、ちゃんと食べられたかな……。

メルヴィネはバトラーとしてサロメを思い、竜の兄弟を思いやる。

シーモアのために花を摘《つ》むと約束したのに、果たせない。オーキッドとファッジの店へ行く約束も。バーチェスの奥歯は、もう痒《かゆ》くないだろうか。

フォンティーンは今日も哲学《てつがく》の本を片手に物憂《ものう》げな午後を過ごすのだろうか。ジュストとの長くて甘い口づけに耽《ふけ》るのかもしれない。ジュストは、不安な表情ばかりするメルヴィネにいやらしいことをして緊張《きんちょう》をほぐしながら、とても真面目に仕事を教えてくれた。彼に「黙《だま》っていなくなる子はキライだよ。もう知らない」なんて言われたら、本当に泣きそうになる。素性《すじょう》のわからないメルヴィネを守ると瞬時《しゅんじ》に判断してくれたリーゼに、感謝してもしきれない。

記憶《きおく》が早く戻りますようにという優しい魔術《まじゅつ》をかけてくれたアナベル。

たった二週間ほどしかいなかったドラゴンギルドに断《た》ち切れない想《おも》いがあった。

それでもメルヴィネは、イオーたちを連れて魔海域《まかいいき》に帰る。

テール・コートの左側に竜の鱗を、そして利《き》き手である右側に小瓶《こびん》を入れていた。

メルヴィネは、この長い道の果てに海があることを信じて、アルカナ大帝《たいてい》の宮殿《きゅうでん》群へと歩いていく。

昨日連れてこられた建物に着くと、衛兵が立っていた。

「メルヴィネと言います。ゲルベルト中将《ちゅうじょう》に召致《しょうち》されて来ました。確認してください」

確認作業を済ませた水兵に連れられて、長い廊下《ろうか》を歩く。昨日と同じように、奥へ進むにつれて奇妙《きみょう》な臭《にお》いが濃霧《のうむ》のように立ちこめてきた。

しかし昨日とは異なる種類の緊張感《きんちょうかん》がある。昨日はただ不安と極度の緊張で震《ふる》えているだけだったが、今は違《ちが》う。バイロン王に深手を負わせることができるか——心臓の音がやけにうるさく聞こえた。

「ゲルベルト中将。メルヴィネを連れて参りました」

「メルヴィネのみ入室を許可する。あとは下がれ」

扉《とびら》の向こうから温度のない声がした。ほんのわずか震えてしまっている手に、ぐっと力を込める。ノブをまわして扉を開け、入室した。

「思いのほか早かったな。――否《いな》、来るとは思っていなかった」

バイロン王は最初からこちらを向いて座っている。海蛇《うみへび》のような瞳《ひとみ》を一瞬《いっしゅん》だけ大きくして驚《おどろ》きの表情をして見せ、そのあと細めて満足そうに嗤《わら》う。

「どういう意味？」

「昨日のそなたらは、ずいぶん仲睦《なかむつ》まじい様子をしていたのでな。あれでは毒を盛ることなどできまいと、なかば諦《あきら》めておったのだ。そなたは人魚の一族の絶滅《ぜつめつ》を代償《だいしょう》に、竜と生きる道も選択《せんたく》できた」

「そんなことしない」

よくそのようなことが考えつくものだと感心した。そうしてまで生きてなんの意味があるのだろう。できるだけ言葉を交《か》わしたくなくて、あとは黙ったままでいた。

両手を下げて静かに立つメルヴィネを、異様に濃い緑の瞳が舐《な》めまわすように見てくる。

「角を持っておらぬようだが？」

「硬《かた》すぎて折れなかった。竜のサーベルを使ったけど、刃《は》が欠けた」

自分でも緊張で声が硬くなっているのがわかった。棒読みになってしまう。嘘だと察知されるだろうか。バイロン王の片眉《まゆ》が動く。鋭《するど》く睨《ね》めつけられた。

「……鱗を出せ」

どくどくと胸が早鐘《はやがね》を打つ。汗《あせ》ばむ手をスラックスで拭《ふ》いた。近づいて、鱗《うろこ》を渡したその瞬間に毒薬を口の中へ――脳内で何度も確認したそれをもう一度だけ思い描《えが》き、バイロン王へ向かって歩いていく。

あと一歩のところで止まり、ポケットから三枚の鱗を取り出す。

掌《てのひら》に載《の》せて見せると、キン……と澄んだ音が鳴った。バイロン王もその美しい音に反応して、背凭《せもた》れから背を離す。

「ほう……、近《ちこ》う。もっとよう見せてみろ」

バイロン王が手を差し出す。大きく一歩近づく。男の掌に向かって鱗を手放しながら、右手をポケットに入れた。バイロン王は鱗に視線を落としている。小瓶《こびん》を取り出して蓋《ふた》を開け、顎《あご》をつかむために左手を伸《の》ばしたとき――。

「……っ⁉」

バイロン王が鱗を棄《す》てた。

空いた両手が凄《すさ》まじい速さで伸びてくる。右手首をつかまれて身体《からだ》ごと持ち上げられる。

その指先から小瓶の感触《かんしょく》が消えた。

「く、ぅ！」

「ははは、愉《ゆ》快《かい》、愉快。そなたのような矮小《わいしょう》な魔物《まもの》が考えつくのは、せいぜいこれくらいであろうな」

指先が虚《むな》しく宙を掻《か》く。右手首をぎりぎりと締《し》めあげながら、バイロン王は愉《たの》しそうに嗤う。なにがあっても成功させなくてはならないのに。絶対に諦めたくない。取り上げられ、椅子《いす》に置かれた小瓶へ左手を伸ばす。その手をつかまれて、うしろ手に縛《しば》られた。

「う、……！　放せっ、放せ！」

身を捻《ひね》り、脚《あし》をばたつかせて暴れる。手首を縛めてくる長い縄《なわ》が蛇《へび》のようにのたうつ。死人《しびと》みたいな冷たい手にうなじを撫《な》でまわされて、身体が強張《こわば》った。

「本来なら今ここで頸椎《けいつい》を抜くところだが、健闘《けんとう》を称《たた》え、抜かずにいてやろう。――今宵《こよい》は大規模な饗宴《きょうえん》があってな。そなたも列席するとよい。あらかじめ特等席を作っておいた」

「な……!?」

即座《そくざ》に殺されないことが、いっそ恐《おそ》ろしい。饗宴という言葉にぞっとする。それは人魚の腐《ふ》肉《にく》を食すための宴《うたげ》に違いない。殺されるよりももっと酷《ひど》い状況《じょうきょう》に陥《おとしい》れられる予感がした。

毒薬が入った小瓶の蓋がきつく閉められる。バイロン王の軍服の胸ポケットにしまわれて、完全に手が届かなくなった。

「う、ぅ……」

これから待っている恐怖《きょうふ》と、あまりにも非力で浅慮《せんりょ》な己《おのれ》に嫌気《いやけ》がさして脱力《だつりょく》し、その場に座り込む。でも、バイロン王によって時間を緊縛《きんばく》されていたメルヴィネは、こうするよりほかなかった。

サロメは人魚の一族を守ると約束してくれたけれど、そのためにはドラゴンギルドとエンプレスとの対話が必要不可欠だった。対話を抜きにしてサロメだけに今すぐ魔海域へ行ってくれと頼《たの》むのは絶対にまちがっているし、リーゼもそれを許さない。

人魚の一族を質に取られ、バイロン王に時間を支配されていると伝えれば、サロメはまちがいなくこの男を殺しているだろう。メルヴィネたちがどんな事情を抱《かか》えていようがそれは関係なく、『竜が海軍将校を殺害した』という事実だけが残り、結社・ドラゴンギルドは解散へ追いやられる。それだけはなにがあっても避《さ》けなくてはいけなかった。

座り込み、うなだれるメルヴィネの瞳に軍人用のロングブーツが映る。頭上から楽しそうな声が降ってきた。バイロン王は戯《たわむ》れに額のあたりを撫でてくる。

「気落ちすることなどなにもあるまい？　饗宴を楽しめ。――さて、主賓《しゅひん》が遅《おく》れてはせっかくの饗宴が台なしになってしまうな。表に車を待たせてある。参ろう」

「主賓……？　どういう意味――」

訝《いぶか》しい言葉が聞こえて顔を上げたとき、触《ふ》れられている額を介《かい》してバイロン王の思考が流れ込んできた。

メルヴィネにサロメは殺せまい。今宵、海底帝国《ていこく》を破壊《はかい》する。仮にサロメを殺したとしてもそれは同じ。褒美《ほうび》に船上の饗宴に招いてやろう。船客たちには雄《おす》の人魚を観賞させながら腐肉を賞味させる。彼らはさぞや驚き、雄の人魚の所有者たる余に羨望《せんぼう》の眼差《まなざ》しを向けるだろう――。

「――!!」

激しい怒《いか》りで身体が震えだす。

最初から絶滅させるつもりだった。メルヴィネだけを生かしておくのは、格好の見せ物だからだ――頭をめちゃくちゃに振《ふ》って男の手を払《はら》う。眼球が痛くなるほどバイロン王を睨みつける。上機嫌《じょうきげん》の男は、メルヴィネを抱《だ》き上げてきた。

「やめろっ、放せ！　触《さわ》るな！」

この手はいったいどれほどの命を奪《うば》ってきたのだろう。そう思うと、衣服越《ご》しに触れられることすら耐《た》えがたかった。床《ゆか》に落下する覚悟《かくご》で思いきり暴れる。縛られていない脚《あし》を力の限りばたつかせ、大声で叫《さけ》んだ。

「最初からみんな殺すつもりだったんだろ！　——お、おまえが人喰《ひとく》いヴェールだってことはわかってる！　どれだけ殺せば気が済むんだ！　悪魔《あくま》！」

「余は、騒《さわ》がしい男は好きではない。淑《しと》やかな男子が好みだ。あまり騒がれると両手両脚を切り落としたくなる。手足がなくとも摂取《せっしゅ》と排泄《はいせつ》さえできれば生きられるぞ？　孔《あな》があれば余も存分に愉しめる。——いいな。そうするか、メルヴィネ？」

「ひ……」

この悪魔は、おぞましく酸鼻極《きわ》まりないそれをいとも簡単にやってのける。頭と胴体《どうたい》だけを残されて男の慰《なぐさ》み者になる姿を想像してしまい、胃液が迫《せ》り上がってきた。

言葉の呪縛《じゅばく》を受けて動けなくなる。人魚の一族は、最初から絶滅の一択《たく》だった。あまりにも惨《むご》い事実に打ちひしがれる。

おとなしくなったメルヴィネを抱き上げたまま、バイロン王は部屋を出た。建物の外に待機していた黒塗《くろぬ》りの車の後部座席に乗せられる。隣《となり》に座るゲルベルト中将は、長い脚を組みながら運転手に告げた。

「出港を遅らせるわけにはいかない。飛ばせ」

帝都《ていと》があっという間に遠ざかる。車は軍港への道を高速で進んだ。犇《ひし》めき合っていた建物が疎《まば》らになり、大きな葉を広げる並木や鮮《あざ》やかな緑色の麦畑が流れていく。

その景色を黙《だま》って見つめながら考えた。

バイロン王の転生を止めることは誰《だれ》にもできない。メルヴィネがあの夜に会っていなくても、どのような形であれ、生まれ変わったバイロン王の魔手《ましゅ》は必ずサロメと人魚の一族に伸ばされていた。もっと誰にもわからないように、ひたひたと接近され、サロメは本当に殺されていたかもしれない。

かつてない絶望と脅威《きょうい》を前に、懸命《けんめい》に足掻《あが》いてもがいて、精一杯抗《せいいっぱいあらが》ったけれど、人魚の一族の運命を変えることはできなかった。今からメルヴィネは想像を絶するおぞましい目に遭《あ》い、耐えがたい恥辱《ちじょく》を受け、いずれ殺されるだろう。海底帝国は今夜、壊滅《かいめつ》する。それは心が千切れそうなほどにつらい。雄のくせに大声をあげて泣いてしまいそうになる。

でもメルヴィネをきっかけにして、サロメたちはバイロン王の存在を知ることができた。リーゼは警戒《けいかい》を最大限に強くする。ゲルベルトはドラゴンギルドに二度と近づくことができない。バイロン王は黒い毒薬をサロメに飲ませることが絶対にできない。

そう思うと、少し微笑《ほほえ》んでしまう。

自分が一族唯一《ゆいいつ》の雄であること、人魚でありながら脚を持って生まれたことには必ず意味がある——孤独感《こどく》と劣等感《れっとう》に苛《さいな》まれるたび、己にそう言い聞かせ、信じてきた。

そしてメルヴィネは確かな意味があったことを知る。なによりも大切なサロメの命を、バイロン王に奪わせない。そのために、この人魚の脚はあったのだと今は心から信じている。

——サロメ、会いたい。会いたいな……。

夢のように美しい水色の竜《りゅう》が、飛んでいないだろうか。もし一瞬《いっしゅん》でも見えたなら、それを頼《たよ》りに恥辱を耐え、死んでいける――見えないとわかっているけれど、それでもメルヴィネは、車窓の向こうに広がる夏の空を目を凝《こ》らして見つめた。

そして心から切に願う。もし本当に生まれ変わることができるなら、メルヴィネはまた脚のある人魚に生まれたい。次こそは一人で魔海域《まかいいき》を出て、自力で小舟《こぶね》を漕《こ》ぎ、浜辺《はまべ》に着く。

そうしてサロメがいるドラゴンギルドへ、自分の脚で歩いて行くんだ――。

軍港に到着《とうちゃく》したころには夏の陽《ひ》が傾《かたむ》きはじめていた。

うしろ手に縛られた長い縄をゲルベルトの配下に引っ張られ、戦艦《せんかん》へのタラップを歩かされる。メルヴィネがどうしても確認《かくにん》したかった舳先《へさき》は見ることができなかった。

重厚《じゅうこう》で武骨な戦艦の中へ入った途端《とたん》に空気が一変する。その煌《きら》びやかで華《はな》やかな雰囲気《ふんいき》に、メルヴィネはかつてない戦慄《せんりつ》と嫌悪《けんお》を覚えた。

真っ赤なアラベスク柄《がら》の絨毯《じゅうたん》がどこまでも広がっている。そこに配置された、上質なクロスのかかったテーブルと、金縁《きんぶち》の椅子。天井《てんじょう》にはドロップ形のクリスタルが揺《ゆ》れるシャンデリア。管弦楽団《かんげんがくだん》が奏《かな》でる美しい音楽を背景に、着飾《きかざ》った男女の楽しげなおしゃべりや、グラスの触れ合う音が聞こえてくる。

人間たちはこの豪華《ごうか》絢爛《けんらん》な場所で、上品に微笑んで人魚の腐肉を食《く》らうのだろうか。

頸椎《けいつい》を抜かれてぐるぐると廻《まわ》る人魚たちや、裸《はだか》の雄の人魚を観賞しながら。

――頭がおかしくなる……。

艦隊の司令官であり、この戦艦の艦長でもあるゲルベルト中将の姿を認めると、男も女も立ち上がり、意味不明の拍手《はくしゅ》をした。不気味な光景に強い眩暈《めまい》を覚える。そのときメルヴィネの瞳《ひとみ》に、巨大《きょだい》な円柱が映った。

この広い部屋を支える柱と思ったが、違《ちが》う。円柱形の水槽《すいそう》だった。部屋の中央にあり、どの席からも見えるようになっている。その中を泳ぐものの影《かげ》が見えたとき、メルヴィネは縄を持つ男を振り切り、転げるように水槽へ駆《か》けた。

これ以上ないほどガラス面にへばりつき、懐《なつ》かしい仲間たちの名を叫ぶ。

「イオー！　メライナ！　ダプネ！」

「アア……、メルヴィネ――」

あの夜、メルヴィネのせいで捕《つか》まってしまった三頭の人魚は、頸椎を抜《ぬ》かれることなく生かされていた。しかし二週間におよぶ拘束《こうそく》が彼女たちの心身を疲弊《ひへい》させている。三頭は痩《や》せこけ、鰭《ひれ》も鱗《うろこ》も色褪《いろあ》せて、所々に苔《こけ》が生えていた。

「ごめんなさい……！　許して、許して！」

自分がどれほど大事なものを忘却《ぼうきゃく》していたのか、忘れているあいだにどんなに恐ろしい思いをさせてしまったのか――それを思い知らされたメルヴィネは堪《こら》えきれずに涙《なみだ》を流し、その場に頽《くずお》れる。

「おい！　勝手な真似《まね》をするな！　閣下の手を煩《わずら》わせるな！」

「うるさい！　放せ！　あんたたちゲルベルトの正体を知らないのか⁉」

あとを追ってきた男の手をめちゃくちゃに振り払う。メルヴィネの叫び声を聞いた一部の船客が、わずかにざわついた。少しでもイオーたちの近くにいたいメルヴィネは立ち上がり、涙でべたべたの顔を躍起《やっき》になってガラス面にくっつける。

「泣カナイデ。メルヴィネ——」

「ぅ……、イオーっ……」

イオーはガラス越しに、痩せ細った指でメルヴィネの涙を拭《ぬぐ》うような仕草をしてくれた。美しい蹼《みずかき》のある人魚の手。メルヴィネが守りたいと切に願ったもの。すぐそこにあるのに、少しも届かない。

「イオー、メライナ、ダプネ……怖《こわ》い思いさせてごめん。もう離《はな》れないから」

水槽の中に入れてほしい。溺《おぼ》れてもいいから入りたい——けれどそれは叶《かな》わなかった。客人の対応をしていたゲルベルトが近づいてきて、うなじを鷲《わし》づかみにされる。

「く、っ……放せ！　イオーたちを今すぐ海に戻《もど》せ！　悪魔っ、人殺し！　人喰いヴェ——」

「黙れ。おまえの席はここではない。もっと先だ」

バイロン王が力任せに鼻と口を塞《ふさ》いでくる。裸にされ見せ物にされると思っていたが、半狂乱《はんきょうらん》になって暴れるメルヴィネを見たバイロン王は考えを変えたようだった。呼吸ができないまま、広大な部屋を端《はし》から端まで引きずられるように移動し、外に出される。

「っ……！」

そこでようやく手が放された。吹《ふ》き荒《すさ》ぶ強風に身体《からだ》を持っていかれそうになる。

これはただの海風ではない。バイロン王とメルヴィネが乗った時点で〝ゲルベルト艦隊〟は出港していた。

「あ、ぁ――」

振り返ると港はすでに見えなくなり、バイロン王の戦艦を囲うように十二隻《せき》もの戦艦が並走している。数えきれないほどの破壊兵器を搭載《とうさい》し、砲口《ほうこう》はすべて魔海域へ向けられていた。

その光景には、絶望だけがあった。

「こっちだ、さっさと歩け」

「うっ……！」

腰《こし》をしたたかに蹴《け》られ、艦首へ向かって無理やり歩かされる。強風で髪《かみ》が乱れ、視界が遮《さえぎ》られる。己《おのれ》の黒髪《くろかみ》の向こうに舳先が見えた。メルヴィネは懸命に目を凝らす。

そこにはあの夜と同じように、白い塊《かたまり》が括《くく》りつけられていた。

「ラーラ！　――っ!?　なにを、する！　おろせっ」

バイロン王はみずからの手でメルヴィネを持ち上げる。そうして両手を縛《しば》っている長い縄《なわ》を使い、メルヴィネを舳先にきつく巻きつけた。

「ははは、なかなかさまになっておるではないか。船首像のようだ。ただ、船首像にしては少しばかり手足が邪魔《じゃま》だな……。――そこから海底帝国《ていこく》の終焉《しゅうえん》を見ておれ。終焉のあかつきには祝いに手足を切断し、本物の船首像にしてやろう」

「――」

メルヴィネはもうなにも言い返さなかった。おろせ、放せと言っても叶うわけがなく、唇《くちびる》が動こうとしない。もうこの男と話すことはなにもなかった。

暴れることもせず黙って水平線を見ていると、バイロン王が舳先から離れ、甲板《かんぱん》を歩いていく。コッコッというロングブーツの踵《かかと》の音が、近くの大砲あたりで止まった。

十三隻のゲルベルト艦隊は恐《おそ》るべき速さで進行する。ぶらぶらと揺れるメルヴィネの足元、その下で乱暴に切り裂《さ》かれていく海原《うなばら》が悲鳴をあげているようだった。痛みを感じるほどの暴風に頬《ほお》や髪がさらされる。

「ラーラ」

戦艦が作り出す強風に煽《あお》られて、人魚の背骨はぶつかり合い、カラカラと音を立てていた。手を伸《の》ばせば届くところにある。せめて彼女らを海に還《かえ》せないだろうか。メルヴィネは今一度、心を奮い立たせて縄をほどこうとした。しかしもがくほどに、縄が腕《うで》を千切る勢いで食い込んでくる。

「ぅ、……ラーラ。みんな……許して……」

守りたいものを守れない。ままならなくて歯痒《はがゆ》くて、どうしようもなく悔《くや》しい。

メルヴィネみたいな小さな魔物《まもの》でもそう思うのに、強い守護の本能に支配されているサロメは、どれほどの苦しみを抱《かか》えてきたのだろう。

ずっと人魚たちのことを守りたかったと言ってくれたサロメ。メルヴィネは、その掛《か》け替《が》えのない想《おも》いさえ守ることができない。人魚の一族が絶滅《ぜつめつ》したら、サロメはまた悔恨《かいこん》の念を抱《いだ》いて、長い時を独りで生きるのだろうか。

そう思うと、涙が滂沱《ぼうだ》とあふれて止まらなくなった。

「サロメ。——サロメ、……」

ゴオォ……と大気が唸《うな》りをあげる。あまりにも強い風に負けて、結んでいたリボンタイが攫《さら》われていく。

夏の空を照らしていた太陽が、赤い夕陽《ゆうひ》に姿を変えた。世界中が炎《ほのお》の色になる。メルヴィネの涙もラーラたちの背骨も紅炎《こうえん》の色に染められていく。

やがて連なる小島や、夥《おびただ》しい数の岩礁《がんしょう》たちが姿をあらわす。それが魔海域の入り口だった。

十三隻の戦艦が一斉砲撃《いっせいほうげき》を行えば、海底帝国の壊滅だけでは終わらない。人魚のみならず魔海域に棲《す》むほかの魔物や魔海獣《まかいじゅう》たちまで殺されることになる。

「——っ」

息が詰《つ》まりそうなほどの暴風が吹き、思わずまぶたを閉じてしまった。メルヴィネは懸命《けんめい》にまぶたをこじ開ける。どれほどつらくても、胸が張り裂けそうでも、この事実から目を逸《そ》らしてはいけないと思った。

「人魚を狩《か》り尽《つ》くせ！　海底帝国を破壊《はかい》せよ！」

バイロン王の号令が聞こえて、メルヴィネは歯を食いしばる。

ゲルベルト艦隊は魔海域への侵入《しんにゅう》を開始した。

人魚たちが休んだり戯《たわむ》れたりする、小さな岩や柔《やわ》らかな岩礁たち。それらが巨大な鋼鉄の塊に次々と壊《こわ》されていく。

ドォン……、ドオォン——、と大砲の吠《ほ》える音がするたび、海面に巨大な水柱が立った。

その合間に、きらきらと煌《きら》めくものがある。キャア、と小さな叫《さけ》び声が聞こえてきた。

「に、逃《に》げて！　海底帝国はだめだ！　ずっと遠くの、海に逃げるんだっ……！」

涙でぼやけた瞳でもよくわかる。色鮮《いろあざ》やかに煌めくそれらは、人魚たちの鱗だった。

バイロン王の戦艦《せんかん》も砲撃を開始する。振《ふ》り返って見たバイロン王は、みずからの手で大砲を操作し、人魚たちを撃《う》っていた。

「な、なんてことを……やめろ！」

「人魚どもが余に齎《もたら》した苦痛はこんな生半可なものではないぞ？　皮膚《ひふ》を剝《は》がされ肉を削《そ》がれ、内臓のみで海中を漂《ただよ》う己の姿を見せられる――そなた、同じ目に遭《あ》わせてやろうか？」

眼《め》を剝《む》き口角を上げ、とり憑《つ》かれたように砲弾《ほうだん》を撃ちつづけるその姿は、もはやゲルベルト中将《ちゅうじょう》ではなく、人間でもなかった。宙に浮《う》くメルヴィネの脚《あし》は紙人形のように、大砲の爆風《ばくふう》に何度も煽られる。海底まで届いた砲弾が破裂《はれつ》して、間近で濁《にご》った水柱が立つ。

ふいに、オォン……という悲しい唸り声が聞こえた。大きな魔海獣たちが戦艦に体当たりしてくる。彼らはシーモアと同じようにとても優《やさ》しくて、攻撃《こうげき》することが嫌《きら》いだった。それでも自分たちより小さな魔物を守るために、戦艦に向かってくる。

「だめだ！　そんなことしないで逃げて、お願いだっ……」

また大量の爆音がして、魔海獣たちの死骸《しがい》が海面に次々と浮かんだ。大切な友人たちの死に、メルヴィネは憚《はばか》らず泣いた。黒煙《こくえん》が発生し、獣《けもの》の血の臭《にお》いが充満《じゅうまん》する。美しい魔海域が絶望の一色に染められ、地獄《じごく》のようになる。

ゲルベルト艦隊の砲撃は一瞬《いっしゅん》もやまない。水柱が立つたび、人魚や魔物たちの悲鳴がどんどん増えていく。目を逸らしてはいけないけれど、もう見ていられなかった。人間は恐ろしくて、自分は悲しいほど非力だった。絶望に押し潰《つぶ》されそうになったメルヴィネは、縋《すが》るようにその言葉を口にする。

「……サロメ、――」

人間に、これほどまでに魔物を淘汰《とうた》する権利があるのだろうか。太古から大切に守り、連綿と受け継《つ》いできた魔物の種が、人間の身勝手な考えひとつで消えてしまうなんて信じたくない。

自分たちに残されているのは絶滅の一択《たく》だけなのだろうか。

メルヴィネの大切な人魚の一族は、魔物たちは――。

「サロメ！」

堪えきれなくなったメルヴィネはオンディーヌの名を何度も呼ぶ。そして、喉《のど》から血が出るほどに叫んだ。

「サロメ……、サロメ！　人魚を守って！　魔物を守って！　お願いだよサロメ！」

叫ぶメルヴィネの胸元《むなもと》で、瑠璃色《るりいろ》のペンダントが、キン……と澄《す》んだ音を奏《かな》でた。

その音に呼応するように、キィィ――……という高音が天を翔《か》ける。

メルヴィネは茜空《あかねぞら》を仰《あお》ぎ見る。

見上げたメルヴィネの、青みがかった翡翠《ひすい》の瞳《ひとみ》に、美しい水色の星が映った。

「彗星《すいせい》……？」

あたりは黒煙や水煙《みずけむり》が立ちこめているのに、水色の星だけは、はっきりと見える。

鮮《あざ》やかな光の尾《お》を引くそれは、まっすぐメルヴィネに向かっていた。恐ろしい光景のはずなのに、どうしてか怖くない。メルヴィネはまばたきもせずにその星を見つめる。

「落ちてくる――」

落下する彗星が、かっ、と発光し、刹那《せつな》、世界が真っ白になった。

水色の彗星が落ちた瞬間《しゅんかん》、耳を劈《つんざ》く轟音《ごうおん》とともにバイロン王の戦艦が激しく揺《ゆ》れる。

落ちてきた巨星《きょせい》の衝撃《しょうげき》で、大量の海水が立ち上がった。それが巨大な水の壁《かべ》となり、戦艦の行く手を阻《はば》む。まるで大海が激怒《げきど》しているようだった。海水の壁がバイロン王の戦艦を呑《の》み込むように倒《たお》れてくる。大量の水が甲板に立つ乗組員を攫い、流れ落ちていく。

「おのれ、来たか！」

大砲につかまって海に投げ出されることを回避《かいひ》したのだろうか、バイロン王の叫び声が聞こえた。メルヴィネも息ができないほどの大量の海水を浴びる。なにが起きたのかわからない。

懸命に呼吸してまぶたを開く。

そこに見えたのは、メルヴィネへ伸ばされた竜《りゅう》の前脚《まえあし》だった。綺麗《きれい》な蹼《みずかき》のある――。

「サロ、メ……？」

ザァ――……と海が割れて、夢のように美しいオンディーヌがあらわれた。

水紋《すいもん》を描《えが》く水色の鱗《うろこ》は、海水を纏《まと》ってより一層輝《かがや》いている。松の葉みたいな太く長い銀のまつげと、清らかな水の香《かお》りがする銀の鬣《たてがみ》。そして、メルヴィネの掌《てのひら》よりも大きな金色の瞳。

「サロメ！　サロメ……！」

「メル、許してください。怖《こわ》い思いはさせないと誓《ちか》ったのに」

サロメは鉤爪《かぎづめ》を使って縄を切り、メルヴィネを蹼のある前脚にそっと乗せてくれた。

それだけで、絶望の一色だった世界が色彩《しきさい》を取り戻《もど》す。小さな胸にあふれんばかりの勇気が湧《わ》いてくる。メルヴィネは鉤爪を強く抱《だ》きしめて言った。

「怖くない……！　もうなにも怖くないよ。勝手なことをしてごめんなさい」

「メルヴィネが謝る必要はありません。これはすべて、昨日のうちにあの男を始末しなかった私の落ち度です」

「サロメ、助けにきてくれてありがとう。魔海域に来てくれて本当にありがとう……！」

謝るのではなく心から感謝の気持ちを伝えると、サロメは舳《へ》先《さき》のほうへ前脚を伸ばしてくれた。メルヴィネはそこからラーラたちの背骨を外し、左右のポケットに分けて入れる。

そのとき間近で爆音がした。直後に飛んできた砲弾《ほうだん》をサロメは素早《すばや》くよける。バイロン王が大砲を撃ってきた。決して殺してはならない竜に向かって。

「かの冷酷《れいこく》なオンディーヌどのが、そのような小物のために姿をあらわすとはな……なにがよかった？　身体《からだ》か？」

「バイロン王よ、あまり煽《あお》るな。またおまえに悲鳴をあげさせたくなる——百年前のように」

「やってみるがいい！　できるのならばな！」

そう叫んでまた大砲を撃ってくる。激怒しているバイロン王は、魔《ま》女《じょ》ジゼルの呪《のろ》いを忘れてしまったのだろうか。竜を殺したらアルカナ・グランデ帝国《ていこく》は滅《ほろ》びてしまうのに。

サロメはメルヴィネを前脚で包み、ばっ、と水色の翼《つばさ》を広げる。バイロン王の戦艦の周囲を高速で旋回《せんかい》し、連射される砲弾を次々とよけていく。

水竜があらわれたことにより一時的に止まっていたゲルベルト艦隊の砲撃が再開された。飛行しながら砲弾をよけるサロメに向かって、メルヴィネは大きな声をあげる。

「サロメ、お願いだよ！　みんなを守って。人魚たちが、魔海獣たちが死んでしまう」

「はい。メルヴィネと約束しました。――ドラゴンギルドが、魔物たちを守ります」

「えっ……」

サロメはバイロン王の頭上を越《こ》え、戦艦の天辺《てっぺん》にある艦橋《ブリッジ》に着地する。そこには砲弾が届かない。そうして遥《はる》か遠くを見やる。メルヴィネもそれに倣《なら》った。

「あっ！　みんなが……！」

まだ魔海域に澱《よど》む黒煙。その向こうに、メルヴィネは十個の星を見た。

綺麗な琥珀《こはく》色の星がよっつと、ふたつの美しい水色の星。煌めく緑色の星は、みっつのうちひとつだけが少し小さい。そして、沈《しず》みゆく夕陽よりも鮮やかな赤い星がひとつ。

ドラゴンギルドの竜たちが魔海域に向かって飛んでくる。その姿はみるみる大きくなって、リーゼとアナベルがオーキッドの背に乗っているのが見えるまでになった。

「な……!?　こ、これはどういう――」

目の前にあらわれた竜の群れにバイロン王は慄《おのの》き、大砲を撃つ手を止めた。サロメはふたたび翼を広げ、兄弟たちのところへ向かう。

全機の竜が揃《そろ》うと、オーキッドの背に立つ筆頭バトラーが業務命令を口にした。

「人魚および魔物《まもの》の保護を最優先。戦艦は適当に止めとけ。撃ってくるようなら砲身を曲げてもかまわん。ただし、沈めるなよ」

「イエス・サー」

返事をした竜たちが、各々《おのおの》得意とする方向へ散らばっていく。サロメは、メルヴィネをオーキッドの背に乗せた。離《はな》れていく前脚を握《にぎ》って懸命《けんめい》に願う。

「バイロン王の船に、イオーたちが……人魚が捕《つか》まってる水槽《すいそう》があるんだ。ぼく、そこに行きたい。サロメ、お願いだよ。連れて行って」

「大丈夫《だいじょうぶ》です。私が行きます。メルヴィネはオーキッドのそばを離れないように」

サロメは落ち着いた声でそう言って、バイロン王の戦艦へ飛んで行った。その姿をずっと見ていたいけれど、メルヴィネには真っ先にやらなくてはならないことがある。

「リーゼさんっ」

オーキッドのくるくるに巻かれた金色の鬣。そこに凭《もた》れて腕《うで》を組むリーゼを見つめる。ぴんとつり上がった猫《ねこ》の瞳を半分にして、あきれ果てていた。

「どいつもこいつも勝手ばっかしやがって。エンプレスと話がつけにくくなっただろうが」

「本当に、申し訳ありません……！」

メルヴィネは竜の背から転げ落ちる勢いで深く頭を下げる。一瞬だけ張りつめた空気に、アナベルが焦《あせ》って助勢してくれた。

「メルヴィネが無事で本当によかった。こうしないと人魚の一族を絶滅《ぜつめつ》させるって脅《おど》されてたんだよね。大変だったね。でも大丈夫、リーゼさんはなにがあっても従業員を守って――」

そのとき、バイロン王がふたたび放ちだした砲弾《ほうだん》が飛んできた。サロメを撃《う》とうとしたその流れ弾《だま》を、オーキッドが「きゃっ」と言いながらひらりとかわす。

「もう、なんなの！　ぼく、あのおじさん大っきらい！」

「オーキッド。少し離れろ。岩礁《がんしょう》におろしてくれ」

「はぁい」

小さなシルフィードは軽《かろ》やかに飛行し、足場のいい岩礁におろしてくれた。

ここからでもわかる。バイロン王は、サロメを戦艦に近づけさせないために大砲を撃ちつづけていた。サロメは難なくかわしているようだけれど、怖くて見ていられない。

竜が傷つけられることをひどく嫌うリーゼも、激しい苛立《いらだ》ちを見せた。

「当てたら絶対に許さん。……しかしあいつ、目がいっちまってるな。おそらく自分が海軍将校ってことを忘れてる。ドラゴンギルドのバトラーに手を出したことも理解してない。これはれっきとした契約不履行《けいやくふりこう》だ。軍事裁判に持っていけるくらいのな」

「え……？　さ、裁判、ですか？」

「そうだ。おまえがゲルベルトに拉致《らち》され、危害を加えられた事実を確認《かくにん》した。我が社は訴訟《そしょう》を起こす。あいつが殺人犯の可能性が高いことは警部たちに伝えた。検挙できるまでの証拠《しょうこ》をつかめるかは彼らの努力次第《しだい》だが、我が社の訴訟中に確たる証拠が出せたら上出来だ」

筆頭バトラーは片眼鏡をカチャリと鳴らし、不敵な笑《え》みをこぼす。

「ゲルベルトを――バイロン王を人喰《ひとく》いヴェールとして軍法会議に引きずり出してやる。帝都《ていと》を震撼《しんかん》させた希代の猟奇《りょうき》殺人犯が海軍将校だと知れば世論は黙《だま》ってない。……さて、元帥《げんすい》どもはどうするかな？　顔を真っ蒼《さお》にする爺《じい》さんたちが目に浮《う》かぶぜ」

メルヴィネの勝手な行動を逆手に取って訴訟を起こし、司法によってバイロン王を動けなくさせ、帝国軍を牽制《けんせい》する。

強すぎて、敵《かな》わない――メルヴィネはもう一度リーゼに深く頭を下げた。

「見て、煙《けむり》が薄《うす》くなってきたよ。竜たちが艦隊《かんたい》の大砲を止めてくれてる」

アナベルが指さす方向を、メルヴィネは青い翡翠の瞳で見つめた。

サリバンやガーディアンは逃《に》げ惑《まど》う乗組員をいじり、フォンティーンは大砲の上に鎮座《ちんざ》している。シャハトは二隻《せき》まとめてぐいぐいと魔《ま》海域《かいいき》の外へ押し出してくれた。

「人魚さんたち、早くこっちに来て！　僕の背中に隠《かく》れてて！」

優《やさ》しいシーモアの声が聞こえる。丸くて温かそうな琥珀色の背に、たくさんの人魚がくっついていく。水竜であるキュレネーも人魚たちを抱《だ》き、魔海獣《まかいじゅう》まで守ってくれた。

老齢《ろうれい》のエドワードは、本当に穏《おだ》やかな竜だった。彼は人魚たちを背に乗せる一方で、饗宴《きょうえん》の部屋から海に投げ出されて慄く船客に「よしよし、怖がらんでいいよ」と柔《やわ》らかな声で話しかけ、掬《すく》っては岩礁へ乗せていく。

バーチェスはすでに砲身を折り曲げ、ナインヘルに至っては大砲そのものをバリバリと嚙み千切ってしまった。

竜に守護される人魚たち――もう何度夢に見たか知れないその風景を、メルヴィネは潤《うる》む瞳《ひとみ》に強く焼きつける。胸が熱くなる。おそらくエンプレスは今、崩壊《ほうかい》しかけている海底帝国を懸命に支えているに違《ちが》いない。この風景が彼女に届いていることを心から願った。

「サロメ……」

サロメはバイロン王の砲撃《ほうげき》をよけながらその戦艦に前脚をかける。イオーたちを救出するため、饗宴の部屋に顔を突《つ》っ込んだ。竜の重みは巨大《きょだい》な戦艦をも激しく揺《ゆ》らす。

部屋が半壊《はんかい》した。少し離れた場所にいるメルヴィネにも、船客たちの大きな悲鳴が聞こえてくる。円柱形の水槽をくわえたサロメが顔を出した。アナベルが「よかった……」と言う。メルヴィネも安堵《あんど》して笑顔になりかけたとき、どうしてか違和感《いわかん》を覚えた。

ひどく——静かだ。

砲撃音が聞こえない。つい今まで、鼓膜《こまく》を破るような爆音《ばくおん》がつづいていたのに。不自然なほど静かだった。メルヴィネは目を凝《こ》らして戦艦を見る。

「バイロン王がいない。どこ——」

水槽をくわえたサロメが翼を広げ、戦艦から前脚を放したとき、見失っていたバイロン王が姿をあらわした。その肩《かた》にロケットランチャーを担《かつ》いでいる。

全身の肌《はだ》が粟立《あわだ》つ。届かないとわかっていても大声で叫《さけ》んだ。

「サロメ！　逃げて！」

あのような小さな兵器から発射される弾《たま》が当たっても、竜《りゅう》は死にはしない。軽傷で済む。でも、どうしようもなく不吉《ふきつ》で恐《おそ》ろしかった。

バイロン王が飛翔《ひしょう》するサロメに限界まで近づく。ロケットランチャーを発射する。

「死ねっ！」

巨大な水槽をくわえていたサロメには、その弾道《だんどう》が見えなかったのかもしれない。

小型のロケット弾が竜の巨体《きょたい》に吸い込まれていく。

「サロメ!!」

「くそ！　当てやがった！　畜生《ちくしょう》っ！」

リーゼが怒《いか》りをあらわにする。オーキッドとアナベルが悲鳴をあげる。竜の兄弟たちは、一《いっ》瞬《しゅん》なにが起こったのか理解できずにいた。

皆《みな》が見つめる中、サロメは長い首を撓《しな》らせて仰《の》け反り、頭からゆっくりと海に落ちていく。

顎《あご》が外れたようになって、くわえている水槽が口から離れた。

落下する竜の巨体がみるみる縮んでいく。大きな翼と長い尾《お》が見えなくなり、サロメは人型になって海へ没《ぼっ》した。

「なぜ竜の姿を維持《いじ》しない⁉ ……できないのか？ サロメ！」

リーゼの叫び声が急に不安の色を強くする。メルヴィネはもうわかってしまった。小型のロケット弾には黒い液体が塗《ぬ》り込まれている。竜を死へ追いやる、あの猛毒《もうどく》が——。

「サロメ！ いやだっ、サロメ‼」

今すぐサロメのところに行きたいのに、メルヴィネは泳げない。リーゼもアナベルも動けないでいる。戦艦に鎮座していたフォンティーンが海に飛び込み、兄弟を探す。すぐに見つけて、メルヴィネたちがいる岩礁へサロメを上げてくれた。その損傷の酷《ひど》さにリーゼが驚愕《きょうがく》の声をあげる。

「おい、どうなってる⁉ なんでこんな吐血《とけつ》してんだっ」

口と鼻孔《びこう》から血があふれている。かたく閉じられたまぶたにある銀色のまつげまで赤く濡《ぬ》れていた。脇腹《わきばら》に大きな穴が開き、大量の血が漏《も》れ出ている。

あんなにも綺麗《きれい》で強い水竜が、血まみれになって動かない。ぼろぼろになったその身体《からだ》に抱きつきたいのに、フォンティーンの前脚《まえあし》につかまれる。

「よせ！ 出血しているんだぞ！ 浄化《じょうか》するまで触《ふ》れるな！」

「うぅ、っ……サロメ……！」

汚《よご》れた身体を拭《ぬぐ》ってあげたいのに、なにもできない。猛毒である竜の血に触れたらメルヴィネは悶死《もんし》してしまう。少しでも早く浄化するために、フォンティーンが大量の聖水を吐《は》いてくれる。本来、竜は泣くことができないがオーキッドだけは特別だった。彼は劇薬である若葉色の涙《なみだ》をみずからの意思で落としていく。

魔女《まじょ》の血を引くアナベルは、竜の血の猛毒に耐《た》えうる肉体を持っていた。穴の開いたサロメの身体に手を入れて、そこに刺《さ》さったままのロケット弾を抜《ぬ》き取る。リーゼが瞠目《どうもく》する。

「なんでだ⁉　なんでこんな小型の砲弾で倒《たお》れる⁉」

「ああ……、やっぱり――……」

竜の血にまみれたロケット弾のその先端《せんたん》には、どろりとした黒い液体がこびりついていた。

「バイロン王は、竜だけに効く猛毒を砲弾に塗って撃ったんです！」

「なに？　……まさか、魔石の抽出《ちゅうしゅつ》液か⁉　そんなもの、どうやって入手を――」

「サロメ、目を開けて！　死んじゃだめだっ」

アナベルが魔女の力を発動させる。彼が手で傷口を撫《な》でると、大きな穴が少しずつ小さくなっていった。魔女と竜たちの治癒《ちゆ》能力によって血は浄化され、欠けた肉体は再生されていくのに、サロメは目を開けない。唸《うな》り声すらあげなかった。

やがてフォンティーンの口から聖水が吐かれなくなる。オーキッドはまだ泣いていた。

「サロメ、サロメ……！」

メルヴィネは、完全に再生された体軀《たいく》に縋《すが》りつく。顔にくっついた銀の髪《かみ》を丁寧《ていねい》に除《よ》けた。

その綺麗な貌《かお》に生気はまったくない。頸動脈《けいどうみゃく》を確認するリーゼの手が震《ふる》えだす。

「こんなことは、あってはならない」

ふいに、岩礁が強く揺れた。それが地震《じしん》だと気づいたとき、渦《うず》を巻くような緑風が吹《ふ》く。

海面がざわめき、ナインヘルが炎《ほのお》の塊《かたまり》を吐いた。いつも物静かなフォンティーンが長い首を振《ふ》って天を仰《あお》ぎ、大気を震動《しんどう》させるような咆哮《ほうこう》をあげる。

サロメの死を感知した竜の兄弟たちが、怒りをあらわにした。

「ははは、即死《そくし》であったことを感謝するがよい！　苦しまずに逝《い》けたであろう！　魔女ジゼルの呪《のろ》いなど、まやかしに過ぎぬ！　帝国《ていこく》は滅《ほろ》ばぬ！　魔物《まもの》は消え去り、人類は躍進《やくしん》をつづけるのだ！」

竜たちの怒りは神々の怒りのように恐ろしいのに、バイロン王は大声で嗤《わら》う。

目の前にあるリーゼの拳《こぶし》が激しく震え、そこから血が滴《したた》ってくる。

「人間ごときが、よくも……よくも俺の竜を！　許さねえ！」

リーゼの鮮血《せんけつ》を瞳に映しながら、メルヴィネは痺《しび》れはじめた脳で考える。

サロメを喪《うしな》ったのに、どうしてか悲しくない。恐ろしくもない。その理由を必死で考えた。

硬《かた》くなっていくサロメを掻《か》き抱《いだ》いて、リーゼが魔女ジゼルの呪いを発動させる。

「ドラゴンギルドの竜、全機に告ぐ！」

「待ってくださいリーゼさんっ！」

アナベルが懸命《けんめい》に止める。筆頭バトラーの声に竜の兄弟たちが激しく反応した。

ばっ、と風を切り裂《さ》いて、皆が一斉《いっせい》に翼《つばさ》を広げる。

リーゼの怒号《どごう》が魔海域に響《ひび》き渡《わた》った。

「アルカナ・グランデ帝国を滅ぼせ！　兄弟への手向《たむ》けに帝国の滅亡《めつぼう》を！」

グオォ――――……という咆哮をあげて、怒り狂《くる》う竜たちがアルカナ・グランデ帝国を激しく揺さぶる。また大地が震え、爆風《ばくふう》が吹き荒《すさ》ぶ。

そばにいるフォンティーンが波を荒《あ》らし、小さなオーキッドまでが嵐《あらし》を喚《よ》ぶ。

リーゼは硬くなったサロメから手を離《はな》して立ち上がり、世界を壊《こわ》していく竜の兄弟たちを見つめつづける。アナベルは肩を落として泣いていた。

秩序《ちつじょ》を失くしていく世界でメルヴィネは懸命に考える。

そして、悲しくも恐ろしくもないわけを理解した。

サロメの死は、偽物《にせもの》だ。

そう確信するメルヴィネの胸元《むなもと》で、瑠璃色《るりいろ》のペンダントが、キンッ――と強い音を発した。

「人魚の涙……ラーラの涙がある！」

人魚が生涯《しょうがい》に一滴《ひとしずく》だけ落とす真珠《しんじゅ》の涙は、死者を蘇生《そせい》させる魔薬。その人魚が愛した者にのみ効果を発揮する――ラーラの烈《はげ》しいまでの恋心《こいごころ》はサロメだけに向けられていた。ラーラの涙は、サロメにしか効かない。メルヴィネのペンダントの中で輝《かがや》く真珠は、サロメを蘇生させるためだけに存在している。

激しい揺れを気にもしないで、メルヴィネはペンダントを引っ張り出す。十八年間、一度も外したことのないそれは、身体の一部になっていた。しかしそれを割ることに躊躇《ちゅうちょ》はまったくない。今この瞬間《しゅんかん》のために、大切に持って生きてきたのだと確信できる。

指に力を入れてガラス管を割る。パキン、と音が鳴った。中からあふれてきた紺碧《こんぺき》の水が煌《きら》めきながらこぼれ落ちていく。それは二十年近くが経《た》ったとは思えないほどさらさらとしていて、まるで昨日サロメが流した涙のようだった。

掌《てのひら》に残った美しい真珠を指先でつまむ。アナベルが不思議そうに見つめてくる。

「メルヴィネ？　それは……？」

「サロメに恋《こい》している人魚の涙です。これを飲めばサロメは必ず生き返る。――サロメ、もう大丈夫《だいじょうぶ》だよ」

ゴ……、と近くで轟音《ごうおん》が鳴り、大地の割れる音がした。メルヴィネはアナベルに手伝ってもらい、揺れるサロメの身体を二人で押さえる。

綺麗だけれど色を失っている唇《くちびる》。そこに手を添《そ》えて開かせ、ラーラの涙を落とした。頭を少しだけ持ち上げて、嚥下《えんか》させる。これでもう大丈夫――帝国が壊れはじめ、大地が揺れて暴風が吹き荒れているのに、メルヴィネの心はとても穏《おだ》やかだった。

「サロメ？　ねえ……」

しかし、いつまで待ってもサロメの顔に色が戻《もど》らない。まぶたも開かなければ、まつげさえ揺《ゆ》れなかった。穏やかだった心が、にわかに揺らぐ。まったく怖《こわ》くなかったのに急に恐怖《きょうふ》を覚えた。アナベルも、真珠を飲んだのに動かないサロメを不安げに見つめる。メルヴィネは震えだした身体に力を込め、祈《いの》るような思いで左の胸に耳をあてた。

「うそだっ。どうして――」

心音は、聞こえなかった。

いつもメルヴィネのそばにあって、竜の強さそのままに、力強く脈打っていた生命の音。

それが今は聞こえない。ラーラの涙を飲んだのに、サロメは蘇生しなかった。

「なんで……ラーラっ、どうして!?」

混乱と戦慄《せんりつ》に襲《おそ》われて、ちゃんと考えることができない。

サロメに効かないなら、ラーラはいったい誰《だれ》を想《おも》って涙を落としたのだろうか。

「酷いよ、ラーラ……こんなの、ひどい――」

抱《かか》えきれない絶望と悲しみにメルヴィネは泣いた。まちがっているとわかっていながら母親を責めてしまう。

同じ水竜に恋をしてしまったことで何度も自己嫌悪《けんお》に陥《おちい》ってきた。気持ちを抑《おさ》え込もうとして失敗しつづけた。母親に嫉妬《しっと》しなかったと言えば、それは嘘《うそ》になる。

それでも、ラーラはその愛らしい心で、サロメを想って涙を流したのだと信じてきたのに。

出来損《できそこ》ないであるメルヴィネには決して落とせない、人魚の涙。

宝石みたいな涙を生み出せる人魚たちが本当に羨《うらや》ましかった。ラーラの涙は、サロメだけに効く魔薬《まやく》であってほしかったのに。

「ああ……。ラーラ、ごめんなさい……」

しかしメルヴィネは今になって母親の想いにようやく気づく。

『ラーラの涙は、私を想って流したものではないと思います』――サロメはとうに気づいていたことに、メルヴィネは今さらながら気がついた。

サロメにただ憧《あこが》れていたころは、わからなかった。でもサロメと心も身体も深く結ばれた今のメルヴィネには痛いほどよくわかる。

〝MELVINE〟――人魚の古い言葉で〝極東の王〟を意味するその名。

ラーラはずっと、メルヴィネの名を呼びながら、東の最果てに住むという父親のことを呼びつづけていたのではないだろうか。たった一夜だったけれど、深く愛し合ったから食べることができなかった。そうして二度と会えない彼を想い、真珠の涙を落として――。

「……っ」

「危ないっ、サロメ――」

ザアッと音を立てて、大きな波がメルヴィネたちにぶつかってくる。海に引き込まれそうになるサロメの身体を、アナベルと一緒《いっしょ》になって懸命に守った。そしてリーゼが腕《うで》を組んで睨《にら》みつづけるその光景をメルヴィネも見つめる。

巨大《きょだい》な鋼鉄の塊である戦艦《せんかん》が、荒れ狂う波に翻弄《ほんろう》されてぐらぐらと揺れている。まるで玩具《おもちゃ》の船のようだった。夥《おびただ》しい数の悲鳴の中からバイロン王の声が聞こえてくる。

「うわぁっ……！　操舵《そうだ》を、私が……ううっ！」

土竜《ゲノムス》は大地を揺らし、水竜《オンディーヌ》は大波と水竜巻《みずたつまき》を次々と生み出す。風竜《シルフィード》が喚んだ緑色の稲妻《いなずま》が大気を走り、数えきれないほどの竜巻が天と地を結んでいた。火竜《サラマンダー》が吐き出す炎によって戦艦が大爆発《だいばくはつ》を起こし、海の上に炎の柱が立つ。

アルカナ・グランデ帝国が崩壊《ほうかい》していく。否《いな》、世界が終焉《しゅうえん》を迎《むか》えるようだった。

しかしそんなことはどうでもいい。メルヴィネにとってサロメのいない世界など、もうどうでもよかった。蒼白《あおじろ》くなった長軀《ちょうく》を、有り丈《たけ》の力と想いを籠《こ》めて掻き抱く。

『メル……、わたし、の……メルヴィネ――』

「サロメ！」

ふいに、サロメの声が聞こえてくる。その声は、すでに死者のものになっていた。

過去、メルヴィネが島で聞きつづけてきた嘆《なげ》きの声。

亡者《もうじゃ》特有の、純粋《じゅんすい》と寂《さみ》しさに満ちた声。メルヴィネは懸命に耳を傾《かたむ》ける。

『まだ……、逝きたくない……』

「サロメ！　だめだよ、逝かないで、逝かないでよサロメ！」

『メルヴィネ……、やっとこの腕で……守れるように、なったのに――』

「ううぅ……」

あんなにも強靭《きょうじん》で冷酷《れいこく》な竜が悲痛なまでに嘆く。なにかを言って会話をつづけ、現世につなぎ止めていたいのに言葉が出せなかった。

崩壊していく世界の直中《ただなか》を、風に乗ってきらきらと輝きながら流れていくものがある。

それは死者を導く妖精《フェアリー》たちの鱗粉《りんぷん》だった。

亡者たちを迎え入れるため、現世と冥府《めいふ》をつなぐエキドナの門が開かれる。

あれを通ってしまったら、サロメはもう帰ってこない。

「サロメ！　お願いだからエキドナの門には行かないで！　戻ってきて！」

懸命に叫《さけ》んでも、メルヴィネの声はきっともう届いていない。

みずから落涙《らくるい》することが許されない竜。魔物《まもの》に頼《たの》まれなければ泣くことができないサロメ。

その竜の眦《まなじり》から、紺碧の涙《なみだ》が一滴だけ落ちた。

『私の――、メル、ヴィネ……』

「いやだっ、サロメ！　いやだぁ……逝《い》くなら連れていって……」

あと少しで世界が終わるのなら、悲しみにまみれた別れなど知りたくない。死ぬよりも先に心が潰《つぶ》れてしまう。自分の涙で溺《おぼ》れそうなほどに、メルヴィネは泣いた。

瑠璃色のペンダントの向こうにいた、遠い遠いサロメ。綺麗《きれい》で淑《しと》やかなオンディーヌ。でも強引《ごういん》なところもある、冷酷で怖くもある。それを含《ふく》めてなにもかもが好きだった。

雄《おす》の竜だから激しく求めてくるけれど、過保護なほどに甘くて優《やさ》しい。

守護の本能に忠実で、守りきれなかったものたちのためにずっと心を痛めている。

長い歳月を毎日のように想い合ってきた。運命に導かれて、ちゃんと出会うことができた。サロメが抱えていた恐《おそ》ろしいほどの凄烈《せいれつ》な孤独《こどく》。それが消えてメルヴィネでいっぱいになったことを知ったときは、叫びたくなるほど嬉《うれ》しかった。

「サロメ。好き……お願いだから連れて行って。離れていたくない」

魔海域の小さな島で、一人で暮らしてきたメルヴィネは、恋と憧れを綯《な》い交ぜにしてサロメだけを想いつづけてきた。ほかはなにも知らない。愛というものがなんなのかも、よくわからない。でも、サロメへのこの想いが愛ではないのなら、もうわからないままでいい。そのまま死んでいきたかった。

「痛い――っ」

涙を出し尽くしてもまだあふれてくる左目に、開けていられないほどの激痛が走る。

あまりの痛さに手で左目を押さえた。それを見たアナベルがひどく驚《おどろ》く。

「メルヴィネ!? どうしたの！　すごい血が……！」

「血？　……痛っ」

涙だけではなく大量の血まであふれてきて、指と指のあいだから漏《も》れていく。めりめりと肉の裂《さ》ける感触《かんしょく》が耐《た》えられないほど痛い。丸くて硬《かた》い塊《かたまり》に眼球を押し潰されるようだった。

瞳《ひとみ》からぼたぼたと体液が落ちていく。悲しくて出ている涙ではない。眼球を押し潰してくる硬い塊を外に出そうとして分泌《ぶんぴつ》されていた。

大量の涙と血液に押されて、それが瞳から飛び出たとき、一瞬《いっしゅん》で激痛が去った。

「あ……!!」

メルヴィネは、己《おのれ》の掌に奇跡《きせき》の結晶《けっしょう》を見る。

涙と血が混ざった体液の中に、七色の光を放つ小さな真珠《しんじゅ》があった。

「人魚の涙だ！」

アナベルが絶叫《ぜっきょう》に近い声をあげる。生み出されたばかりのそれは熱く、強烈《きょうれつ》な生命の輝きを宿していた。赤や黄、緑や青と瞬時に色を変え、眩《まばゆ》いばかりの光を八方へと放つ。

「涙が出た……サロメのための涙……」

出来損ないの人魚なのに、真珠の涙が出た。メルヴィネを押し潰そうとしていた強大な悲しみが一瞬で霧散《むさん》する。

メルヴィネが落とした人魚の涙は、サロメにしか効かない唯一《ゆいいつ》無二の魔薬。

心と身体《からだ》が激しく震《ふる》える奇跡に、メルヴィネとアナベルは同時に叫んだ。

「リーゼさんっ、命令を撤回《てっかい》してください！　メルヴィネが人魚の涙を落としました！」

「サロメは生き返ります！　絶対に呼《よ》び戻してみせます！」

「なんだと？　──お、おいっ！　サロメを押さえろ！　波に攫《さら》われるぞ！」

そう言われてうしろを振《ふ》り向き、手を伸《の》ばしたが間に合わなかった。

岩礁《がんしょう》に打ち寄せた大きな波がオンディーヌの亡骸《なきがら》を連れ去っていく。

「サロメ！」

メルヴィネは真珠を口に含むと、一切《いっさい》の躊躇《ちゅうちょ》なく海に飛び込んだ。

苦しい。脚《あし》がすぐ攣《つ》りそうになる。荒《あ》れ狂《くる》う海はいつもの青さと透明度《とうめいど》を失っていた。

泳げないメルヴィネはそれでも懸命《けんめい》に脚を動かし、手を伸ばす。

しかし少しも届かない。長軀のサロメはどんどん海底へ引き込まれていく。濁《にご》った海に阻《はば》まれて、美しい銀髪《ぎんぱつ》まで見えなくなる。

「……っ！」

このまま溺れ死んでもいいから、サロメに真珠を飲ませたい。メルヴィネの想いだけでできたこの宝石を、竜の身のうちに宿してほしかった。

息を止めていられない。頭の中で動けと叫んでも、脚が動かなくなる。

──絶対に、諦《あきら》められない！　サロメ……！

そのとき、なにかに強く引っ張られるような感覚があった。

テール・コートの左右のポケットが揺れている。ポケットに入れた人魚たちの頸椎《けいつい》が、メルヴィネを海底へ導いてくれるようだった。

見失いかけていた銀色の髪《かみ》が見えてくる。懸命に手を伸ばし、指先が肩《かた》に触《ふ》れた。残り少ない力で水を掻《か》く。まぶたを閉じるサロメの顔を両手で包み込んだ。冷たくなった唇《くちびる》に、メルヴィネは自分の唇を重ねる。そうして口に含んでいた真珠をサロメへと移した。

ドクン――、と心臓の脈打つ音が響《ひび》く。

銀のまつげが意思を持って揺《ゆ》れた。まぶたがゆっくりと開く。

金色の瞳と、青い翡翠《ひすい》の瞳が至近距離《きより》でからみ合う。聞き慣れた声が、耳に届いた。

「メルヴィネ――」

永い魔物の歴史の中で、竜が蘇生《そせい》されてゆくそのさまを見たのは、あとにも先にもメルヴィネだけだ。

新たな生命を宿し、鮮烈《せんれつ》に輝《かがや》く金色の瞳。その縦長の瞳孔《どうこう》が、これ以上ないほど狭《せま》くなる。

目を限界まで見開くサロメの、眦に浮《う》かぶ美しい鱗《うろこ》が、ばっ、と逆立った。

バリバリバリッと激しい音を立てて、夥しい竜の鱗がサロメの長軀を覆《おお》っていく。

メルヴィネの腰《こし》を抱く手が一気に膨《ふく》らみ、鋭《するど》い鉤爪《かぎづめ》と半透明《はんとうめい》の蹼《みずかき》を形づくる。

柔《やわ》らかな蹼がメルヴィネを包み込んできた。物凄《ものすご》い速さで海底が離《はな》れていく。

ザアァッ――――……と海を勢いよく割って、水竜は空高く飛翔《ひしょう》した。

「サロメ！」

メルヴィネの瞳いっぱいに、オンディーヌの鱗が映る。

それは、世界の崩壊を止める色。すぐそこに迫《せま》る人魚の絶滅《ぜつめつ》を、遥《はる》か遠くへ追いやってくれる希望の色。人魚と魔物たちを守護する、大いなる海のような、美しい水の色だ。

メルヴィネはもう泣かなかった。涙でぼやけるのは絶対に嫌《いや》だった。

この奇跡に満ちた風景を、生涯《しょうがい》忘れないために、人魚の瞳に思いきり焼きつける。

完全な蘇生を果たしたサロメは、吹《ふ》き荒《すさ》ぶ暴風の中で弟の名を呼んだ。

「オーキッド！　オーキッド、どこです！」

「はいっ、はーい！　ここだよ、サロメ！　お兄さま、よかったあ……！」

メルヴィネは、すぐに飛んできてくれたオーキッドの背に乗せられた。でも離れていたくなくて、蹼のある前脚《まえあし》にしがみつく。するとサロメは、これ以上ないほど綺麗な笑顔《えがお》をしてくれた。竜《りゅう》なのに、とてもよくわかる。深く裂《さ》けた口の端《はし》が柔らかく上がって、松の葉みたいな長いまつげがきらきらと揺れた。

「今朝、すぐに帰ってきますと、メルヴィネに約束しましたね」

「う、ん……」

メルヴィネは思い出す。今日の出勤前、いつものようにサロメに軍服を着せ、自分は制服を着た。三枚の鱗をもらい、強く抱《だ》き合って言った。『今日、早く帰ってきてね……』と。

たくさんのことが起こりすぎて、今朝のできごとが遠い日のように思われた。もう二度と会えないと覚悟《かくご》して、それでも伝えた言葉。でも叶《かな》うなら、明日《あした》も明後日《あさって》もその先もずっと、サロメに同じ願いを伝えたい。

「早く帰ってきて。――約束を、守ってね。サロメ……」

「はい。必ず」

そうしてサロメは竜の兄弟と艦隊《かんたい》が入り乱れるところへ飛んで行く。

オーキッドは、リーゼとアナベルが立つ岩礁にメルヴィネをおろしてくれた。アナベルが泣き笑いしながらメルヴィネを抱きしめたとき、筆頭バトラーがふたたび業務命令を発令した。

「命令撤回および変更《へんこう》！　ゲルベルト艦隊を沈《しず》めろ！　全隻撃沈《せきげきちん》せよ！　鉄片《てっぺん》も残すな！」

「イエス・サー！　ふふっ、そうこなくっちゃねえ」

いつも飄々《ひょうひょう》としているサリバンが、悪寒《おかん》を覚えるほど禍々《まがまが》しく嗤《わら》う。バーチェスが土竜らしくない凶暴《きょうぼう》な咆哮《ほうこう》を放ちながら言った。

「魔物を殺したらどうなるか思い知らせてやるぜ！」

「くだらねえことしやがって。全部ぶっ潰す！　燃やし尽くしてやる！」

ナインヘルは深く裂けた口を限界まで開けた。サラマンダーの吐《は》く紅炎《こうえん》が轟音《ごうおん》を立てて海面を走る。意思を持つようなその炎《ほのお》によって、ゲルベルト艦隊は全隻が魔海域《まかいいき》の外へと追いやられた。

大地を揺らすことをやめ、竜巻《たつまき》や稲妻《いなずま》を消した竜たちは、魔海域の外に戦艦を沈めていく。サリバンやガーディアンは手際《てぎわ》がよく、二隻同時に前脚をかけた。バーチェスは戦艦を持ち上げてゆさゆさと揺らし、乗組員を外に出したあとに沈める。ナインヘルはまた炎の玉を戦艦に当てて大爆発《だいばくはつ》を起こした。それを見ていたリーゼが「爆破じゃねえ。俺は沈めろって言ってんだ」とぼやき、なぜかアナベルが「すみません……」と謝っていた。

生真面目《きまじめ》なシャハトは「命令だから、ごめん！」と言いながらも、その重くて大きな前脚を使い、たったの一撃で戦艦を沈没《ちんぼつ》させる。あとから参戦したオーキッドが「あぁん、うまくできなーい」と甘えた声を出すと、フォンティーンが黙《だま》ってうしろから前脚を伸ばし、一緒《いっしょ》に沈めてくれた。

エドワードとシーモアとキュレネーは積極的に救助を進める。救命ボートに乗組員をまとめて積み、大陸への海流に次々と乗せていった。

そしてサロメはバイロン王の戦艦を沈没させる。

一人で救命ボートに乗り、真っ先に脱出《だっしゅつ》しようとしていたバイロン王を見つけたサロメは、メルヴィネでもぞくっとするほどの冷酷《れいこく》な微笑《びしょう》を浮かべた。

「バイロン島へ連れて行ってやろう。玉座は今も海底にあり、狂王《きょうおう》の帰りを待っている」

「やっ、やめろ！　ひぃ……！　やめて、くれぇ――……」

気の毒なほど悲痛な声をあげるバイロン王をくわえ、サロメは海底へ泳いでいく。

十三隻の戦艦はことごとく姿を消し、夕陽《ゆうひ》を呑《の》み込んだ海原《うなばら》に、十機の竜と人魚や魔物《まもの》たちの影《かげ》が浮かんだ。


ドラゴンギルドの竜たちは二、三機に分かれ、時間を空けて帰還《きかん》していく。

同時に帰還してもゲートはみっつしかなく、またテオが「非常事態《エマージェンシー》っ!!」と叫《さけ》ぶからだ。

現場主任を助けるため、アナベルはナインヘルの背に乗って一番に帰っていった。

人魚や魔海獣《まかいじゅう》たちも住処《すみか》へと戻っていく。やはり海底帝国《ていこく》の損傷は甚大《じんだい》なようで、エンプレスとリーゼによる対話は後日に持ち越《こ》されることとなった。しかしエンプレスから「必ズ場ヲ準備スル」という伝達があり、メルヴィネは喜びと安堵《あんど》で胸をいっぱいにした。

イオーたち三頭の人魚は、フォンティーンとキュレネーの聖水を浴びて回復する。苔《こけ》の生えていた鰭《ひれ》や鱗は鮮《あざ》やかな色彩《しきさい》と輝きを取り戻した。何度も「一緒ニ帰ロウヨ」と言われたけれど、「必ず会いに行くね」と約束して、海底帝国へ帰っていく彼女たちを見送った。

シーモアは美しい人魚たちにキスをされ、デレデレになって帰還した。

メルヴィネも早くギルドに帰って竜たちのオーバーホールをしたいけれど、サロメが戻ってこない。

陽が落ちて、藍色《あいいろ》に染まる魔海域は静寂《せいじゃく》を取り戻している。そこには、サリバンの背でパイプをふかすリーゼと、オーキッドとメルヴィネが残るだけになってしまった。

「サロメ、どこへ行ってしまったの……」

そうつぶやくと、オーキッドが教えてくれる。

「あのおじさんを、バイロンの魔島に連れて行くんだって」

「えっ」

竜の兄弟は、精神を集中させることで互《たが》いの居場所を感じとり、遠く離れていても言葉を伝え合うことができる。柔らかな岩礁に寝《ね》そべるサリバンが、くすくす笑いながら言った。

「百年前よりも、もぉーっと、うぅーんと酷《ひど》いことして、ひぃひぃ泣かせてやる、ってさー。張り切ってるね、お兄ちゃん。どんないやらしいことをするのかしら。あぁ、すごく楽しみ」

「………」

とびきりの美男子であるサリバンは、竜の姿もずば抜《ぬ》けて美しいのだが、それ以上になんだか妖《あや》しい。今も、メルヴィネと話す一方で長い尾《お》をせわしなく動かしている。それを使って、自分の背でくつろぐリーゼの下肢《かし》をいじくろうとしていた。

ほんの少しだけ不審《ふしん》な眼差《まなざ》しを向けても、それをまったく気にしない風竜はニコニコする。

「大丈夫《だいじょうぶ》、サロメはもう戻《もど》ってくるよ。――ね、ほら、見えた」

「あっ、ほんとだ……サロメ！」

透明度《とうめいど》の高い藍色の空に、夢みたいに綺麗《きれい》な水色の星が輝く。だんだん大きくなってくる。手を振《ふ》るメルヴィネの隣《となり》で、オーキッドがあくびをひとつした。

「ぼく、疲《つか》れちゃったから人型になろっと。ねーぇ、サリバン、乗せて帰って？」

いいよー、とサリバンは軽い返事をする。彼の豊かな鬣《たてがみ》に身を沈める筆頭バトラーが、甘くて苦い煙《けむり》を吐きながらつぶやいた。

「だから怒《おこ》らせんなって言ったのに――」

8

【帝国軍、悪夢の始まりか――〝人喰《ひとく》いヴェール〟は海軍将校ゲルベルトと判明】

【将校の邸宅《ていたく》にて大量の香水《こうすい》〝Veil〟および臓器の瓶詰《びんづめ》を数個発見。鑑定《かんてい》が急がれる】

【ゲルベルトの飽《あ》くなき凶行《きょうこう》――竜をも殺傷。帝国終焉《しゅうえん》の危機は回避《かいひ》さる】

【ドラゴンギルド、魔物を守護し、ゲルベルト艦隊十三隻を全隻撃沈。その損害額は未知数】

翌日から、新聞各紙の一面の掲載《けいさい》内容は細分化し、見事な迷走《めいそう》ぶりを見せた。数年に一度発生するような事変が一日に幾《いく》つも起きたのだから無理はない。

世論も複雑な動向を見せる。海軍将校による連続猟奇《りょうき》殺人事件は帝国軍の権威《けんい》を底辺まで失墜《しっつい》させた。ゲルベルト本人が行方《ゆくえ》不明とあっては、一連の事変の真相を明らかにすることもできず、元帥《げんすい》たちがどれほど奔走《ほんそう》しようとも権威回復は見込めない。

一方で、帝国に甚大な損害を与《あた》えたドラゴンギルドも強い非難と批判を浴びることとなった。

揺《ゆ》れる両者をよそに、〝人喰いヴェール〟を検挙した帝都《ていと》警察だけが国民の信用を奪還《だっかん》するに至る。

「帝国の滅亡《めつぼう》を、十三隻の戦艦で許してやったんだ。感謝されても責められる謂《いわ》れはない」

リーゼはそう言って軍事裁判に臨《のぞ》んだが、ドラゴンギルドが受けた制裁措置《そち》は軍事費の五パーセント減額であった。これでもギルド擁護《ようご》派の法務将校やメルバーン子爵《ししゃく》たちが動き、減額率は下げられたのだという。

しかしリーゼは手のつけようのないほど怒《いか》り狂《くる》い、営業困難となったドラゴンギルドは半日間、臨時休業した。

「もしやサロメが死んだときより怒っているのでは……」

「俺たちの命より金のほうが大事なのだろうか」

竜の兄弟は自分たちの上司を訝《いぶか》しんでいたが、メルヴィネは震《ふる》え上がる。

これは自分の勝手な行動が招いた結果だった。メルヴィネの父親が東洋の人間だと知ったフォンティーンは「リーゼのあれを東洋の言葉で〝怒髪天《どはつてん》を衝《つ》く〟と言うのだ」とわざわざ教えてくれたけれど、まったく頭に入ってこなかった。

しかし翌日の朝の打ち合わせに、筆頭バトラーはけろりとした顔であらわれる。

いつものように行動予定の確認《かくにん》を終えたリーゼが脱衣室《だついしつ》を出て行くなり、竜《りゅう》の兄弟とバトラーたちはサリバンに群がった。

「どうやって機嫌《きげん》を直したんだ？」

「簡単だよ。怒ってられないくらい、とろっとろにしてあげたの。あとね、五パーセント減額されたから、ぼくたちで八パーセント増額してあげるねって約束したよ」

「えぇっ、なんだよそれ？」

「そんなことできるの？」

「大丈夫、みんなが一日にふたつ以上の任務をこなせば余裕《よゆう》で稼《かせ》げるから」

「ふざけんなこの万年浮《う》かれ亭主《ていしゅ》！　おれは絶対やらねえからな」

ナインヘルはそう怒ったけれど、サリバンの提案以外にリーゼの怒りを治める方法はない。

「魔海域の警邏《パトロール》も増えるし、忙《いそが》しくなるよ。さあー、竜もバトラーも頑張《がんば》ろう」

サリバンの号令に、皆《みな》が「おー！」と声をあげた。メルヴィネも大きな声を出し、死に物狂《ものぐる》いで働くことを誓《ちか》う。「誰《だれ》が発着スケジュール組むんだよ！」と嘆《なげ》く現場主任のテオに皆が笑った。サロメとメルヴィネも笑顔《えがお》を交《か》わし合う。

あれだけ怒っていたナインヘルも、アナベルの「任務が増えたら、僕がナインを洗浄《せんじょう》できる回数も増えるよね？　嬉《うれ》しいな」という言葉で態度を変えた。仕事熱心な火竜《サラマンダー》は一日ふたつの任務を、時折みっつもの任務を軽くこなすようになる。

そうしてドラゴンギルドの竜とバトラーは結束を一層強くしていった。


ドラゴンギルドが落ち着きを取り戻し、海底帝国が復旧したころ、リーゼとエンプレスによる協議が行われた。ドラゴンギルドに落ち度はないのに、筆頭バトラーは真摯《しんし》な態度で頭を下げる。そしてエンプレスの言葉に耳を傾《かたむ》けてくれた。二十年におよぶ竜と人魚の断絶は解消され、竜による魔海域《まかいいき》の定期的な巡回《じゅんかい》が約束される。

メルヴィネはエンプレスに深く頭を下げ、赦《ゆる》しを乞《こ》う。

三叉槍《トリアイナ》で貫《つらぬ》かれることは免《まぬか》れた。しかしイオーたちを戦艦《せんかん》に捕《と》らえられ、無断でドラゴンギルドに接近したことは赦されず、メルヴィネは人魚の一族からの排斥《はいせき》を伝えられる。

「タダシ、オマエノ意思デ魔海域ニ入ルコトハ許ソウ。人魚タチニ会イニ来ルト良イ」

排斥というのは形式だけで、ドラゴンギルドで生きろと言われた気がした。メルヴィネはもう一度深く頭を下げ、ラーラ以外の人魚たちの頸椎《けいつい》をエンプレスに託《たく》す。イオーたちとの再会も果たした。

そして、バイロン王は――。

あの日、サロメによってバイロンの魔島へ連れて行かれた狂王は、玉座にいた。

両手足と腰《こし》と頭を、何十枚もの水竜の鱗《うろこ》で固定されて。

命を奪《うば》うと転生することを知ったサロメは、バイロン王を長く生かすことにした。人肉を食《く》らいつづけてきた男は、昔も現世も変わらず水中での呼吸が可能だったが、確実に生かしておきたいサロメはエンプレスに協力を求めた。

彼女が作る魔薬を飲めば、海中で生きられる身体《からだ》を得ることができる。サロメはその魔薬と自分の精液を、泣き喚《わめ》くバイロン王の喉《のど》奥へと突《つ》っ込んだ。そうして不老不死を得たバイロン王は永遠に玉座に君臨することとなる——独りしかいない巨大《きよだい》な島で。

人魚たちは気が向いたとき、バイロン王に餌《えさ》を与えてくれるようになった。夜になれば暗い海底から男のすすり泣きが聞こえるという。

ラーラの背骨をサロメの巣へ持ち帰ったメルヴィネは、そこで母親といろいろな話をした。

『二十歳《はたち》ニナルマデ島ヲ出ナイデト言ッタノハ、二十歳ガ限界ダト思ッタカラ……』

脚《あし》を持ち、外に出たがるメルヴィネを、いつまでも小さな島に閉じ込めておくことはできない。二十歳になっても雌《めす》に変化しなければ、エンプレスが作る魔薬を飲み、海中で生きられる身体を得るか、島を出て大陸で生きるか——それをメルヴィネ自身に選択《せんたく》させるつもりでいたとラーラは言う。

『メルヴィネハ大陸デ生キルコトヲ選ブト思ッタノ。私ガ頼レルノハ、サロメダケ。ダカラ彼ヲ毎日捜《さが》シニ行ッテタノ』

ドラゴンギルドなら、魔物《まもの》であるメルヴィネが脅《おびや》かされることはない。ラーラは毎日のように空を眺《なが》め、サロメの姿を捜した。息子《むすこ》を託したい一心で。メルヴィネにサロメのことを繰《く》り返し話していたのは、いつか一緒《いっしょ》に生きるようになると思ったから——。

「ラーラは、父さんを愛しているんだね」

『ウン。会イニ行ク約束ヲシテルノ』

そう言ったきり、ラーラは静かになってしまった。メルヴィネは綺麗な刺繡《ししゅう》の入ったハンカチを窓辺に持ってきて、そこにラーラの背骨をそっと置いた。

ドラゴンギルドは相変わらず毎日が忙しい。

事件の翌日、メルヴィネは先輩《せんぱい》バトラーたち一人一人に頭を下げていた。そうして勝手な行動を取ったことを謝り、もう一度ともに働かせてくださいと頼《たの》み込む。

もちろん最初にジュストのところへ行った。しかし彼には見放されてしまうだろう。そうなったら立ち直れない。

「ジュストさんっ、黙《だま》っていなくなって、本当に申し訳ありません！」

「話はボスから聞いたよ。よく頑張ったね。でも途中《とちゅう》で仕事を放棄《ほうき》しちゃダメだよねえ－？」

ジュストは嬉々《きき》としてそう言い、メルヴィネは誰にも言えないような恥《は》ずかしい仕置きをされてしまった。見放しはされなかったが、失ったものが大きいような気がする。サロメは鱗で視《み》ているだろうに、なぜ止めに来なかったのかが謎《なぞ》でしかたない。ジュストに弱みでも握《にぎ》られているのだろうか。

そんなジュストは、フォンティーンと不思議な関係をつづけているようだった。

忙しい毎日を過ごすうちに、メルヴィネは二人が熱烈《ねつれつ》なキスをしていても普通《ふつう》に中庭を横切れるようになる。

フォンティーンは相変わらず静寂《せいじゃく》とジュストの唇《くちびる》をこよなく愛していて、哲学《てつがく》の本も手放さない。アフタヌーン・ティーの相手をしても、分厚い本を読む彼の横に座っているだけだ。

　でもメルヴィネは静かで物憂《ものう》げな夏の午後を過ごすのも好きだった。

　そうして哲学の本を閉じ、フォンティーンは長い銀色のまつげを伏《ふ》せながら「なぜ我ら竜は存在する……」とつぶやく。前にも同じことを訊《き》かれた。そのときと違《ちが》うことをメルヴィネは伝える。

「きっと、みんなと同じじゃないかな。竜がこの世界に存在するのは、笑ったり怒《おこ》ったり、喜んだり悲しんだりして生きるため……もちろん恋《こい》もする。誰かを心から愛したりもする」

　するとフォンティーンはほんの少しだけ笑って、「そうだな」と言ってくれた。


　そうした毎日を送る夏のある日、ラーラの背骨から声がした。彼女は『東ノ海ニ行キタイ』と言う。メルヴィネは焦《あせ》ってそれを止めた。

「だめだよ、海に還《かえ》りたいなら海底帝国《ていこく》にして。それなら今日にでも海に還しに行くよ」

『イヤ。会イニ行ク約束ヲシタモノ』

「遠すぎる。危険だよ。鯨《くじら》に食べられたらどうするの？」

『ソレデモイイ。少シデモ彼ノ近クニ行キタイ』

「……ぼくたち、会えなくなるよ。ラーラはそれでもいいの」

『メルヴィネハ、モウ私ノ気持チ、ワカルデショウ？　キット、メルヴィネモ同ジコトヲシテイルデショウ？』

「……」

母親が極東の海へ行きたい気持ちは痛いほどよくわかる。会えなくなるのが寂《さみ》しくて嫌《いや》だというのは、メルヴィネのわがままだということも。でも、あまりにも遠い。巨大な船でさえ数か月はかかる距離《きょり》を、掌《てのひら》に乗るような軽くて小さな骨が、荒《あ》れる海原《うなばら》や渦潮《うずしお》を越《こ》えて行けるはずがなかった。

ラーラの背骨の前で突っ立っていると、銀色の髪《かみ》がさらさらと流れ落ちてきた。清らかな水の香《かお》りがする。うしろからまわってきたサロメの手には、美しく煌《きら》めく水色の鱗があった。

「これをラーラに」

「サロメ。どうして……？」

死者であるラーラの声はメルヴィネにしか聞こえていないのに。

メルヴィネの言葉から察したのだろうか。サロメとラーラは古くからの友人だから、わかるのかもしれない。サロメはメルヴィネを安心させるように、綺麗《きれい》に笑う。

「私の鱗をラーラの頸椎につけておけば、必ず極東の海にたどり着けます」

仕事を終えたその日の夕暮れ、サロメは竜の姿になり、メルヴィネとラーラを海へ連れて行ってくれた。

浜辺《はまべ》に着くとサロメは人の姿に戻《もど》った。メルヴィネを抱《だ》き、沖《おき》のほうへ泳いでいく。

サロメの腕《うで》の中にいると脚も攣《つ》らないし溺《おぼ》れないから不思議だった。でもメルヴィネの心は揺《ゆ》れている。あと少しでラーラと別れなくてはいけない。

まわりが海だけになったところでサロメは止まった。

「メル。ラーラを放して大丈夫《だいじょうぶ》ですよ。あとは海流が極東へ運んでくれます」

「……うん。ありがとう、サロメ」

少しだけ震《ふる》えている手をそっと開く。小さな骨は、強靭《きょうじん》な竜の鱗に寄り添《そ》っているみたいだった。強い魔力《まりょく》を宿すオンディーヌの鱗が、人魚の骨を極東の海まで導いてくれる。

『サロメ、メルヴィネ、アリガトウ。サヨウナラ』

掌を海に入れると、ふわりと浮《う》くように、ラーラは離《はな》れていった。

「……ラーラ」

彼女が殺されたと聞いても、背骨だけになった姿を見ても、涙《なみだ》を流さずにいられた。でもこれが母親との本当の別れなのだとわかって、メルヴィネは泣いた。

早く伝えないとラーラが見えなくなる。声が届かなくなる。なにを伝えたらいいのかわからない。伝えたいことが多すぎて、どう言葉にすればいいかわからなかった。

自分は出来損《できそこ》ないの人魚だと言って、何度もラーラを泣かせてしまったことを悔《く》やむ。ラーラと父親が愛し合ったから、メルヴィネもまたサロメと愛し合うことができた。

「ラーラ！　ありがとう！　産んで、くれて……嬉《うれ》しかった。……どうか、気をつけて」

懸命《けんめい》に言葉を紡《つむ》ぐうちに、人魚の骨は波の合間に消えていった。

メルヴィネは涙を拭《ぬぐ》う。サロメが強く抱《だ》きしめてくれる。

「もう、聞こえなかったかな……」

「届いていますよ。ラーラは、行ってくるね、と言っています」

とても長い旅になる。どうか父親に会えますようにと、それぱかりを願いながら、メルヴィネは夕陽《ゆうひ》の色に染まる海を見つめつづけた。


そしてメルヴィネは夢を見る。

そこは行ったことのない海だ。サロメと手をつなぎ、広い海原を進む。

メルヴィネはちゃんと泳いでいた。サロメと一緒なら、どこまでも泳いでいける。

やがて二匹《ひき》の魔物がたどり着いたそこは、極東の海だった。

ザァ……、ザァ……、と波の打ち寄せる音がする。ラーラの背骨は汀《みぎわ》にあった。

長い黒髪《くろかみ》の男性が浜辺を歩いてくる。サロメによく似た極東の王は人魚の骨を拾い、それを優《やさ》しく皇帝服の懐《ふところ》に入れてくれた。

『待っていたよ、ラーラ。ようやく逢《あ》えたね』――父親の声が確かに聞こえた。

ラーラを抱いて去っていく極東の王の背を見送りながら、サロメとメルヴィネはかたく抱き合い、喜びを分かち合う。人魚は多情な魔物と言われるけれど、ラーラは愛を貫《つらぬ》いた。そんな母親を、メルヴィネは心から誇《ほこ》りに思う――。

「ん……」

目が覚めると、穏《おだ》やかな寝顔《ねがお》をするサロメと額が触《ふ》れ合っていた。

今の夢は二匹の魔物が同時に見ていた夢だ。

水竜《オンディーヌ》と人魚《セイレーン》が一緒に見る夢は、きっと正夢になる。

たまらなく嬉しくて、触れ慣れたオンディーヌの長軀《ちょうく》をぎゅっと抱きしめる。眠《ねむ》るサロメは、それでも強く抱き返してくれた。

サロメとメルヴィネはこうして額を触れ合わせ、同じ夢を見て生きていく。

朝、目が覚めたら、サロメと夢のつづきを語り合おう。

あとがき

こんにちは。鴇六連《ときむつら》です。このたびは『人魚は愛を謳《うた》う～ドラゴンギルド～』をお手に取っていただき、ありがとうございます。

今作は『紅炎竜《こうえんりゅう》と密約の執事《しつじ》』、『黒猫《くろねこ》は蜜月《みつげつ》に啼《な》く』につづくドラゴンギルドシリーズ第三弾《だん》となります。前の二作を通して、静かながらも脇《わき》をしっかり固めてくれたお兄さん竜・サロメが主役の物語です。（第三弾と申しましたが、それぞれのお話は独立していますので、どちらから読んでいただいても大丈夫《だいじょうぶ》です。）

シリーズ二作目『黒猫は蜜月に啼く』にてサリバンとリーゼのお話が書けたことは夢のようでしたが、サロメのお話を書くことは、本当に夢のまた夢でした。

書きたいけれど大丈夫だろうか……と弱気になっていた私に「サロメ、行きましょう！」と言って背中を押してくださった担当Aさま、ありがとうございます！　素敵《すてき》なタイトルをつけていただくことも恒例《こうれい》化してしまい申し訳ございません……。

そして、シリーズ刊行を現実のものとしてくださる沖麻実也《おきまみや》先生、本当にありがとうございます。カバーイラストは一枚の美麗《びれい》な絵画のようで、著者名などで隠《かく》れてしまうのがもったいないと思いました。見つめ合うサロメとメルヴィネがたまらなく素敵です。長いあいだ独りで生きてきたサロメは、ようやく添《そ》い遂《と》げる相手に巡《めぐ》り合えたんだなぁ、よかったなぁと、カバーイラストの中の幸せそうな彼を見るたびに思います。

そしてそして！　ドラゴンギルドシリーズの既刊《きかん》をお手に取ってくださった皆《みな》さまに、心より御礼《おれい》申し上げます。サロメのお話を待っていてくださるかたがお一人でもいらっしゃるのなら……という思いで今作を書きました。本当にありがとうございます！

今作にはたくさんのテーマを詰《つ》めました。その代表は「物静かな別嬪《べっぴん》さんを怒《おこ》らせてはならぬ」と、「サロメ、あなたも雄《おす》の竜だったのね」であります。

サロメのイメージを壊《こわ》してしまわないだろうかと心配しながら書きましたが、いかがでしょうか……ズレていたらごめんなさい。でも、どれほど淑《しと》やかでも、彼は竜ですから、強靭《きょうじん》で所有欲《よく》があって行為《こうい》も激しい（ムフフ）のは、標準装備であります。

水竜であるサロメのお相手は人魚しかいませんよね。黒髪《くろかみ》と青みがかった緑色の瞳《ひとみ》、脚《あし》に疎《まば》らな鱗《うろこ》がある人魚、という設定は早い段階で決めていました。『紅炎竜と密約の執事』刊行時には、私の妄想《もうそう》の中にメルヴィネがいたのです。

また、拙作《せっさく》には悪者がしばしば登場しますが、バイロン王は拙作の中で一番の極悪人《ごくあくにん》となりました。その極悪人をコテンパンにすることに「ふっふっふ……」と満悦《まんえつ》を覚える私です。

戦艦《せんかん》に捕《つか》まったメルヴィネがどうにか人魚たちを逃《に》がそうとして、しかしそれも叶《かな》わなくなり、バイロン王に身体《からだ》と精神を拘束《こうそく》された場面は書いていてつらいものがありました。

そんなどうにもできない絶望的な状況《じょうきょう》をどうにかしてしまうサロメ、最高です。バイロン王をボッコボコにして泣かせちゃうサロメは本当によくできた竜ですね。（自分で言ってしまってすみません。）皆さまにも「これで安心だね」と思っていただけたら嬉《うれ》しいです。バイロン王に自分の体液を飲ませるという、かなりヒドイことをしていますけれど……淑やかな竜を怒らせてはなりません。おお怖《こわ》い。

そして、シリーズ初登場のジュスト……彼は、私の優秀《ゆうしゅう》な妄想要員であります。綺麗《きれい》で知的でスケベなお兄さんはお好きですか？　あとがきに書くものアレですが、私は大好きです（キリッ）。

フォンティーンとジュストはどのような関係なのでしょうか。私もわかりません。最後まではいたしてないはず。では、なにをどこまで……？　妄想が捗《はかど》りますね（ハァハァ）。皆さまにもぜひ楽しく妄想していただきたいなと思っております。

また、〝極東の王〟とは中華皇帝《ちゅうかこうてい》をイメージしているのですが、メルヴィネのお父さんは龍神《りゅうじん》さまではないかしらと想像していました。なぜかと申しますと、二十年近く経《た》っているのに歳《とし》をとっていないからです。「骨が欠片《かけら》でもあれば蘇生《そせい》できるよー」なんていう神力を持ってないかなぁ——妄想は尽《つ》きませんので、このあたりでやめておきますね……。

本書をお手に取ってくださった皆さま、ここまで読んでいただき本当にありがとうございました！　今回ドラゴンギルドを初めて知ったよ、というかたもいらっしゃると思います。もし今作を楽しんでくださったなら、ナインヘルとアナベル、サリバンとリーゼが主役のシリーズ既刊もお楽しみいただけるはず……です！（必死の宣伝です。）

妄想のつづきや掌編《しょうへん》はブログのほうでお伝えしたいなと思っています。よろしければお立ち寄りください。お待ちしております。

二〇一六年　三月　鴇　六連

人魚《セイレーン》は愛《あい》を謳《うた》う
～ドラゴンギルド～
鴇《とき》 六連《むつら》

KADOKAWA RUBY BUNKO

角川ルビー文庫 R158-8　19740

平成28年5月1日　初版発行

発行者――三坂泰二
発　行――株式会社KADOKAWA
〒102-8177　東京都千代田区富士見2-13-3
電話 0570-002-301（カスタマーサポート・ナビダイヤル）
受付時間 9:00～17:00（土日 祝日 年末年始を除く）
http://www.kadokawa.co.jp/
印刷所――旭印刷　製本所――BBC
装幀者――鈴木洋介

ISBN978-4-04-104303-5　C0193　定価はカバーに明記してあります。

KADOKAWA RUBY BUNKO

角川ルビー文庫

いつも「ルビー文庫」を
ご愛読いただきありがとうございます。
今回の作品はいかがでしたか？
ぜひ、ご感想をお寄せください。

〈ファンレターのあて先〉

〒102-8078 東京都千代田区富士見 1-8-19
株式会社KADOKAWA
ルビー文庫編集部気付
「鴇 六連先生」係

秘密を抱く伯爵×美しき妖精の、
運命を巡るゴシックファンタジー!
Novel 鴇 六連
Illust 葛西リカコ
妖精は花蜜に濡れ
Yousei ha Kamitsu ni Nure
蝙蝠王と人間の美女との間に生まれた"妖精"イール。
己の出生を憂いていた彼の前に、伯爵・ヴァルレインが現れる。
「お前を俺だけの妖精にする」と言い放った彼には
イールの運命をも変える大きな企みがあって…。